Grammaire du Français

法文文法
快易通
修訂版

Delatour, Jennepin, Dufour, Mattlé , Teyssie◎合著　左兒◎譯

目　　錄

目　　録

前　言

　　福婁拜說：「句法是一種奇想，而文法是一種幻覺。」這個看法究竟是一時心血來潮的念頭，還是一個不移的信念呢？不管怎麼說，這絕不是那些全意要幫助外國學生學好法文的老師們的觀點！

　　的確，沒有什麼能夠比得上直接地接觸語言，沈浸於語言之中，更能學好一種語言了。不過，對於文法的認識與了解，則更促進關於經常被錯誤使用之語言的深層反省。這種理解方法使得學習語言的吸收過程變得更快、更完善。而我們的教學經驗提供了最佳的見證！

　　此教學經驗促使我們編寫了《350 Exercices de Grammaire》。而這本小書受到歡迎的熱烈程度則鼓舞了我們再編輯一本理論更為嚴謹的教本。我們在這兒所呈獻的這部文法書，並非為法語系國家的人所編寫，因為，舉例而言，要時時提醒他們有關《à＋le》的縮寫實在是多此一舉。相反地，這部文法書是為了那些母語和法語差異太大的外國人士所編輯的；也因此，後者之中有許多人被語式與時態的應用系統所困擾著。要以外國人的眼光來檢視法文，這便是我們所隨時戒慎警惕的。

　　首先，我們特別注重那些為了精確掌握法文而不可或缺的條件：一方面是用語的選擇──因為，想要清晰地敘述的話，便無可避免地存在著某些限制；另一方面，則是關於文法說明的內容與層次。我們採用的是簡短的文法說明，以及傳統的術語，而後者的使用，乃是出於對大多數學生們理解上的考量。

　　此外，在所有的修辭情況裡，由於外國學生們老是渴望能讓他們有些能夠遵循的規則，我們便強調語言本身生動而充滿活力的特性，同時，指示著這些規則的演進過程：畢竟，難道我們能完全撇開有關虛擬式在應用方法上的變化不談嗎？真的存在著一種絕對不移的文法準則嗎？在實際的應用上，我們經常看見與規則反其道而行的情況。秉持著一貫的精神，我們指出了在語言溝通上所存在的不同層次：生活化用語、口頭用語、一般用語、典雅用語與文學用語。最後，我們也請讀者們注意一些例外的情形、慣用的習語，總而言之，那是一些無法被解釋但必須被接受的說法。

這本文法書與我們所設定的教學目標相互配合：每一章節都像一堂文法課，而且，以研習法文用語中最簡便或最常被應用到的要素為優先課題；接著，才是那些較複雜、表達較細膩，並於使用上較難以捉摸的結構。

書裡所舉出的例句無一不是希望喚起讀者的注意與思考：它們被直接地解釋說明，或當有一個更精確的觀念需要被分析時，就會被並列比較。我們所舉例的情形與字彙都是日常生活上所經常碰見的，以便讓學生了解、接受，並能在一個他所熟悉的環境裡，自由自在地運用那些他所研讀過的文法結構。

我們的版面設計以清晰明確為目標：在每一頁的左邊，可以看到一些規則、說明與例句；右邊的直欄則包括了三種標題：

——注意：被用來補充說明，或者是被用以指出一種較少見或較複雜的結構。

——附註：被用來指示某一項文法要點，在書裡的另一章節中有更深入的探討、解釋。

——當心：被用來指示一個可能發生的錯誤或混淆情形。

除此之外，還有一些星號＊，用以指示層次較艱深的文法。

在許多章節中，我們設計了一些概括課程內容的重點摘要表，以及標題「正確說法」和「錯誤說法」，來幫助學生認識他自己所犯的錯誤，了解這錯誤發生的根本所在，並使他更加注意地重新研習課程的內容。

我們希望《法文文法快易通》能夠消除一般的誇張說法，那就是：法文是一種以「難學的語言」而出名的語文。附帶一點說明：本書並不自認為是決定性的最佳典範，我們由衷地歡迎並感謝讀者們來函批評指教。

作者群敬上

導論 INTRODUCTION

句子的結構

句子的結構
La structure de la phrase

1. Le français, l'italien et l'espagnol sont des langues romanes.
   法文、義大利文和西班牙文是羅曼文。
2. Le français, l'italien et l'espagnol sont des langues romanes parce qu'ils viennent du latin.
   法文、義大利文和西班牙文是羅曼文，因為它們源自於拉丁文。

▶ 句子（phrase）是一些字（mot）的組合。這些字在構成句子的同時，也形成了一整體意義。書寫時，第一個字從大寫開始，並且最末一個字的後面必須加上句點（.），驚嘆號（!），問號（?）或刪節號（...）。

▶ 單純句（la phrase simple）【1】僅包含一個已經變位的動詞（verbe conjuguable），就是所謂的分句（proposition）。複合句（la phrase complexe）【2】則包括兩個或數個已經變位的動詞，所以，也就是由兩個或數個句子構成的分句。

單純句
La phrase simple

有各式各樣不同的單純句。

■ 主詞＋動詞（sujet＋verbe）

—*Je* lis.
　我看書。（je＝主詞）
—*Les oiseaux* volaient.
　小鳥飛走了。（les oiseaux＝主詞）
—*Nous* avons compris.
　我們了解了。（nous＝主詞）

■ 主詞＋動詞＋表語（sujet＋verbe＋attribut）

—La terre est *ronde*.
　地球是圓的。
—Alain deviendra *avocat*.
　Alain將成為律師。

表語（attribut）即形容詞（adjectif），或一個被動詞〝是〞（être）及其他幾個動詞與主詞連繫起來的名詞（nom）。

■ 主詞＋動詞＋受詞（sujet＋verbe＋complément d'objet）

—Le Soleil éclaira *la Terre*.
　太陽照亮大地。
—Elle téléphonera *à son père*.
　她將打電話給她爸爸。

受詞使動詞的意義變得完整。

▶ 附註：
參考第1章關於動詞結構 [les constructions verbales] 的部分。

▶ 注意：
—Viens!
過來！
—Ne pas entrer!
不要進入！
在以命令式 [impératif] 或不定式 [infinitif] 形態出現的句子裡，主詞被省略。

情況補語（complément circonstanciel）可伴隨著以上三種形式的簡單句子而出現。情況補語用以表達地方、時間、原因等等。它們在句子裡出現的位置並不固定。

（地方情況補語）

—Il y avait beaucoup de monde *à l'église*.
　教堂裡有許多人。

（時間情況補語）

—*L'année prochaine*, Alain deviendra avocat.
　明年Alain將成為律師。

（目的情況補語）

—Elle téléphonera à son père *pour son anniversaire*.
　她將為了爸爸的生日打電話給他。

▶ 注意：
句子可以被簡化成名詞或是名詞詞組 [groupe nominal]。
—Attention!
小心！
—Ouverture automatique des portes.
自動門。

複合句
La phrase complexe

當一個句子是由兩個或數個分句構成時，我們稱它爲複合句。

■ 從屬關係（La subordination）

1. 我們稱一個被一或數個分句完成的分句為主句（proposition principale）。

—Le chat est un animal domestique / parce qu'il
　　　　　　　　（主句）　　　　　（從屬句）
peut vivre avec l'homme.
貓是寵物，因爲牠能跟人一起生活。

2. 我們稱一個或數個用來完成另一分句的分句為從屬句（proposition subordonnée）。

—Dès qu'elle rentre chez elle / elle allume la radio.
　　　　（從屬句）　　　　　　　　（主句）
她一回到家便打開收音機。

—Quand j'ai fait mes études de droit / j'ai suivi
　　　　　　　　　　　　　　　　　　　（主句）
également un cours d'anglais /　（從屬句一）
qui m'a été très utile pour trouver mon premier
travail.　　（從屬句二）
當我還在修習法律課程的時候，我也上英文課，這英文課對於我後來找到第一份工作的幫助很大。

3. 有各種形式不同的從屬句。

• 由關係代名詞（pronom relatif）導引的關係從屬句（subordonnée relative）。　　　　　　　　　　　▶ 附註：參見第26章

—L'abeille est un insect *qui fait du miel.*
蜜蜂是會釀蜜的昆蟲。

• 由連詞（conjonction）`que″導引的補語從屬句（subordonnée complétive）。　　　　　　　　　　　▶ 附註：參見第27章

—On m'd dit *que ce musée restait ouvert jusqu'à 21 heures.*
有人告訴我這座美術館開放到二十一點。

• 由連詞導引的情況從屬句（subordonnée circonstancielle）：

· 表示原因

—Elle pleurait parce que son ami l'avait quittée.
　她因爲男友離開了她而哭泣。

· 表示結果

—Elle avait tellement pleuré que ses yeux étaient rouges.
　她哭得如此傷心以至於兩眼發紅。

· 表示時間

—Quand le printemps arrive, tout le monde a envie de sortir.
　當春天來臨的時候，所有的人都想外出。

· 表示目的

—J'enverrai cette lettre en exprès pour qu'elle arrive dès demain.
　我將以快遞寄出這封信，以便它明天就能抵達。

· 表示條件

—Je veux bien emmener votre fils en bateau, à condition qu'il sache nager.
　我很樂意帶你的兒子上船，只要他會游泳。

· 表示對立

—Bien que Caroline et Isabelle soient jumelles, elles ne se ressemblent pas.
　雖然Caroline與Isabelle是雙胞胎，她們彼此長得並不像。

· 表示比較

—Elle parle à son chien comme si c'était un être humain.
　她對著她的狗說話，就好像牠是一個人一樣。

• 由疑問詞導引的間接疑問從屬句（subordonnée interrogative indirecte）。

附註：
參見第28章

—Elle a demandé si ce livre était traduit en anglais.
　她問這本書是不是已經被翻譯成英文了。

4. 許多從屬句都具有其他的同義表達法：

• 名詞詞組（groupe nominal）

—Il est rentré $\left\{\begin{array}{l}\text{parce qu'il pleuvait.}\\ \text{à cause de la pluie.}\end{array}\right.$

因為下雨的關係，所以他回來了。

• 不定式（infinitif）

—J'éspère ｛que je réussirai.
　　　　｛réussir.

我希望我將會成功。

• 形容詞（adjectif）

—Ce sont des explications ｛qu'on ne peut pas comprendre.
　　　　　　　　　　　　｛Incompréhensibles.

這是一些令人無法明白的解釋。

■ 並列關係（La coordination）

各分句可被以下的並列連詞或關聯詞結合：

1. 並列連詞（conjonction de coordination）：et, ou, ni, mais, or, car, donc.

—Elle rentre chez elle *et* elle allume la radio.
　她回到家裡，並且打開收音機。

—Cet enfant est très intelligent *mais* il a beaucoup de difficultés à se concentrer.
　這孩子很聰明，不過他在集中注意力方面有很大的困難。

—Ils avançaient difficilement *car* le chemin était plein de pierres.
　他們艱難地前進著，因為路上布滿了石子。

2. 關聯詞（mot de liaison）：pourtant, en effet, c'est pourquoi, d'ailleurs, puis, 等等。

—Ce magasin offre des réductions importantes; *c'est pourquoi* il y a beaucoup de clients.
　這家商店提供相當多的折扣；這就是為什麼它有許多顧客的原因。

—Je suis très fatigué; *pourtant* je rentre de vacances.
　我很累；可是我才剛剛度完假回來。

動詞的結構

Les constructions verbales

1. Il neige.
   下雪了。
2. J'aime la musique classique.
   我喜歡古典音樂。
3. Catherine est très jolie.
   Catherine很漂亮。
4. Elle a accepté de venir.
   她答應要來。
5. J'espère que tout ira bien.
   我希望一切順利。

▶ 動詞可以被單獨使用【1】，或是後接補語【2,4】、表語【3】、補語從
   屬句（proposition subordonnée complétive）【5】而一起被使
   用。

■ 動詞被單獨使用的時候

此動詞是不及物動詞（verbe intransitif）（沒有受詞）。

—Le vent soufflait.
   風在吹。
—Ne partez pas!
   不要走！

■ 動詞後面跟著受詞的時候

此動詞是一個及物動詞（verbe transitif）。受詞可分成
以下兩類：

1. 直接受詞（complément d'objet direct，簡稱COD）。

—Elle a mis *son manteau et ses gants*.
   她穿上了大衣，並且戴上手套。
—Tout le monde admirait *les danseurs*.
   大家都稱讚這些舞者。

動詞的影響直接作用在受詞之上，而不須借助前置詞
（préposition）的媒介。

2. 間接受詞（complément d'objet indirect，簡稱
   COI）。

—J'ai écrit *à ma sœur*.
   我寫信給我姊姊了。

—Il s'occupe *de son jardin*.
   他在照顧他的花園。

動詞的影響間接作用在受詞之上，且必須借助前置詞
（à或de）的媒介。

3. 有些動詞可以跨越到另一範疇。它們時而為及物動
   詞，時而為不及物動詞；有些時候，這樣的情況導
   致動詞本身意義上的轉變。

比較：

—Il parle beaucoup.（不及物）
   他說了很多話。

—Il parle à son cousin.（及物）
   他對他的表（堂）兄（弟）說話。

—La température a baissé.（不及物）
   氣溫下降了。

—Baissez les bras!（及物）
   放下手臂！

—Le temps passe vite!（不及物）
   時間過得真快！

—Il a passé deux examens dans la même
   journée.（及物）
   他在一天之內參加了兩項考試。

■ 後接表語

形容詞、具有形容詞性質的名詞或過去分詞（par-
ticipe passé）的動詞。

這些動詞如下：

être	avoir l'air	devenir	mourir
naître	paraître	sembler	rester
tomber	vivre等等。		

—Il paraissait（semblait, avait l'air）joyeux.
   他看起來很高興。

—Elle deviendra pharmacienne.

她將成為藥劑師。

—Elle vit seule.
她一個人住。

—Victor Hugo est mort très vieux.
Victor Hugo年紀很大的時候才去世。

—Elle est tombée malade et elle est restée couchée trois jours.
她生病了，而且在床上躺了三天。

—Il est né blond aux yeux bleus.
他天生金髮碧眼。

■ 後接不定式（infinitif）的動詞

附註：
參見第11章「不定式」。

1. 直接後接不定式的動詞：

—J'aime faire du bateau.
我喜歡划船。

—Je voudrais téléphoner.
我想要打電話。

—L'homme semblait ne pas comprendre.
這個人看起來並不了解的樣子。

aimer	aller	désirer	détester	devoir	écouter
entendre	espérer	faire	faillir	falloir	laisser
oser	penser	préférer	pouvoir	regarder	savoir
sembler	souhaiter	valoir	voir	vouloir	等等。

2. 後接前置詞＋不定式 的動詞。最常見的兩個前置詞是：à跟de。

前置詞À

—Il hésite à accepter cette proposition.
他對接受這項建議感到猶豫。

—Je n'ai pas pensé à prendre mon parapluie.
我沒想到要帶傘。

s'amuser	arriver	apprendre	chercher
se décider	s'habituer	hésiter	se mettre
parvenir	réuissir	tenir	commencer（à或de）
penser	continuer（à或de）	等等。	

前置詞DE

—Ils ont décidé de vendre leur maison.

他們決定要把房子賣掉。
—Je regrette de ne pas savoir jouer d'un instrument de musique.
我很遺憾不會彈樂器。

accepter	orrêter	avoir besoin	avoir envie	avoir peur
cesser	choisir	craindre	décider	se dépêcher
essayer	éviter	faire exprés	finir	oublier
refuser	regretter	risquer	tâcher	tenter等等。

■ 後接兩個補語的動詞

許多動詞可以有兩個補語。

1. 最常見的結構是：
   動詞＋直接受詞＋間接受詞（＝quelque chose à quelqu'un）

—J'ai offert des fleurs à ma mère.
我送花給我媽媽。
—Il a emprunté de l'argent à son amie.
他向他的女友借錢。

apporter	demander	donner	écrire	emprunter	envoyer
expliquer	indiquer	lire	montrer	prêter	promettre
proposer	raconter	rendre	répondre	vendre	

2. 我們也可能遇見如下的結構：
   動詞＋間接受詞（à quelqu'un）＋DE＋不定式

—J'ai demandé au serveur de m'apporter un café.
我請侍者替我端一杯咖啡來。
—Elle a conseillé à sa fille de ne pas conduire de nuit.
她建議她女兒不要在夜晚開車。

dire	écrire	conseiller	défendre	demander
interdire	pardonner	permettre	promettre	proposer
reprocher	recommander	suggérer	等等。	

   動詞＋直接受詞（quelqu'un）＋À＋不定式

—Il a aidé la vieille dame à porter sa valise.
他幫忙這位老太太拿行李。

—Les professeurs encouragent cet élève à pour-
suivre ses études.
老師們鼓勵這個學生繼續他的學業。

| autoriser | aider | encourager | forcer | obliger | 等等。 |

動詞＋直接受詞（quelqu'un）＋DE＋不定式
—Je chargerai Sylvie de poster le paquet.
我交代Sylvie去寄這個包裹。
—Le maire a félicité les pompiers d'avoir montré
tant de courage.
市長讚揚消防隊員們表現出如此無畏的勇氣。

| accuser | convaincre | charger | dispenser |
| empêcher | excuser | féliciter | persuader等等。 |

動詞＋直接受詞（quelqu'un）＋DE＋名詞
—Il faudra remercier Mme Dubois de son invitation.
應該謝謝Dubois女士的邀請。
—Le porte-parole a informé les journalistes des
décisions prises par le gouvernement.
發言人已經通知記者們政府所採取的決定。

▶ 編註：
Mme，Madame的縮寫，
意為夫人、女士。

| accuser | avertir | charger | dispenser |
| excuser | féliciter | informer | prévenir等等。 |

■ 後接分句的動詞
亦即後接補語從屬句或間接疑問從屬句。
這類動詞為數眾多。
（補語從屬句）
—Le présentateur a annoncé *qu'il y avait un
changement dans le programme de la soirée.*
報幕員宣布今天晚上的節目有所更動。
（間接疑問從屬句）
—Il demande à l'agent de police *s'il peut garer
sa voiture à cet endroit.*
他問警察是不是可以把車子停在這個地方。

■ 適於多種結構的動詞
同一個動詞可以擁有數種結構。

有些時候，不同的結構會導致動詞意義的轉變。

SAVOIR

—Il sait sa leçon.（直接受詞）
　他熟諳課文。

—Il sait conduire.（不定式）
　他會開車。

—Il sait que nous avons déménagé.（補語從屬句）
　他知道我們搬家了。

—Il sait pourquoi je ne suis pas venu.（間接疑問從
　屬句）
　他明白我為什麼沒來的原因。

PENSER

—Elle pense à sa famille.
　她想念家人。

—Pense à me rapporter mon livre.
　（＝N'oublie pas de...）
　記得替我把我的書帶來。

—Je pense acheter une nouvelle voiture.
　（＝J'envisage d'acheter...）
　我打算買輛新車。

—Que pensez-vous de ce jounal?
　（＝quelle est votre opinion sur...）
　您（你們）對這份報告有什麼看法？

—Je pense que c'est un excellent journal.
　（＝Mon opinion est que...）
　我認為這是一份非常好的報紙。

SERVIR

—La vendeuse sert les clients.
　女售貨員為顧客們服務。

—J'ai servi l'apéritif à mes invités.
　我為我的客人們盛上開胃菜。

—A quoi sert cet appareil?
　（＝Quel est l'emploi de cet appareil?）
　這器具要用來做什麼？

—Il sert à ouvrir les boîtes de conserve.
　用來開罐頭。

—Je me sers d'un ordinateur pour faire ma

comptabilité.

（＝J'utilise un ordinateur...）

我用電腦算帳。

MANQUER

—Deux étudiants manquent dans la classe.

（＝Deux étudiants sont absents）

班上有兩個學生缺席。

—Je manque de temps.

（＝Je n'ai pas assez de temps）

我的時間不夠。

—Il a manqué son train.

（＝Il n'a pas pu prendre son train）

他沒趕上火車。

—Sa famille lui manque.

（＝Il voudrait voir sa famille）

他想念他的家人。

■ FAIRE

1. Faire＋直接受詞

—Ma cousine Juliette a fait le tour du monde.

我的表（堂）姊（妹）已經環遊過世界了。

—Je vais faire un gâteau au chocolat.

我要做一個巧克力蛋糕。

2. Faire＋不定式（因果意義）

• 主動意義

—Mme Blanc fait travailler ses enfants tous les soirs.

Mme Blanc讓她的孩子們每天晚上做功課。

—Mme Blanc fera étudier les langues étrangères à ses enfants.

Mme Blanc將讓她的孩子們學外語。

—Elle fera faire une promenade aux enfants.

她將讓孩子們去散步。

• 被動意義

—J'ai fait réparer ma voiture par le garagiste du village.

（＝Ma voiture a été réparée par...）

我讓村裡汽車修理廠的工人修理我的車子。

助動詞與半助動詞

Les auxiliaires et les semi-auxiliaires

1. Elle a reçu une lettre de son ami.
   她收到一封她男友的信。
2. Marie est arrivée à midi.
   Marie中午抵達的。
3. Il vient de partir.
   他剛走。

▶ 助動詞avoir與être是用來幫助動詞以完成式時態（temps composé）
   變位【1,2】。
▶ 半助動詞【3】則用以表達不同的時態與意義。

助動詞
Les auxiliaires

動詞être與avoir接過去分詞（participe passé）以構成完成式的時態；它們被稱為「助動詞」。

■ AVOIR
是大部分動詞的助動詞。

複合過去式 （passé composé）	il a compris	虛擬過去式 （subjonctif passé）	qu'il ait compris
加複合過去式 （passé surcomposé）	il a eu compris	條件過去式 （conditionnel passé）	il aurait compris
大過去式 （plus-que-parfait）	il avait compris	過去分詞 （participe passé）	ayant compris
前過去式 （passé antérieur）	il eut compris	不定式過去 （infinitif passé）	avoir compris
前未來式	il aura compris		

■ ÊTRE
它用以構成：

1. 一些動詞的完成式時態：

aller, arriver, décéder, entrer, mourir, naître, partir, repartir, rester, tomber, retomber, venir, devenir, revenir等。（例外情況：prévenir依avoir而變位，convenir依être而變位，不過，更常依avoir而變位。）

複合過去式	il est arrivé	虛擬過去式	qu'il soit arrivé
加複合過去式	il a été arrivé	條件過去式	il serait arrivé
大過去式	il était arrivé	過去分詞	étant arrivé
前過去式	il fut arrivé	不定式過去	être arrivé
前未來式	il sera arrivé		

2. 代動詞（verbe pronominal）的完成式時態：

se promener→nous nous sommes promenés.
我們散步。

s´asseoir→elle s'était assise.
　　　　　　她坐著。

3. 被動語態（la voix passive）：
inviter→être invité.
　　　　je suis invité.
　　　　j'ai été invité.

■ 助動詞ÊTRE或AVOIR？

descendre, monter, passer, rentrer, retourner, sortir
以上動詞變位方法如下：
• 是及物動詞時，依avoir而變位。
• 是不及物動詞時，依être而變位。

比較：

—Elle a rentré les chaises qui étaient dehors, parce qu'il allait pleuvoir.（chaises＝COD）
　　她將放在外邊的椅子收進來，因爲快下雨了。

—Elle est rentrée à 5 heures.（rentrer沒有COD）
　　她五點鐘回家的。

—J'ai monté les valises dans ma chambre.（valises＝COD）
　　我把行李搬上去我的房間裡了。

—Nous sommes montés en ascenseur.（monter沒有COD）
　　我們搭電梯上去的。

半助動詞
Les semi-auxiliaires

半助動詞就是某些動詞與某些後接不定式的動詞詞組（des expressions verbales）。它們可以用來表達：

■ 未來（LE FUTUR）
- aller＋不定式→將近未來式（futur proche）
—Le bébé va s'endormir.
　寶寶快睡著了。
—J'allais m'endormir quand le téléphone a sonné.
　電話鈴聲響起的時候，我剛好快睡著了。
- être sur le point de＋不定式→立即未來（futur immédiat）
—L'avion est au bout de la piste; il est sur le point de décoller.
　飛機在跑道的盡頭；它馬上就要起飛了。
- devoir＋不定式
—Nos amis Petit doivent arriver à la gare de Lyon ce soir à 9 heures.
　我們的朋友Petit將在今天晚上九點鐘的時候抵達Lyon車站。

■ 過去（LE PASSÉ）
- venir de＋不定式→最近過去式（passé récent）
—Est-ce que Martine est là? Non, elle vient de sortir.
　Martine在那兒嗎？不在，她剛剛出去了。
—Martine venait de sortir quand Jérôme est arrivé.
　Jérôme來的時候Martine剛好出去了。
後接不定式的動詞aller與venir也是行動動詞（verbe de mouvement）：

半助動詞	行動動詞
Aller: Il va rentrer dans cinq minutes. 他過五分鐘後就回來。 Venir: Il vient de rentrer. 他剛到家。	Tu pars?—Oui, je vais chercher les enfants. 你要走啦？—是呀，我要去接孩子們。 On a sonné. C'est le technicien qui vient réparer la télévision. 有人按門鈴。是來修理電視機的技術人員。

■ 一段時間（LA DURÉE）

• être en train de＋不定式

—Les élèves étaient en train de relire leur dictée, quand la cloche a sonné la fin du cours.
當鐘聲在下課之際響起時，學生們正在重讀他們的聽寫。

■ 行動的開始（LE DÉBUT D'UNE ACTION）

• commencer à, se mettre à＋不定式

—Tout le monde s'est mis à rire.
大家都笑了起來。

■ 行動的結束（LA FIN D'UNE ACTION）

• finir de, cesser de, s'arrêter de＋不定式

—La pluie a enfin cessé de tomber.
雨終於停了。

■ 可能性（LA PROBABILITÉ）

• devoir＋不定式

—Le soleil est haut dans le ciel; il doit être environ midi.
太陽高高地掛在天上；想必是中午了。

• pouvoir＋不定式

—La salle était pleine; il pouvait y avoir 300 personnes.
室內滿滿的；可能有三百多人吧！

■ 必要性（L'OBLIGATION）

• devoir＋不定式

—Tout le monde doit respecter la loi.
所有的人都必須遵守法律。

動詞與主詞的配合
L'accord du verbe avec le sujet

1. Les enfants aiment les dessins animés.
   小朋友們喜歡動畫。
2. C'est nous qui avons pris ces photos.
   這些照片是我們拍的。
3. La plupart des gens ont la télévision.
   大多數的人都有電視。

▶ 動詞與主詞配合。

1. 一般規則
   動詞在人稱（personne）與數量（nombre）方面跟主詞配合。
—En octobre, les feuilles commencent à tomber.
   在十月，葉子都開始凋落了。
—Elle est arrivée hier soir.
   她昨天傍晚抵達的。
—Nous nous sommes souvenus de cette histoire.
   我們回憶起這段故事。
—Tu verras Alain ce soir.
   你今天晚上將看到Alain。
—J'ai fait une erreur.
   我犯了一個錯誤。

   當主詞為關係代名詞（pronom relatif）qui的時候，動詞與先行詞
   （antécédent）配合。
—C'est moi qui ai fait cette erreur.
   犯下這個錯誤的人是我。
—C'est nous qui sommes arrivés les premiers.
   最先抵達的人是我們。
   主詞可以被放置在動詞的後面。
—C'est dans ce quartier qu'habitaient mes grandparents.
   我的祖父母就住在這個地區。
—Après le discours du ministre, se succédèrent à la tribune plusieurs
   députés de l'opposition.

在部長的談話之後，有好幾個反對黨的代議員輪番上台。

如果動詞本身有好幾個單數主詞，動詞就以複數形式出現。

—Mon père et ma mère ont le même âge.
我爸跟我媽兩個人的年紀一樣。

2. 特殊情況

■ 主詞為不同的人稱時

當動詞具有不同人稱的主詞時，動詞根據以下的規則與主詞配合：

—Toi et moi avons le même âge.
（第二人稱＋第一人稱→nous）
你和我的年紀相同。

—Lucien et moi aimons le cinéma.
（第三人稱＋第一人稱→nous）
Lucien和我都喜歡電影。

—Votre mari et vous devriez visiter cette exposition au musée de la Marine.
（第三人稱＋第二人稱→vous）
您先生和您該去看看Marine博物館這次辦的展覽。

■ 主詞被OU，NI...NI連接的時候

1. Ou：動詞依照句子的意思而以單數或複數形式出現。

—Le Président ou le Premier ministre accueillera le chef d'Etat étranger à sa descente d'avion.
（＝其中的一人）
總統或是行政院長將在外國首長下飛機的時候前去迎接他。

—Le passeport ou le permis de conduire sont des pièces d'identité.
（＝兩者皆是）
護照或駕照都是身分證明文件。

2. Ni...ni：動詞是單數或複數的形式都可以。

—Ni son père ni sa mère ⎰ne viendront.
⎱ne viendra.
他爸爸媽媽都不來。

—Ni l'un ni l'autre { n'a raison.
{ n'ont raison.

兩個都沒道理。

■ 主詞是集合名詞（nom collectif）的時候

若主詞是集合名詞：peuple, foule, groupe, orchestre, équipe, majorité等，動詞通常以單數形式出現。

—Ma famille est d'origine anglaise.
我家的血統原籍來自英國。

—Le public a applaudi pendant dix minutes.
觀眾鼓掌達十分鐘之久。

—Une foule de touristes visite Versailles.
一群觀光客參觀Versaille。

—La majorité des Français a approuvé cette mesure.
大部分的法國人都贊同這項措施。

■ BEAUCOUP, PEU, TROP
ASSEZ, COMBIEN...
LA PLUPART
10%, 50%...

DE＋複數名詞

動詞為複數形式

—Beaucoup d'étudiants ont réussi l'examen.
很多學生都通過了考試。

—10% des électeurs ont voté pour le candidat écologiste.
百分之十的選民把票投給這個身為生態學家的候選人。

—La plupart des magasins sont ouverts jusqu'à 19h 30.
大多數的商店都開到十九點三十分。

■ LE SEUL QUI / LE PREMIER QUI / LE DERNIER QUI等等。

我們可以使動詞：

—與主要動詞的主詞配合。

—與le seul, le premier, le dernier等等配合。

—Vous êtes le seul qui ⎰ puissiez m'aider.
　　　　　　　　　 ⎱ puisse m'aider.
　您是唯一能夠幫助我的人。

錯誤說法	正確說法
C'est Marc et moi qui ont fait ça.	C'est Marc et moi qui avons fait ça. 這件事是Marc跟我做的。
Tout le monde sont venus.	Tout le monde est venu. 大家都來了。
Ma famille étaient à Paris.	Ma famille était à Paris. 我的家人在巴黎。
Elle vous avez parlé.	Elle vous a parlé. 她對您說過了。
Il nous avons dit.	Il nous a dit. 他告訴我們了。

主動語態與被動語態
La voix active et la voix passive

1. La télévision retransmettra ce match de football.
   電視台將轉播這場足球比賽。
2. Ce match de football sera retransmis par la télévision.
   這場足球比賽將被電視台轉播。

▶ 第一個句子是主動語態：由主詞執行動作。
▶ 第二個句子是被動語態：由施動者補語（complément d'agent）
   執行動作。

被動語態的構成
Formation de la voix passive

一、由主動語態過渡到被動語態

M. Lévêque	dirige	cette école	depuis 15 ans.
（主詞）	（動詞）	（直接受詞）	
（主詞）	（動詞）	（施動者補語）	
Cette école	est dirigée	par M. Lévêque	depuis 15 ans.

此過程導致以下的調整：

1. 主動語態裡動詞的直接受詞，變成被動語態裡動詞的主詞。
2. 主動語態裡動詞的主詞，變成被動語態裡動詞的施動者補語，由前置詞par導入。
3. 主動語態裡的動詞形式改變。它被以être＋過去分詞所構成的形式所取代。助動詞être的時態和主動語態裡動詞的時態一致。

—L'arbitre a sifflé la fin du match.
（主動的複合過去式）
▶ La fin du match a été sifflée par l'arbitre.
（被動的複合過去式）
裁判吹起比賽結束的哨音。

只有直接及物動詞（verbe transitif direct）（具有直接受詞的動詞）才能構成被動語態。
aider quelqu'un
—Catherine a aidé Isabelle.（直接受詞）
Catherine幫助Isabelle。
▶ Isabelle a été aidée par Catherine.
téléphoner à quelqu'un
—Catherine a téléphoné à Isabelle.（間接受詞）
Catherine打電話給Isabelle。
▶ 此句不可能轉化成被動語態。

二、被動語態的動詞變位

句子本身的時態由助動詞表示。過去分詞與主詞配合。

直陳式 indicatif	現在式 présent	→La décision	est prise par le Président
	未來式 （futur）		sera prise
	將近未來式 （futur poche）		va être prise
	前未來式 （futur antérieur）		aura été prise
	複合過去式 （passé composé）		a été prise
	鄰近過去式 （passé récent）		vient d'être prise
	半過去式 （imparfait）		était prise
	大過去式 （plus-que-parfait）		avait été prise
	單純過去式 （passé simple）		fut prise
	前過去式 （passé antérieur）		eut été prise
條件式 conditionnel	現在式 過去式	→	serait prise aurait été prise
虛擬式 subjonctif	現在式 過去式	→	soit prise ait été prise
不定式 infinitif	現在式 過去式	→	（doit）être prise （doit）avoir été prise

▶ 注意：
副詞（adverbe）通常出現於助動詞與過去分詞之間：
—La décision sera bientôt prise.
決定即將被採用。

被動語態的應用
Emploi de la voix passive

■ **主動語態與被動語態所表達出來的意思並不一定完全相同。**

比較：

—Cet *immeuble* a été constriut par Le Corbusier.
（在此句中，強調immeuble）
這棟建築物是Le Corbusier蓋的。

—Le *Corbusier* a construit cet immeuble.
（在此句中，強調Le Corbusier）
Le Corbusier蓋了這棟建築物。

這就是為什麼當我們不願意賦予施動者補語重要性的時候，在被動語態裡便省略了它：

—Les volets ont été repeints en vert.
護窗板被重新漆成綠色。

—Cette table est très joliement décorée.
這張桌子被布置得很漂亮。

被動語態具有描述的意義；在這樣的情況之下，過去分詞就變成了性質形容詞（adjectif qualificatif）：

—Cet acteur est *très connu*.
這個演員很有名。

—Il y avait de la neige *fondue* sur le trottoir.
人行道上有些已經融化的雪。

■ **PAR或DE ?**

大部分被動語態裡的動詞是與前置詞par連用的。不過，其中有些動詞則更適合於後接前置詞de的用法。這些動詞是：

1. 一些用來描述（description）的動詞，尤其當施動者是無生命體的時候：être accompagné, composé, couvert, décoré, entouré, fait, garni, orné, planté, précédé, rempli,等等。

—Le parc est entouré d'un haut mur.
這座公園被一道高牆包圍著。

附註：
參考第12章關於分詞的部分。

—Sa table était couverte de papiers.
他的桌子上鋪滿了紙張。
—Ce puzzle est composé de 1500 pièces.
這幅拼圖由一千五百片構成。
2. 一些用以表達情感的動詞：être admiré, adoré,
aimé, apprécié, craint, estimé, haï, méprisé,
redouté, respecté,等等。
—Cet homme politique est respecté de tous.
這位政治人物受到大家的尊敬。
—Le maire de notre village est apprécié de ses
concitoyens.
我們的村長受到鄉親們的愛戴。
3. 其他動詞在表達其本義（sens propre）的時候與前
置詞par連用，而在表達其轉義（sens figuré）的時
候與前置詞de連用。
比較：
—Le chien a été écrasé par une voiture.
這隻狗被車子碾壓過去。
—Jean est écrasé de soucis.
Jean被憂慮壓垮了。
—Les cambrioleurs ont été surpris par un voisin.
小偷們被一位鄰居嚇到。
—Il a été surpris de ma réaction.
他被我的反應震驚。

其他用來表達被動語態的方法
Autres moyens d'exprimer le passif

■ 具有被動涵意的代動詞形式（forme pronominal）

這是一種相當常見的結構。主詞通常是無生命體。施動者則不被表明。

—Dans les mots《estomac》et《tabac》, le《c》ne se prononce pas.（＝n'est pas prononcé）

在《estomac》與《tabac》這些字裡，《c》不發音。

—Les taches de jus de fruit s'enlèvent difficilement.（＝sont enlevées）

果汁所留下來的污點很難去除。

—Les produits surgelés se conservent à une température minimale de -18℃.（＝sont conservés）

被快速冷凍的產品必須被保存在低於攝氏零下十八度的溫度裡。

■ 動詞FAIRE＋不定式

此種結構具有被動的涵意。

—Nous avons fait examiner notre fille par un spécialiste des yeux.

（＝Notre fille a été examinée par...）

我們讓一位眼科專家來檢查我們女兒的眼睛。

—Les forces de police ont fait évacuer la salle.

（＝La salle a été évacuée par...）

治安部隊疏散劇場裡的觀眾。

■ SE FAIRE與SE LAISSER＋不定式

主詞永遠是生命體。

1. se faire強調主詞的責任。

—Catherine s'est fait punir pour bavardage à l'école.

（＝Catherine a été punie）

Catherine在學校裡因為多話而被處罰。

▶ 當心：
動詞faire之後的不定式，並非總是具有被動的涵意。
—Le clown fait rire les enfants.
（＝les enfants rient→主動涵意）
小丑逗孩子們發笑。

—Je me ferai remplacer par un collègue.
（＝Je serai remplacé）
我讓一位同事來代替我。

2. se laisser強調主詞的被動面。

—Il s'est laissé condamner sans se défendre.
（＝Il a été condamné）
他任憑自己被判刑而不爲自己作任何的辯護。

—Ne vous laissez pas décourager par ce mauvais résultat.
（＝Ne soyez pas découragé）
不要因爲這個結果不好而感到沮喪。

■ 非人稱的被動語態（LE PASSIF IMPERSONNEL）

—Il a été décidé de limiter la vitesse sur les routes.
（＝On a décidé de...）
公路速限已經被決定要有所限制。

—Il est recommandé de ne pas emprunter
l'autoroute A 10 pendant la durée des travaux.
（＝On recommande de）
在施工期間使用A10道路是不太妥當的，還是避免的
好。

—Il est formellement interdit de fumer dans le
métro.
（＝On interdit de...）
在地下鐵裡規定不能抽菸。

一些被動語態的動詞可以被非人稱式地使用，尤其是在
行政或法律用語方面。在這樣的情況之下，主詞完全被
省略。

錯誤說法	正確說法
Ce gâteau a été fait par elle.	C'est elle qui a fait ce gâteau. 這蛋糕是她做的。
J'ai été démandé de venir.	On m'a demandé de venir. 有人要求我來。
J'ai été offert un foulard.	On m'a offert un foulard. 有人送我一條絲巾。

代動詞形式
La forme pronominale

1. La jeune fille se regardait dans la glace.
   這個年輕女孩凝視著鏡中的自己。
2. Ils ne veulent plus se parler.
   他們再也不願彼此交談。
3. Nous nous sommes absentés pendant deux semaines.
   我們有兩個星期不在。

▶ 這些動詞是代動詞（pronominaux），因為在它們之前有一個與主詞人稱指涉相同的代名詞。
▶ 在第一句與第二句的情況裡，代名詞是動詞的補語。
▶ 在第三句的情況裡，代名詞沒有作用；它是動詞的一部分。

代動詞的形成
Formation des verbes pronominaux

1. 在動詞之前，總是有一個與主詞人稱指涉相同的代名詞。

Je	→ me
Tu	→ te
Il / Elle	→ se
Nous	→ nous
Vous	→ vous
Ils / Elles	→ se

—Je me couche généralement vers minuit.
　我通常在午夜左右就寢。
—Comment vous appelez-vous?
　如何稱呼您？
—Le camion se dirigeait vers Dijon.
　這輛貨車開往Dijon。
—Attention! Tu t'assieds sur une chaise cassée.
　小心！你坐在一張壞掉的椅子上。

2. 於複合時態（temps composés）裡，則加上助動詞être。

▶ 注意：
於肯定命令句（impératif affirmatif）裡，te變成toi：
—Assieds-toi!
請坐！
—Tais-toi!
閉嘴！

複合過去式	Je me suis promené	虛擬過去式	Que je me sois promené
大過去式	Je m'étais promené	條件過去式	Je me serais promené
前過去式	Je me fus promené	過去分詞	S'étant promené
前未來式	Je me serai promené	不定過去式	S'être promené

代動詞的範疇
Les catégories de verbes pronominaux

■ **具有自反涵意（sens réfléchi）的代動詞**

主詞為自己而行動，或是行動於自身上：

—Il se lève tous les matins à 7 heures.
　他每天早上七點鐘起床。

—Elle se fait une tasse de thé.
　她為自己泡了一杯茶。

—Il s'est inscrit à un cours de dessin.
　他在繪畫課註冊。

當主詞實行或承受某一動作在他自身的器官之上時，我們也常使用代動詞形式（se laver, se couper, se raser, se maquiller, se brûler,等等）。

—Il s'est cassé la jambe.
　他摔斷了腳。

—Je me suis coupé les ongles.
　我剪了指甲。

■ **具有相互涵意（sens réciproque）的代動詞**

主詞一定為複數。

—Brigitte et Guy se téléphonent tous les jours.
　（＝B.téléphone à G. et G. téléphone à B.）
　Brigitte和Guy每天通電話。

—Les enfants se lançaient un gros ballon rouge.
　（＝Chacun des enfants lançait le ballan à un autre）
　孩子們互相對彼此放出紅色的大汽球。

■ **具有被動涵意（sens passif）的代動詞**

—Ce tableau s'est vendu très cher.
　（＝Ce tableau a été vendu très cher：被動形式）
　這幅畫賣到很高的價錢。

—Ce plat se prépare en cinq minutes.
　（＝Ce plat est préparé...）
　這道菜需要準備五分鐘。

▶ 當心：
不要混淆動作本身與動作後的結果：
動作本身→動作後的結果
je me couche→je suis couché
我去睡覺→我睡了
je m'habille→je suis habillé
我穿衣服→我穿了衣服
je m'assieds→je suis assis
我坐下來→我坐著

▶ 附註：
參考第4章關於主動語態與被動語態的部分。

5

■ **只能以代動詞形式出現的動詞**

這些動詞只能以代動詞的形式出現：se souvenir, s'en aller, s'abstenir, s'évanouir, se moquer, s'absenter, s'envoler, s'enfuir, s'emparer,等等。

—Je ne me souviens plus très bien de ce livre.
　我不太記得這本書了。

—L'oiseau a eu peur et il s'est envolé.
　小鳥受到驚嚇便飛走了。

■ **代動詞形式與意義的轉變**

某些動詞以代動詞形式出現時，具有特殊涵意。

比較：

—Je passerai le baccalauréat dans un mois.
　（＝Je me présenterai au bac...）
　我再過一個月要去參加中學畢業會考。

—Cette histoire se passe en Champagne.
　（＝Cette histoire a lieu...）
　這個故事發生在Champagne。

—On a trouvé un portefeuille dans la classe.
　有人在教室裡發現一個皮夾。

—Notre chalet se trouve près de Chamonix.
　（＝Notre chalet est situé...）
　我們的別墅在Chamonix附近。

—Je doute que ce projet soit réalisable.
　（＝Je ne suis pas sûr que...）
　我懷疑這個計畫是可行的。

—Vous avez fait un long voyage; je me doute bien que vous êtes très fatigué.
　（＝Je suis presque sûr que..., je devine que...）
　您作了長途旅行；我想您一定很累了吧！

同樣地：

apercevoir / s'apercevoir→se rendre compte
rendre / se rendre→aller
mettre / se mettre à→commencer
servir / se servir de→utiliser
等等。

■ 從一個範疇到另一個範疇

有些動詞可以從一個範疇跨越到另一個範疇。

	自反涵意	相互涵意	被動涵意	特殊涵意
APERCEVOIR On aperçoit le mont Blanc de la terrasse. (on voit...) 我們從露天咖啡座看到白朗峰。	Je m'aperçois dans la glace. (je me vois...) 我在鏡子裡看見自己。	Ils se sont aperçus de loin. (ils se sont vus...) 他們大老遠地便打了個照面。	Le mont Blanc s'aperçoit de la terrasse de l'hôtel. (...est vu...) 從飯店的露天咖啡座可以瞧見白朗峰。	Je me suis aperçu de mon erreur. (j'ai remarqué...) 我發覺到自己的錯誤。
ENTENDRE Nous avons déjà entendu cette chanson. 我們已經聽過這首歌。	Il y avait de l'écho, je m'entendais parler. 有回音,我聽見自己說話的聲音。	La communication était mauvaise; nous nous entendions très mal. 通訊情況十分糟糕,我們都聽不清楚彼此所說的話。	Cette expression est à la mode; elle s'entend beaucoup. 這種說法很流行,常常可以聽到。	Je m'entends très bien avec ma sœur. (j'ai de bonnes relations...) 我和我姊姊(妹妹)相處得很融洽。
METTRE Il a mis une cravate. 他打了領帶。	Elle s'est mis un ruban dans les cheveux. 她在頭髮上繫了一條絲帶。		Le champagne se met en bouteille longtemps après les vendanges. 香檳酒在葡萄收穫季節過了以後被放在瓶子裡很久。	La pluie s'est mise à tomber vers 8 heures. (la pluie a commencé à...) 大約在八點鐘左右開始下雨。

過 去 分 詞 的 配 合
Accord du participe passé

■ **自反代動詞（verbes réfléchis）與相互代動詞（verbes réciproques）**

1. 過去分詞與位於助動詞前的直接受詞之代名詞配合。

—Ils se sont couchés très tard.
　（se＝COD）
　他們很晚才去睡覺。

—Elles se sont rencontrées dans le métro.
　她們在地下鐵裡邂逅。

當直接受詞是一個出現在動詞之後的名詞時，分詞就不須配合。

—Elle s'est lavé les mains.
　　　　　　　（COD）
　她洗了手。

—Je m'étais acheté cette robe pour un mariage.
　　　　　　　　　（COD）
　我為了參加一個婚禮而替自己買了這件洋裝。

2. 過去分詞不與間接受詞之代名詞配合。

—Ils se sont téléphoné hier.
　（se＝COI→téléphoner à quelqu'un）
　他們昨天通過電話。

—Elle s'est demandé pourquoi il n'avait rien dit.
　（se＝COI→demander à quelqu'un）
　她自忖為什麼他什麼也沒說。

　比較：

—Ils se sont vus cet été.
　（se＝COD）
　他們這個夏天見過面。

注意：
直接受詞可以是人稱代名詞或關係代名詞：

—Voici la robe que je me suis achetée.
　（que＝COD；me＝COI）
　這就是我替我自己買的洋裝。

—Cette robe, je me la suis faite l'année dernière.（la＝COD）
　這件洋裝，是我去年做給自己穿的。

—Ils ne se sont pas parlé.

（se＝COI）

他們互不交談。

■ 只能以代動詞形式出現的動詞─具有特殊涵意或被動涵意

過去分詞與主詞配合。

只能以代動詞形式出現的動詞：

—En entendant cette nouvelle, elle s'est évanouie.

聽到這個消息，她就昏過去了。

具有特殊涵意的動詞：

—Nous nous sommes trouvés dans une situation très difficile.

我們處於非常艱困的情況之中。

具有被動涵意的動詞：

—Cette coutume s'est pratiquée jusqu'à la Révolution.

這項風俗一直沿用到法國大革命的時候。

▶ 注意：

某些動詞具有一個不變的過去分詞：

se rendre compte, se rire de, se succéder, se plaire, se déplaire,等等。

—Elle s'est rendu compte qu'il était déjà midi.

她發覺已經是中午了。

錯誤說法	正確說法
Je m'ai promené.	Je me suis promené. 我散步了。
Je lave mes mains.	Je me lave les mains. 我洗手。
Je me lave mes mains.	Je me lave les mains. 我洗手。
Je me tombe.	Je tombe. 我摔跤。

6

非人稱結構
Les constructions impersonnelles

1. Il pleut. Rentrons!
   下雨了。我們回家吧！
2. Il vaut mieux que nous rentrions!
   我們最好還是回家吧！

▶ 非人稱動詞乃是一些以第三人稱單數形式出現的動詞。主詞為中性代名詞（pronom neutre）il。

一直都是以非人稱形式出現的動詞
Les verbes toujours impersonnels

■ 用來表明天氣狀況的動詞
- Il pleut, il neige, il géle等等。
- Il fait＋形容詞或名詞
—Il fait beau, froid, bon, doux等等。
—Il fait un temps splendide, il fait un froid de canard等等。
—Il fait nuit, il fait jour.
—Il fait 15℃.（＝La température est de 15℃.）

■ IL FAUT＋不定式或名詞
　　由que導引的從屬句
—Il faudra répondre très vite.
　必須盡快答覆。
—Il faut un visa pour aller dans ce pays.
　進入這個國家需要簽證。
—Il faut que tout soit prêt ce soir.
　今晚一切都必須準備就緒。

■ IL S'AGIT DE＋名詞或不定式
—Dans ce livre, il s'agit d'un petit prince qui rencontre un aviateur.
　（＝Le sujet du livre est un petit prince...）
　這本書主要是敘述一個小王子遇見飛行員的故事。
—Maintenant que tu es au lycée, il s'agit de travailler sérieusement!
　（＝...il faut que tu travailles...）
　現在你上了中學就應該好好用功！

■ IL Y A＋名詞或代名詞
—Il y a du soleil aujourd'hui.
　今天出太陽。
—Il y a quelqu'un à la porte.
　門口有人。

6

偶爾以非人稱形式出現的動詞
Les verbes occasionnellement impersonnels

■ IL EST＋形容詞＋DE＋不定式

        QUE＋虛擬式

Il est normal, important, possible, étonnant,等等。

—Il est important d'avoir ses papiers en règle.

    有合格的身分證件是很重要的。

—Il est étonnant que votre voiture soit si mal entretenue.

    您的車子維護得這麼糟糕真是教人吃驚。

其他與être連用的結構

Il est 8 heures, minuit, tôt, tard,等等。

Il est temps, il est l'heure＋de＋不定式

               ＋que＋虛擬式

—Il est temps que vous partiez pour l'aéroport.

    您去機場的時候到啦！

—Il est l'heure de coucher les enfants.

    讓孩子們睡覺的時候到啦！

■ 與que＋從屬句構成的動詞

Il paraît que, il arrive que, il me semble que, il semble que, il vaut mieux que, il se peut que, il suffit que等等。

—Il arrive que cette rivière déborde en hiver.

    這條河流有時會在冬天氾濫。

—Il paraît que le vin sera excellent cette année.

    看樣子今年的葡萄酒將會很棒。

▶ 注意：

1. 在口頭上，我們常以 c'est來代替il est。

—C'est difficile de répondre à cette question.

要回答這個問題十分困難。

2. 代名詞il並非永遠是中性詞。

比較：

—David n'a pas peur; il est certain de réussir son examen.（il＝David）

David並不害怕；他有把握通過考試。

—Je ne suis pas inquiet; il est certain que David réussira son examen.（il＝中性代名詞）

我不擔心；David一定能夠通過考試。

■ 後接一個真正主詞的動詞

—Il reste quelques places dans le train de 14 heures.

（＝quelques places restent...）

十四點的火車還剩下幾個位子。

—Il me manque 10 francs pour acheter ce livre.

（＝10 francs me manquent...）

我不夠十法郎買這本書。

—Il se passe des événements importants.

（＝Des événements importants se passent）

發生了一些重大事件。

—Il suffit de quelques minutes pour faire cuire ce plat surgelé.

（＝Quelques minutes suffisent...）

要做這道被急速冷凍處理過的菜幾分鐘就夠啦！

—En France, il naît moins d'enfants qu'au XIXe siècle.

（＝Moins d'enfants naissent...）

在法國，小孩子出生得比十九世紀少。

這種說法較不重視主詞，而比較強調動詞。

■ 以被動語態形式出現的動詞

—Il est rappelé qu'il est interdit de fumer.

嚴禁吸菸。

—Il a été proposé de nouveaux horaires.

新的時刻表被提出。

▶ 注意：

1. Il vaux mieux與il suffit 也可跟不定式並用：

—Il vaut mieux se renseigner avant de se décider.

在做決定之前最好先打聽清楚。

—Il suffit d'arriver à 8 heures.

八點鐘到就行了。

2.注意在一些說法裡，il 被省略：

—Peu importe que Paul vienne ou non!

Paul來或不來都無關緊要！

—Mieux vaut te renseigner avant de Partir.

在你出發之前最好先打聽清楚。

▶ 附註：

參考第4章關於主動語態與被動語態的部分。

錯誤說法	正確說法
Un lit et une table sont dans ma chambre.	Il y a un lit et une table dans... 我的房間裡有一張床和一張桌子。
Ce livre s'agit de...	Dans ce livreils'agit de... 這本書是敘述有關...
Le temps fait beau.	Le temps est beau/Il fait beau. 天氣很好。

語式與時態
Modes et Temps

一、語式（modes）
語式就是說話者的說話方式。

1. Il viendra ce soir avec nous.
   他將在今晚和我們一塊兒來。
2. Je suis ravi qu'il vienne avec nous ce soir.
   我非常高興他今晚跟我們一塊兒來。
3. Il viendrait avec nous ce soir s'il pouvait.
   假如可能的話，他今晚就和我們一塊兒來了。
4. Viens avec nous ce soir!
   今晚跟我們一塊兒來！

直陳式（mode indicatif）【1】說話者陳述一件他認為理所當然的事實。
虛擬式（mode subjonctif）【2】說話者將他的意見加訴在事實之上。
條件式（mode conditionnel）【3】說話者陳述一件他所認為可能的事實。
命令式（mode impératif）【4】說話者發號施令。
在這四種語式裡，動詞的形式根據主詞的人稱而變化：這些叫做人稱語式（modes personnels）。
非人稱語式（modes impersonnels）則有兩種：不定式（infinitif）與分詞（participe）。它們的動詞形式並不依賴主詞才存在。

Je veux
Il veut } venir avec toi.
Nous voulons

Voulant déménager, { ie visite...
il visite des appartements.
Nous visitons...

二、時態（temps）
每種語式都包含了簡單時態（temps simples）與複合時態（temps composés）。

1. 簡單時態由一個詞根（radical）與一個詞尾（terminaison）構成：

je chant-ais, chant-ant
它們陳述一件正在完成的行動，換句話說，正在實現的行動。

2. 複合時態由一個助動詞（auxiliaire）與一個過去分詞（participe passé）
　形成：
j'ai chanté, avoir chanté
它們陳述一件已經完成的行動，換句話說，已經結束的行動。
—Le serveur apporte aux clients les plats qu'ils ont commandés.
　　　　　（正在實現的行動）　　　　　　　　　（已經結束的行動）
　服務生端上顧客們所點的菜餚。
—Nous lui montrerons nos photos dès que nous les aurons fait développer.
　　　（未來的行動）　　　　　　　　　　　　　　（相對於未來一既定時刻
　　　　　　　　　　　　　　　　　　　　　　　　　而已經完成的行動）

　我們照片一洗出來就會拿給他看。
比較：
—Je suis content de voir cette exposition.
　　　（正在實現的行動）
　我很高興看到這次的展覽。
—Je suis content d'avoir vu cette exposition.
　　　（現在的事實）（已經完成的行動）
　我很高興看到了這次的展覽。
—Je doute qu'il comprenne ce que je dis.
　　　　（正在實現的行動）
　我不相信他明白我說的話。
—Je doute qu'il ait compris ce que je lui ai dit.
　　　　（已經完成的行動）
　我不相信他明白了我說的話。

直陳式包括一些確立行動發生時刻的時態，亦即過去式、現在式和未來
式。
—Hier, c'était le 7 mai.
　昨天是五月七日。
—Aujourd'hui, c'est le 8 mai.
　今天是五月八日。
—Demain, ce sera le 9 mai.
　明天是五月九日。

6

其他語式的時態則具有較不精確的時間意義（valeur temporelle）

—Je suis content qu'il soit là aujourd'hui.

（現在的事實：il est là）

我很高興今天他在這兒。

—J'étais content qu'il soit là hier soir.

（過去的事實：il était là）

我很高興昨晚他在這兒。

—Il dit qu'il aimerait partir maintenant.

（現在的事實）

他說他想要現在就走。

—Il disait qu'il aimerait un jour faire le tour du monde.

（未來的事實）

他說他希望有一天能夠環遊世界。

直陳式
L'indicatif

1. Hier, nous sommes allés à la piscine.
   我們昨天去游泳。
2. Nous allons à la piscine tous les mercredis.
   我們每星期三都去游泳。
3. Demain, nous irons à la piscine.
   我們明天要去游泳。

▶ 直陳式用來陳述一件不論是在過去【1】、現在【2】，或未來【3】都被認爲是確定的事實。

7

現在式
Le présent

■ 形成

根據動詞種類而存在著兩個詞尾系統。

—第一類動詞（verbes du premier groupe）
　　詞根＋-e, -es, -e, -ons, -ez, -ent。

Je	chante	Nous	chantons
Tu	chantes	Vous	chantez
Il	chante	Il	chantent

—第二類動詞（verbes du deuxième groupe）
　　詞根＋-s, -s, -t, -ons, -ez, -ent。

Je	finis	Nous	finissons
Tu	finis	Vous	finissez
Il	finit	Ils	finissent

—第三類動詞（verbes du troisième groupe）
　　詞根＋-s, -s, -t（或dl）, -ons, -ez, -ent
　　　　＋-e, -es, -e, -ons, -ez, -ent
　　　　＋-x, -x, -t, -ons, -ez, -en

一個詞根：ouvrir→ouvre
兩個詞根：écrire→écris / écrivons
三個詞根：recevoir→reçois / recevons / reçoivent
　　　　　vouloir→veux / voulons / veulent

■ 注意：
1. 不定式詞尾為-endre,
-andre, -ondre, -erdre,
與-ordre。
2. Pouvoir, vouloir,
valoir。

■ 應用

1. 現在式將行動所發生的時間定位於說話時的時間。
它表達行動正在實現、完成。

—Les enfants jouent au ballon dans le parc.
小孩子們在公園裡玩球。

2. 現在式沒有嚴格的限制。伴隨著時間的指示，它可
以用來表達：
• 一樁發生在過去的事實
—John est à Paris depuis plusieurs semaines.
John從幾個星期以前就待在巴黎了。

▶ 注意：
為了更精確地表明時限，
我們用être en train de＋不
定式：
— Les enfants sont en
train de jouer dans le parc.
孩子們正在公園裡玩耍。

- 一樁在不久之後就實現的事實
—Dépêchez-vous ! Le film commence dans quelques minutes.
趕快！電影再過幾分鐘就要開演啦！
—L'hiver prochain, nous partons faire du ski.
明年冬天，我們要去滑雪。

3. 現在式可以用來表達習慣與重複性。
—Tous les dimanches, nous faisons une marche en forêt.
每個星期天我們都在森林裡散步。
—A Paris, je prends toujours le métro. C'est plus rapid!
在巴黎，我總是搭乘地下鐵。這樣比較快！

4. 直陳式可以被應用於分析方面的文章裡（有關一部電影或一篇文章的摘要、評論等等）。
—Dans le Père Goriot, Balzac peint un amour paternel passionné.
在le Père Goriot這部著作裡，巴爾札克描繪出非常感人的父愛。
—Ce documentaire des années 80 décrit la vie des animaux en Afrique.
這部八〇年代的紀錄片敘述非洲的動物生態。

5. 直陳式用來表達普遍的真理、格言、諺語。
—L'eau gèle à 0℃.
水在攝氏零度的時候結冰。
—L'argent ne fait pas le bonheur.
金錢並不能帶來幸福。

6. 直陳式也應用於假設句的句子結構之中。
—Si tu viens à Paris en septembre, nous nous verrons sûrement.
假如你九月份來巴黎的話，我們一定可以見面。

＊注意：
在一篇陳述過去的文章裡，直陳式可以使被敘述的事件變得更鮮明生動。
這就是用於敘事的現在式（le présent de narration）：
—Nous roulions tranquillement sur l'autoroute. Tout à coup devant nous, une voiture freine brutalement.
我們在高速公路上平穩地開車，忽然間就在我們前方有一部車子緊急煞車。
—Le 14 juillet 1789, le peuple s'empare de la Bastille.
1789年七月十四日，民眾攻佔了巴士底監獄。

半過去式
L'imparfait

■ 形成

對於所有的動詞而言，半過去式的形成都是相當規律的：直陳現在式第一人稱複數形的詞根＋-ais, -ais, -ait, -ions, -iez, -aient。

—Nous chant-ons→je chantais, nous chantions...

—Nous finiss-ons→je finissais, nous finissions...

—Nous voul-ons→je voulais, nous voulions...

■ 應用

1. 半過去式就像現在式一樣，指涉一項正在完成的行動。它沒有明確的限制。半過去式被使用在描述的文體裡（評論、解釋等等）。

—Du haut de la colline, on apercevait un petit village dont les toits brillaient au soleil.
　從山丘頂上，我們看見一座村落，有許多房屋在陽光下閃閃發光。

—Marie portait une robe qui lui allait très bien.
　Marie穿著一件很適合她的洋裝。

—Monsieur Barbier n'a pas pu participer à cette réunion, parce qu'il était en voyage à l'étranger.
　Barbier先生未能參加這次的會議，因為他到國外旅行去了。

—Ils habitent dans une maison qui était autrefois un moulin.
　他們住在一間本來是做為磨坊用的房屋裡。

2. 半過去式用來描述一項習慣（通常伴隨著時間上的標示）。

—Autrefois cette bibliothèque était ouverte le samedi de 9 heures à midi.
　以前這間圖書館在禮拜六從九點鐘開放到中午。

—Pendant les vacances ma grand-mère nous faisait toujours des crêpes.

放假的時候我祖母總是做薄餅給我們吃。

3. 與連詞si並用的時候，則不是用來表示過去時態。在這裡，半過去式所表達的是關於一件事的假設（hypothèse）與其非現實性（irréalité）。

—Si nous avions une voiture, nous pourrions aller visiter les châteaux de la Loire.
假如我們有車的話，就可以去參觀羅亞爾河沿岸的城堡啦！

—Ah, si j'étais riche.
啊！要是我有錢就好了！

—Elle s'habille comme si elle avait vingt ans.
她打扮得彷彿她只有二十歲一樣。

4. ＊半過去式也用於表示禮貌的說法：緩和的口吻（valeur d'atténuation）。

—Excusez-moi de vous déranger; je voulais vous demander un renseignement.
很抱歉打擾您；我想請教您一件事。

▶ 附註：
參考第24章關於感歎句，第34章關於條件式，第35章關於比較式的部分。

複合過去式
Le passé composé

■ 形成
現在式助動詞être或avoir＋過去分詞。
—Parler: j'ai parlé.
—Sortir: je suis sorti.

■ 應用
複合過去式用來敘述於過去一既定時刻裡已經完成的行動。
—Je suis allé en Italie l'an dernier.
　　我去年去了義大利。
1. 它在一個過去的情況裡用以表達：
• 事件的接續性
—Je suis allé avec les enfants à la plage; ils ont joué au ballon et ont construit un château de sable, puis ils se sont baignés.
　　我跟孩子們去海灘玩；他們打球並且蓋了一座沙子城堡，然後泡海水浴。
• 重複性
—J'ai vu quatre fois ce film.
　　這部影片我看過四次。
• 一段有限的時間
—Elle a fait son choix en dix minutes.
　　她花了十分鐘便下了決定。
—Mon père a longtemps travaillé comme médecin militaire.
　　我爸爸當了很久的軍醫。
2. 它與現在式連用以表達前後連結關係：
—Quand on a perdu sa carte bancaire, il faut tout de suite le signaler à la banque.
　　當信用卡遺失的時候，應該馬上通知銀行。
—Ils ont acheté une grande maison: ils ont encore beaucoup de travaux à y faire.
　　他們買了一間大房子，還有許多部分需要裝潢。

注意：
此事件的接續性常被時間副詞（adverbes de temps）凸顯出來，這些時間副詞如下：alors, puis, ensuite, après, tout à coup等等。

複合過去式經常用來敘述一件直到目前仍留有影響、後果的過去行動。這是應用於會話、通信的時態；也就是說，應用於日常聯絡、交談的時態。

3. 鄰近過去式（Le passé récent）

　　鄰近過去式（現在式的venir de＋不定式）用來表達一件剛剛才完成的行動。

—Je viens d'arriver à Paris.

　　（＝Je suis arrivé il y a peu de temps）
　　我剛抵達巴黎。

4. 半過去式（imparfait）與複合過去式（passé composé）

　　比較：

—La foule sortait du cinéma quand l'orage a éclaté.

　　（這兩件事同時發生，不過第一件事sortait是正在完成，至於第二件事a éclaté則是已經在一特定時刻裡完成了。）
　　當人群從電影院散場出來的時候，正好在下大雨。

—Il pleuvait quand nous sommes sortis du cinéma.

　　（半過去式構成行動sortir的布景la pluie）
　　當我們從電影院出來的時候，天空正在下雨。

—Dans ma jeunesse, je jouais régulièrement au tennis.

　　當我年輕的時候，我定期打網球。

—Cet été, j'ai joué régulièrement au tennis.

　　今年夏天，我定期地打網球。

　　以上兩個句子都表達了一項習慣。不過，第一句處於一段不確定的時期裡（la jeunesse），而第二句則處於一段確定且被限制了的時期裡（cet été）。

—Enfant, il était souvent malade.

　　（強調描述的成分）

—Enfant, il a été souvent malade.

　　（強調重複的成分）
　　當他還是孩子的時候，他經常生病。

注意：
在一個過去時態的上下文裡，動詞venir以半過去式的時態出現：
—Je venais d'arrver à Paris quond j'ai recontré mon futur mari.
當我遇見我後來的先生時，我才剛到巴黎。

—Ah! Vous êtes là! Je vous croyais en vacances.
　啊！您（你們）在這裡！我以爲您（你們）去度假了。

—On a entendu un choc épouvantable; j'ai cru qu'il y avait eu un accident.
　（明確的時間指示：le moment du choc）
　我們聽見一聲轟然巨響；我想發生意外了。

—Je ne savais pas que ses parents étaient morts.
　（沒有任何的時間指示）
　我不曉得他的父母已經過世了。

—Hier à l'examen, je n'ai pas su répondre à la question n°3.
　（明確的時間指示：hier à l'examen）
　昨天考試的時候，我不知道第三題要怎麼作答。

單純過去式
Le passé simple

■ **形成**

單純過去式的詞根在所有的人稱裡都一樣。

第一類動詞：詞根＋-ai, -as, -a, -âmes, -âtes, -èrent。

Je chantai	tu chantas	il chanta
nous chantâmes	vous chantâtes	ils chantèrent

第二類動詞：詞根＋-is, -is, -it, -îmes, -îtes, -irent。

Je finis	tu finis	il finit
nous finîmes	vous finîtes	ils finirent

第三類動詞：

詞根＋-is, -is, -it, -îmes, -îtes, -irent

　或＋-us, -us, -ut, -ûmes, -ûtes, -urent

　或＋-ins, -ins, -int, -înmes, -întes, -inrent

voir: je vis	tu vis	il vit
nous vîmes	vous vîtes	ils virent
vouloir: je voulus	tu voulus	il voulut
nous voulûmes	vous voulûtes	ils voulurent

■ **應用**

單純過去式表達一件在過去既定時刻裡已經被完成的行動。它具備和複合過去式相同的涵意（已經完成的行動、事件的接續性、重複性、一段有限的時間）。不過，這行動被視為相當久遠以前發生的了，而與現在毫無關聯。這就是為什麼單純過去式被應用於書寫體，記敘文體（小說、故事、傳記），尤其是以第三人稱的形式出現。

—Napoléon mourut à Sainte-Hélène en 1821.
　拿破崙於1821年在聖赫侖那島去世。

—《Elle le but froid, une grande tasse (...) puis elle alluma une cigarette et elle retourna s'asseoir sur les marches de la véranda, près de l'enfant》 (M. Duras).
　她將它冷冷地喝了下去，一大杯（…）接著她點了一

注意：
動詞tenir與venir以及它們的複合詞。

＊注意：
我們也可以在現在式的背景中使用單純過去式，如此，單純過去式就賦予了事實某種歷史涵意。
—On dit que Mozart composa l'ouverture de Don Juan en une nuit.
據說莫札特在一夜之間，便寫成了歌劇唐璜的序曲。
—De nos jours, de nombreux pays utilisent le système métrique qui fut établi sous la Révolution Française en 1791.
現在，有許多國家使用

根菸並且回身坐在走廊的階梯上，就在孩子的身邊（莒哈絲）。

—En attendant Ulysse, Pénélope fit et refit sa toile de nombreuses fois.

就在等Ulysse的時候，Pénélope修了又修許多次她的畫。

在1791年法國大革命時建立的公制。

大過去式
Le plus-que-parfait

■ 形成

半過去式的助動詞être或avoir＋過去分詞。

J'avais parlé.

J'éais sorti.

■ 應用

1. 它表達了一行動相對於另一過去行動的先前性。

—J'ai acheté le livre dont vous m´aviez parlé.

（相對於複合過去式的先前性）

我買了您（你們）曾告訴過我的那本書。

—Ils avaient marché plusieurs heures; ils mouraient de soif.

（相對於半過去式的先前性）

他們走了好幾個鐘頭；他們渴死了。

—Il crut que son interlocuteur n'avait pas bien compris ses véritables intentions.

（相對於單純過去式的先前性）

他認為跟他交談的人並沒有了解他的真正意圖。

2. 與連詞si並用的時候，大過去式表達關於過去事實的不真實性。

—Si nous avions eu une voiture, nous serions allés visiter les châteaux de la Loire.

假如有車的話，我們就會去參觀羅亞爾河岸的城堡了。

—Ah, si tu avais suivi mes conseils!

啊！要是當初你聽我的建議就好了！

—Il m'a regardé comme si j'avais dit une bêtise.

他看著我，好像我說了什麼傻話似的。

前過去式
Le passé antérieur

■ 形成
單純過去式的助動詞être或avoir＋過去分詞。

J'eus parlé.

Je fus sorti.

■ 應用
前過去式應用於書寫體，尤其是在時態的從屬句之中，
以便凸顯相對於單純過去式的立即先前性
（l'antériorité immédiate）。

—Dès qu'il eut prononcé ces mots, un concert
de protestations s'éleva dans la foule.

（＝tout de suite après le discours）

當他一說出這些話的時候，一片抗議聲便於群眾之間
響起。

▶ 附註：
參考第32章關於時態表
達的部分。

Dès qu'il eut prononcé ces mots, un concert de
protestations s'éleva dans la foule.

加複合過去式
Le passé surcomposé

■ 形成
複合過去式的助動詞être或avoir＋過去分詞。
J'ai eu parlé.
J'ai été sorti.

■ 應用
複合過去式主要應用在時態從屬句之中，以凸顯其相對於複合過去式的立即先前性。

► 附註：
參考第32章關於時態表達的部分。

—Quand j'ai eu claqué la porte, je me suis aperçu que j'avais laissé les clés à l'intérieur.
當我砰地一聲關上門之後，我才發覺我把鑰匙留在屋子裡。

—Les serveurs ont rangé la salle de restaurent une fois que les derniers clients ont été partis.
當最後一批顧客一離開，服務生們就整理起餐廳的用餐間來。

Quand il a eu claqué la porte, il s'est aperçu qu'il avait laissé les clés à l'intérieur.

未來式
Le futur

■ 形成

對大部分的動詞而言，未來式的詞根即不定式；詞尾則是：-ai, -as, -a, -ons, -ez, -ont。

第一類與第二類動詞：不定式＋詞尾。

parler: je parler-ai

choisir: je choisir-ai

第三類動詞：

以-re結尾的動詞（除了faire以外）：去掉e的不定式＋詞尾。

→conduire: je conduir-ai

以-ir結尾的動詞：有些是規則的：不定式＋詞尾。

→sortir: je sortir-ai

其他的則屬於不規則變化。

→venir: je viendr-ai

→courir: je courr-ai

以-oir結尾的動詞：大部分是不規則的。

→savoir: je saur-ai

■ 應用

未來式將行動發生的時間，定位於很久之後或是即將來臨的未來。

—《Des orages éclateront dans la soirée》, annonce la météo.

氣象報告說「暴風雨將於晚上來臨」。

—Nous visiterons Venise l'été prochain.

我們明年夏天要去威尼斯玩。

未來式可以取代命令式，且因此緩和了命令的口吻。

—Vous me donnerez votre réponse au plus tard la semaine prochaine.

（＝Donnez-moi...）

最晚在下星期您（你們）要答覆我。

將近未來式
Le futur proche

■ 形成

現在式動詞aller＋不定式。

Je vais partir.

■ 應用

1. 它將行動發生的時間，定位於立即到來的未來裡；
   這說法常應用在口頭上。

—Le ciel est noir; un orage va éclater.

　　天色很暗，暴風雨就要來臨了。

—Nous allons visiter Venise cet été.

　　我們今年夏天要去威尼斯玩。

2. 它也可以將一項在遙遠未來才會發生的行動，表達
   得十分肯定，就像必然會發生般。

—Dans trois ans, nous allons célébrer le millénaire
　de notre ville.

　　再過三年，我們就要慶祝我們的城市建城千年。

• 一般應該注意的事項

Devoir與être sur le point de＋不定式具有將近未來
式的意義：

—Mon père doit se faire opérer mardi.（＝Mon
　père va se faire opérer.）

　　我爸爸星期二要開刀。

—L'avion est sur le point de décoller.（＝va
　décoller）

　　飛機就要起飛了。

▶ 當心：
不要混淆將近未來式與
動詞aller（表示一項行
動）＋不定式：

—Il est midi; je vais
bientôt déjeuner.

中午了；我馬上要去吃
飯。

—Attends-moi! je vais
acheter du pain.

（＝Je vais à la boulan-
gerie pour acheter...）

等等我！我要去買麵
包。

前 未 來 式
Le futur antérieur

■ 形成

未來式的動詞être或avoir＋過去分詞。

J'aurai parlé.

Je serai sorti.

■ 應用

1. 在一時態從屬句裡，前未來式被用以凸顯相對於未來式命令式的先前性。

—Je vous préviendrai quand j'aurai pris ma décision.

　當我決定了以後，我將會告訴您（你們）。

—Nous allons partir en vacances dès que les enfants auront passé leurs examens.

　等孩子們一考完試，我們就要出發去度假。

—Quand tu auras lu le journal, donne-le-moi!

　等你看完報紙就拿給我！

2. ＊前未來式被單獨使用的時候，表達一相對於未來既定時刻的已完成行動，它通常被一時間上的指稱確定。

—Dans un mois, nous aurons déménagé.

　再過一個月，我們就已經搬家了。

—Nous serons arrivés avant 8 heures.

　我們八點鐘之前就會抵達。

—Il aura fini son rapport à la fin de la semaine.

　他在週末以前會完成報告。

附註：
參考第32章關於時態表達的部分。

＊注意：
—Paul n'est pas encore arrivé; il aura oublié notre rendez-vous.
Paul還沒來，他大概忘了我們的約會。（此處的前未來式表達可能性。）

在過去裡的未來式
Les futurs dans le passé

在一個過去時態的上下文裡，我們既不用未來式也不用前未來式，而是用：在過去裡的未來式，它的形式與條件現在式（conditionnel présent）相同。

比較：

—C'est le 15 décembre; Noël sera bientôt là.

—C'était le 15 décembre; Noël serait bientôt là.

　十二月十五日了；聖誕節即將來臨。

—On annonce que les élections auront lieu le 15 mai.

—On a annoncé que les élections auraient lieu le 15 mai.

　根據公布，選舉將在五月十五日舉行。

■ 在過去裡的前未來式（它的形式與條件過去式相同）

比較：

—J'espère que François passera nous voir quand il sera rentré du Gabon.

—J'espérais que François passerait nous voir quand il serait rentré du Gabon.

　我希望François從Gabon回來以後會來看我們。

—Le médecin dit que le malade pourra sortir quand il aura repris des forces.

—Le médecin a dit que le malade pourrait sortir quand il aurait repris des forces.

　醫生說當病人體力恢復過來的時候就可以出院。

■ 在過去裡的將近未來式（半過去式的動詞aller, devoir，與être sur le point de＋不定式）

比較：

—Il dit qu'il va m´aider.

—Il a dit qu'il allait m´aider.

　他說他會幫我的忙。

—Le train doit arrive dans une heure.

火車在一小時後會抵達。

—Le contrôleur m'a dit que le train devait arriver dans une heure.

駕駛員對我說火車在一小時後會抵達。

—Il était sur le point de traverser la rue quand une voiture a surgi.

當車子突然出現的時候，他剛好要穿越馬路。

直陳式裡動詞時態的一致
La concordance des temps à l'indicatif

當主要動詞為過去時態（半過去式、複合過去式、單純過去式、大過去式）的時候，從屬句裡的動詞也必須是過去時態的形式。

引導動詞為現在式	從屬句裡的動詞	引導動詞為過去式	從屬句裡的動詞
Je sais	qu'il est là	Je savais	qu'il était là
	qu'il sera là		qu'il serait là
	qu'il va être là		qu'il allait être là
	qu'il sera parti		qu'il serait parti
	qu'il est parti		qu'il était parti
	qu'il vient de partir		qu'il venait de partir

• 一般應該注意的事項

動詞時態一致的規則並非永遠都一成不變：

1. 當主句裡的動詞為複合過去式時：

—Eric m'd dit ce matin que les Dupont sont en voyage et qu'ils reviendront bientôt.
（ce matin賦予複合過去式一種現在式的意義）
Eric今天早上告訴我Dupont一家人去旅行了，並且不久之後就會回來。

2. 當從屬句所表達的是一種普遍的真理時：

—Le professeur expliquait aux élèves que la Terre tourne autour d'elle-même et autour du Soleil.
老師對學生們解釋地球會自轉，並且也繞著太陽運轉。

錯誤說法	正確說法
Il étude.	Il étudie.
	他在唸書。
Il a resté.	Il est resté.
	他待下來了。
Il habitait longtemps au Mexique.	Il a habité longtemps au Mexique.
	他在墨西哥住了很久。

Quand j'ai fini ça, je sortirai.　　　Quand j'aurai fini ça, je sortirai.
　　　　　　　　　　　　　　　　　　等我把這弄完，我就要出門了。

Il a dit qu'il irait sortir.　　　　　Il a dit qu'il allait sortir.
　　　　　　　　　　　　　　　　　　他說過他就要出門了。

Il disait qu'il le fera.　　　　　　　Il disait qu'il le ferait.
　　　　　　　　　　　　　　　　　　他說過他會處理這件事。

虛擬式
Le subjonctif

1. Il faut que j'aille à la poste.
   我必須到郵局去。
2. Nous sommes ravis que vous ayez pu venir.
   我們非常高興您（你們）能來。
3. Rentrons vite avant qu'il fasse nuit.
   我們趕快在天黑以前回家吧！

▶ 虛擬式或出現於從屬分句裡，以表達評價看法（appréciation）與詮釋（interprétation）【1&2】；或出現於某些連詞之後【3】。

▶ 比較：
Je viens d'apprendre que Pierre est malade.
（事實被客觀地表達出來→直陳式）
我剛剛才曉得Pierre生病了。
Je suis désolé que Pierre soit malade.
（對於事實的評價→虛擬式）
Pierre生病了，我很難過。

虛擬式的形成
Formation du subjonctif

虛擬式具有四種時態：
1. 兩種簡單時態：現在式與半過去式。
2. 兩種複合時態：過去式與大過去式。
只有現在式與過去式經常被派上用場。半過去式與大過去式則屬於高雅或文學的用語。

■ 現在式
一般規則：直陳現在式第三人稱複數形的詞根＋詞尾 -e, -es, -e, -ions, -iez, -ent。

Parler:	ils parl-ent	→que je parl-e
Finir:	ils finiss-ent	→que je finiss-e
Mettre:	ils mett-ent	→que je mett-e

在第一人稱與第二人稱方面，某些第三類動詞保留了直陳現在式第一與第二人稱之複數形的詞根。

Recevoir:	ils reçoiv-ent	→que je reçoiv-e
	nous recev-ons	→que nous recev-ions
	vous recev-ez	→que vous recev-iez
Prendre:	ils prenn-ent	→que je prenn-e
	nous pren-ons	→que nous pren-ions
	vous pren-ez	→que vous pren-iez

當心：
動詞aller, avoir, être, faire, falloir, pouvoir, savoir, valoir, vouloir, 具有相當不規則的形式變化。

■ 過去式
虛擬現在式的動詞avoir或être＋過去分詞。

Travailler: que j'aie travaillé
Partir: que je sois parti

■ ＊半過去式
它的形成方式乃由直陳過去單純式＋詞尾-sse, -sses, -ˆt, -ssions, -ssiez, -ssent。

Parler: je parla(i) →que je parla-sse, qu'il parlâ-t
Finir: je fini(s) →que je fini-sse, qu'il finî-t
Vouloir: je voulu(s) →que je voulu-sse, qu'il voulû-t
Voir: je vi(s) →que je vi-sse, qu'il vî-t

當心！不要混淆：
單純過去式→il eut或il parla
虛擬半過去式→qu'il eût 或qu'il parlât

■＊大過去式

虛擬半過去式的助動詞avoir或être＋過去分詞。

Faire: que j'eusse fait

Venir: que je fusse venu

虛擬式的應用
Emplois du subjonctif

■ 在一些從屬分句裡

我們最常遇見虛擬式是在一些從屬分句裡：關係現在式、補語從屬句——表達原因、結果、時間、目的等等的從屬句。

■ 單獨被使用的時候

以第三人稱單數形或複數形出現，具有命令式的涵意。前接que。

—Que les candidats soient là demain à 8 heures!
　候選人明天八點鐘在這兒集合！

—Que personne ne sorte!
　誰都不准出去！

■ ＊在一些固定說法裡

我們可以在一些前接或不前接que的說法中遇上虛擬式。

Vive la République!
法蘭西共和國萬歲！

Dieu soit loué!
謝天謝地！

Sauve qui peut!
快逃！

Que le meilleur gagne!
只有最具本事的人才能獲勝！

Soit!
好吧！

附註：
參考第26至35章：關係從屬句，由que導引的從屬句，原因的表達法、結果的表達法、目的的表達法、時間的表達法、對比的表達法、條件的表達法等部分。

虛擬式時態的涵意
Valeurs des temps du subjonctif

■ 現在式

1. 當相對於主要動詞的同時發生性（simultanéité）出現時，從屬句動詞為虛擬現在式；也就是說，句子裡所表達的行動都於同時發生。主要動詞可以為現在式、過去式、未來式，或條件式。

—Je suis bien content qu'il soit là ce matin.
　我很高興他今天早上在這兒。

—J'étais bien content qu'il soit là hier.
　我昨天很高興他在這兒。

—Je serais bien content qu'il soit là.
　如果他在這兒的話，我會很高興。

—Nous travaillerons demain bien que ce soit dimanche.
　就算明天是星期天，我們也要工作。

2. 虛擬現在式也可以具有一相對於主要動詞的未來式涵意。此主要動詞可以為現在式、過去式、未來式或條件式。在這樣的情況之下，虛擬現在式便具備了時間上的在後性（postériorité）。

—Je ne suis pas sûr qu'il fasse beau demain.
　我不確定明天會是好天氣。

—Il était très occupé; il a demandé que je revienne le lendemain.
　他很忙；他要我第二天再來。

—Je rentrerai tôt pour que nous puissions regarder cette émission à la télévision.
　我很早就回家以便我們可以看到這個電視節目。

■ 過去式

1. 當相對於主要動詞的先前性（antériorité）出現時，從屬句動詞為虛擬過去式；也就是說，從屬句所表達的行動發生於主要行動之前。主要動詞可以為現在式、過去式、未來式，或條件式。

—Nous sommes très contents que vous ayez réussi

　　　　　　　　　　　　　　　　　（行動一）

　l'examen que vous avez passé le mois dernier.

　　　　　　　　　　　　　　　（行動二）

　我們很高興您（你們）通過了上個月的考試。

—C'est dommage que tu n'aies pas pu venir hier.

　　　（行動二）　　　　　　　　（行動一）

　你昨天沒來真可惜。

—Bien qu'il ait déjà vu ce film, Marc est retourné

　le voir avec nous.

　　　（行動一）　　　　　　　（行動二）

　雖然他已經看過這部片子了，Marc還是又跟我們重
　看一遍。

2.　* 它表達相對於一段有限的時間之內已經被完成的
　　行動。

—Il faut que vous ayez fini votre travail avant 19
　heures.

　您（你們）必須在晚上七點鐘以前完成工作。

—On demande aux passagers de ne pas quitter
　leurs places avant que l'avion (ne) se soit
　complètement immobilisé.

　乘客們被要求在飛機尚未完全靜止不動之前，不要離
　開他們的座位。

—En attendant que leur mère soit rentrée, les
　enfants regardaient la télévision.

　孩子們一邊看電視一邊等他們的媽媽回來。

■ * 半過去式或大過去式

在傳統的語言習慣裡，我們會注意動詞時態的一致（la
concordance des temps）。當主要動詞為過去式或
條件式的時候，我們使用半過去式以表達相對於主要動
詞的同時發生性（simultanéité）或在後性（postério-
rité），使用大過去式以表達先前性（antériorité）與某
種已經完成的意義。

如今，在這方面對於動詞時態一致的要求，僅限於高雅
與文學的用語裡而已。

比較：

日常用語：Le préfet de police a ordonné que la
　　　　　foule se disperse.

高雅用語：Le préfet de police ordonna que la foule se dispersât.
　　　　警察局長下令要人群散開。

——《Quoique cette brusque retraite de la maladie fût inespérée, nos concitoyens ne se hâtèrent pas de se réjouir》（Camus, la Peste）.
　「儘管這病疫突然的消散是出人意料之外，我們的同胞並未馬上感到興奮」卡繆《瘟疫》。

日常用語：On s'étonnait qu'il ne soit pas encore arrivé.
高雅用語：On s'étonnait qu'il ne fût pas encore arrivé.
　　　　我們（人們）對於他尚未抵達感到訝異。

——《La vue de la petite madeleine ne m'avait rien rappelé avant que je n'y eusse goûté》（Proust, À la recherche du temps perdu）.
　「在我還沒品嚐之前，看見小瑪德蓮蛋糕並未喚起我任何的記憶。」普魯斯特《追憶似水年華》。

*注意：
在文學味非常濃厚的用語裡，大過去式可以具有條件過去式或者直陳大過去式的涵意：
——《Quel homme eût été Balzac, s'il eût su écrire!》（Flaubert）.
（＝Quel homme aurait été Balzac, s'il avait su écrire）.
人要懂得寫作，就是巴爾札克了！（福婁拜）

虛擬式動詞時態的一致
La concordance des temps au subjonctif

主要動詞為直陳現在式、直陳未來式，或條件現在式	虛擬現在式	同時發生性	je suis je serai content qu'il soit là je serais 我很高興他在這兒。
		在後性	je suis je serai content qu'il vienne bientôt je serais 我很高興他馬上就來。
	虛擬過去式	先前性	je suis je serai content qu'il m'ait téléphoné je serais avant mon départ 我很高興他在我出發之前打電話給我。

日常用語 主要動詞為過去式	虛擬現在式	同時發生性	j'étais j'ai été content qu'il soit là j'aurais été 我很高興他在這兒。
		在後性	j'étais j'ai été content qu'il vienne le lendemain j'aurais été 我很高興他第二天要來。
	虛擬過去式	先前性	je regrettais j'ai regretté qu'il ait oublié le rendez-vous j'aurais regretté 我很遺憾他忘了這個約會。

*高雅用語	虛擬半過去式	同時發生性	il était il fut il serait désolé qu'elle refusât il aurait été 他因為她拒絕而感到難過。
		在後性	il craignait il craignit qu'elle ne vînt pas il craindrait il aurait craint 他擔心她不來。
	虛擬大過去式	先前性	il regrettait il regretta qu'elle fût déjà partie il regretterait il aurait regretté 他為了她的離去感到後悔。

條件式

Le conditionnel

1. Une réunion des chefs d'Etat européens aurait lieu en décembre.
   歐洲各國首長會議將在十二月舉行。
2. Nos amis nous ont dit qu'ils arriveraient dans la soirée.
   我們的朋友告訴過我們說他們晚上到。

▶ 條件式是一種主要用來表達可能性的語式【1】。它也具備在過去裡的未來式（futur dans le passé）的涵意【2】。

條件式的形成
Formation du conditionnel

條件式具備兩種時態：現在式與過去式。

■ 現在式
未來式的詞根＋半過去式的詞尾（-ais, -ais, -ait, -ions, -iez, -aient）。

Je saur-ai→je saur-ais
Tu finir-as→tu finir-ais
Il viendr-a→il viendr-ait
Nous manger-ons→nous manger-ions
Vous pourr-ez→vous pourr-iez
Ils jouer-ont→ils jouer-aient

■ 過去式
條件現在式的助動詞avoir或être＋過去分詞。

J'aurais fait.
Elle serait partie.
Vous vous seriez assis.
Ils seraient venus.

▶ 當心！不要混淆：
條件式
je mettrais
je préparerais
半過去式
→je mettais
→je préparais
注意在條件式裡特有的r。

▶ ＊注意：
條件過去的第2形式只出現於文學用語之中。它的動詞變位與虛擬大過去式的動詞變位相同。
Il eût voulu＝il aurait voulu.

條件式的應用
Emplois du conditionnel

■ 條件式—語式

1. 它可以表達：

• 欲求、希望（條件現在式）或懊悔（條件過去式）

—Par un temps pareil, ce serait bien agréable d'être à la plage.
在類似的天氣狀況下，到海邊去一定很舒服。

—J'aurais bien voulu entrer dans cette école, mais je n'ai pas réussi le concours.
（如果可能的話）我很希望進入這所學校，但是我沒通過會考。

• 一項未被確定的消息（常見於報章雜誌上）

—L'avion s'est écrasé à l'atterrissage; il y aurait une trentaine de morts.
（＝Il y a peut-être...）
飛機在著陸的時候失事墜毀，可能有三十餘人喪生。

—On dit qu'il n'aurait pas gagné cet argent par des moyens très honnêtes.
（＝Il n'a peut-être pas gagné...）
據說他並不是以正當手段弄到這些錢的。

—D'après les sondages, ce parti aurait une large majorité aux prochaines élections.
（＝Ce parti aura peut-être...）
根據民意調查的結果，這個政黨將在今後的選舉中獲得大多數的選票。

• 一樁存在於想像裡的事情

—Deux enfants jouent. L'un dit à l'autre: 《Je serais la maîtresse très sévère, tu serais l'élève insupportable.》
兩個小孩子在玩遊戲。其中一個對另一個說：「我當這位嚴格的女老師，你當那個令人討厭的學生。」

—Il rêve d'habiter à Paris; son appartement se trouverait au Quartier latin, ses fenêtres donneraient sur un jardin...

> 他夢想著住在巴黎；他的公寓將位於拉丁區，窗口則朝向花園……

- 緩和的口氣（表示禮貌、提議的條件式）

—Pourriez-vous me rendre un service, s'il vous plaît?

> 請問，您可以幫我一個忙嗎？

—J'aurais voulu avoir quelques renseignements sur les vols 《charter》 à destination de le Martinique.

> 我想獲得一些關於飛往Martinique包機的資訊。

—On pourrait aller au cinéma ce soir; qu'est-ce que tu en penses?

> 或許我們今晚去看電影，你覺得如何？

- 相對於直陳式而言，條件式隱含著某種可能性

比較：

—Je connais quelqu'un qui peut te renseigner.（確定的）

> 我認識一個可以提供你消息的人。

—Je connais quelqu'un qui pourrait te renseigner.（可能的）

> 我認識一個或許可以提供你消息的人。

—Juan parle si bien français qu'on le prend souvent pour un Français.（確切的事實）

> Juan的法文說得如此流利，以致他經常被人誤為法國人。

—Juan parle si bien français qu'on le prendrait pour un Français.（可能的事情）

> Juan的法文說得如此流利，以致他會被人誤為法國人。

- ＊驚訝、憤怒

—Paul se marierait. Quelle surprise!

> Paul會結婚，多教人驚訝呀！

—Quai! Il y aurait encore eu un accident à ce carrefour!

> 什麼！在這個十字路口竟然還會發生車禍！

2. 它被應用於：

- 在一個與被si導引之從屬句連結的主要分句裡
—Nous verrions ces amis plus souvent s'ils habitaient à Paris.
　我們會更常見到這些朋友，如果他們住在巴黎的話。
—Si j'avais eu ton adresse, je t'aurais envoyé une carte postale de Grèce.
　假如我有你的地址，我就會從希臘寄明信片給你。

- 在下列的連詞之後：

AU CAS OU
—Au cas où il pleuvrait, le match aurait lieu le lendemain.
　萬一下雨的話，比賽就隔天舉行。

＊QUAND BIEN MEME
—Quand bien même tu me jurerais que c'est vrai, je ne te croirais pas.
　儘管你對我發誓說這是真的，我也不會相信你。

■ 條件式─時態

當主要分句裡的動詞為過去式時態（複合過去式、半過去式、大過去式、單純過去式）的時候，條件式就具有未來式的涵意。

- 條件現在式＝在過去裡的未來式

比較：
—Il promet à ses parents qu'il leur téléphonera dès son arrivée.
—Il a promis à ses parents qu'il leur téléphonerait dès son arrivée.
　他答應過他爸媽，當他一抵達的時候就撥電話給他們。

- 條件過去式＝在過去裡的前未來式（futur antérieur dans le passé）

比較：
—Le Premier ministre déclare qu'il prendra une décision quand il aura consulté toutes les parties intéressées.
—Le Premier ministre a déclaré qu'il prendrait une décision quand il aurait consulté toutes les parties intéressées.
　行政院長宣布在他請教過所有有關的當事人之後，將會作出決定。

附註：
參考第33章關於表達對比的習語，以及第34章有關表達條件與假設的習語部分。

附註：
參考第7章有關直陳式的部分。

命令式
L'impératif

1. Assieds-toi!
   請坐！
2. Passons plûtot par cette porte!
   我們倒不如從這扇門走！
3. Allez porter cette lettre à M. Legrand!
   把這封信帶給Legrand先生！

▶ 命令式乃一用以表達命令（ordre）的語式。

命令式的形成
Formation de l'impératif

- 命令式只有三種人稱形式：第二人稱單數形與複數形，以及第一人稱複數形。
  Regarde!
  Regardons!
  Regardez!
- 沒有作為主詞用的代名詞

命令式具有兩種時態：

■ 命令現在式
- 即為此三種人稱的直陳現在式

Tu fais	→fais!	Tu finis	→finis!
Nous faisons	→faisons!	Nous finissons	→finissons!
Vous faites	→faites!	Vous finissez	→finissez!

- 對於第二人稱以-es結尾的動詞而言，詞尾變成-e
  Tu travailles →Travaille!
  Tu ouvres →Ouvre!
- 關於動詞aller
  Tu vas →Va!
- 代動詞
  Lève-toi!
  Levons-nous!
  Levez-vous!

■ 命令過去式
由以命令式形式出現的助動詞與過去分詞形成。

Sois rentré!   Aie fini!
Soyons rentrés!   Ayons fini!
Soyez rentrés!   Ayez fini!

▶ 注意驚嘆號（point d'exclamation）。

▶ 注意：
為了諧音（euphonie）的緣故，當命令式後接代名詞en與y的時候，我們加上一個s
Vos-y! Donnes-en!

▶ 注意：
有四個動詞具備不規則的命令式形式；它們的命令式形式為虛擬現在式的形式：
Avoir: aie, ayons, ayez.
Être: sois, soyons, soyez.
Savoir: sache, sachons, sachez.
Vouloir: veuille, veuillons, veuillez.

命令式的應用
Emploi de l'impératif

■ 命令現在式

用以表達指示、禁令、希望或要求。

—Nous allons être en retard. Dépêchons-nous!
　我們快要遲到了。動作快一點兒！

—N'entrez pas ici!
　不要進來這裡！

—Passez de bonnes vacances!
　假期愉快！

—Excusez-moi!
　對不起！

命令式具有立即或較久以後未來式的涵意。

—Ferme la porte!（立即未來式）
　把門關上！

—Quand vous serez à Londre, téléphonez-nous!
（較久以後的未來）
　等您（你們）抵達倫敦的時候，打電話給我們！

■ 命令過去式

它很少被使用到。命令過去式暗示著某項行動必須在未來的某一特定時刻之前完成。

—Sois parti d'ici au plus tard à 5h15!
　最晚五點十五分以前要從這裡出發！

—Ayez fini avant midi!
　中午之前完成！

• 關於命令過去式之應用，一般需要注意的事項如下：
　為了加強命令的口吻，我們經常使用donc。

—Venez donc dîner à la maison!
　到家裡來晚餐吧！

—Tais-toi donc!
　閉嘴！

注意：
若是向第三人稱單數或複數形式下命令的話，我們使用虛擬式：
—Qu'ils viennent à midi!
　要他們中午的時候來！
—Que personne ne sorte!
　誰都不准出去！

不定式
L'infinitif

1. Il vaut mieux attendre.
   最好等一等。
2. Je regrette d'avoir acheté cet appareil.
   我後悔買了這具儀器。
3. J'ai entendu la porte s'ouvrir.
   我聽見門被打開的聲音。

不定式乃一具備兩種形式的非人稱語式：
▶ 簡單形式：不定現在式【1&3】。
▶ 複合形式：不定過去式【2】。

不定式的形成
Formation de l'infinitif

■ 不定現在式（l'infinitif présent）
第一類：chanter.
第二類：réfléchir.
第三類：voir, venir, entendre, peindre, conduire, répondre, offrir,等等。
代動詞形式：se lever, s'apercevoir.
被動語態形式：être affiché, être ouvert.

■ 不定過去式（l'infinitif passé）
不定式助動詞＋過去分詞：avoir chanté, avoir réfléchi, avoir entendu, être venu.
代動詞形式：s'être levé, s'être aperçu.
被動語態形式：avoir été affiché, avoir été ouvert.

■ 否定形式的不定式（l'infinitif à la forme négative）
以否定形式出現的時候，否定詞位於動詞之前：
Ne pas entrer
Ne plus fumer
Ne jamais se tromper
Ne rien faire
Ne pas s'être réveillé
Ne pas avoir compris

▶ 當心！不要混淆：
—Je regrette d'être allé tout seul visiter ce musée.
（主動語態的不定過去式）
我後悔自己一個人去參觀這座博物館。
—Ce verbe doit être suivi de la préposition《à》.
（被動語態的不定現在式）
這個動詞必須後接前置詞à。

不定式的應用
Emploi de l'infinitif

■ 不定式的涵意

1. 由不定現在式與主要動詞所表達的動作為同時發生：
   Il veut
   Il voulait venir avec nous.
   Il voudra

2. 由不定過去式所表達的動作為：
   • 發生於主要動詞所表達的動作之前
   —Marc est content d'avoir reçu des nouvelles de sa famille.
   　Marc很高興接到了他家人的消息。
   —Après avoir entendu ce pianiste en concert, j'ai acheté tous ses disques.
   　在聽過這位鋼琴家的現場演奏以後，我便買下了他所有的專輯唱片。
   • 相對於一段有限的時間而言，它已經被完成
   　Catherine est sûre d'être rentrée chez elle avant midi.　　　（已完成）
   　Catherine確信她在中午以前回到家裡。

■ 不定式的應用

• 當作主詞
—Trop fumer est mauvais pour la santé.
　抽太多的菸對健康不好。
—Vivre à la campagne me plairait beaucoup.
　我會很喜歡住在鄉下。
• 在動詞（aller, devoir, penser, pouvoir, savoir, vouloir等等）之後
—Je ne sais pas faire la cuisine.
　我不會燒菜。
—Elle est allée acheter du pain.
　她去買麵包。
• 在前置詞之後（除了後接現在分詞的en）
—Ils ont l'habitude de passer leurs vacances à la

注意：
有些不定式變成了名詞：
le déjeuner, le dîner, le souvenir, le pouvoir,等等。

montagne.

他們習慣在山林裡度假。

—Après avoir visité le Louvre, ils ont acheté des cartes postales.

在參觀完羅浮宮以後，他們買了一些明信片。

—Être-vous prêts à partir?

你們準備好要出發了嗎？

—Le directeur a décidé d'engager cette jeune candidate.

經理決定雇用這位年輕的應徵者。

■ 不定式的轉化

當主要動詞與從屬句動詞的主詞相同時，可以用不定式來取代補語從屬句或狀況從屬句。

—Les experts pensent qu'ils trouveront une solution à ce problème.

→Les experts pensent trouver une solution à ce problème.

專家們認為他們將找到這個問題的解答。

1. 當位於下列連詞之後的從屬句動詞為虛擬式的時候，此一轉化是必要的：

	pour que	
que	afin que	avant que
sans que	de peur que	en attendant que
	de crainte que	le temps que

—Je veux partir.

（而非Je veux que je parte）

我要走了。

—L'enfant a traversé la rue sans faire attention.

（而非...sans qu'il fasse attention）

這個小孩子一點都不小心注意來車就橫越了馬路。

2. 當從屬句動詞為直陳式的時候，此轉化則是非強制性的：

—J'éspère ⎰que je partirai demain.
　　　　　⎱partir demain.

我希望明天出發。

附註：
參考第27章關於補語從屬句，第31章關於表達目的的習語，第32章關於表達時間的習語，第33章關於表達對比的習語，第34章關於表達條件的習語。

—Vous remettrez le après que vous l'aurez consulté.
Vous remettez le après l'avoir consulté.
請您將這本字典在使用完了以後放回原處。

■ 不定式分句

感官動詞（verbe de perception）如écouter, entendre, regarder, voir, sentir等等，以及動詞laisser, faire與具有本身主詞的不定式配合應用。

—Nous regardions les avions s'éloigner dans la nuit.
（不定式分句：les avions是s'éloigner的主詞）
我們望著飛機在夜色中遠去。

—Ne laisser pas les enfants jouer sans surveillance.
（les enfants是jouer的主詞）
別讓孩子們在沒人看管的情況下嬉戲玩耍。

—On a fait entrer les spectateurs dans la salle.
（les spectateurs是entrer的主詞）
觀眾們被引入表演廳裡。

■ 其他的應用情況

1. 不定式可以被用來表達命令、建議。此種情況於食譜、物品的使用說明，與公開的意見中常見。

—Ne pas gêner la fermeture des portes.
不要妨礙門的開關。

—Laver les pommes, les éplucher puis les faire cuire au four pendant trente minutes.
將蘋果洗淨、去皮後放入烤箱裡烘烤三十分鐘。

2. *在一些感嘆句或詢問句裡，表達懷疑、希望與憤怒。

—Que faire? Qui croire?
怎麼辦？有誰可以信任？

—Ah! Quitter cette maison au plus vite!
啊！盡快離開這間屋子！

—Toi, agir ainsi!
你竟這麼做！

3. *它被應用於間接疑問從屬句與某些關係從屬句裡。

—Je ne sais pas à qui m'adresser.
我不曉得對誰說話。

—Cet étudiant cherche quelqu'un avec qui partager son appartement.
這個學生在找人跟他一起分租公寓。

▶ 注意：
除了動詞faire以外，若不定式沒有補語的話，主詞可置於其前或其後。
—Je regarde la pluie tomber.
或
—Je regarde tomber la pluie.
我望著雨點兒落下。
不過
—Elle fait bouillir de l'eau.
（而非：elle fait de l'eau bouillir.）
她燒開水。

▶ 附註：
參考第26章關於關係從屬句，第28章關於直接引語與間接引語的部分。

分詞
Le participe

1. On demande un interprète parlant l'allemand et l'italien.
   我們要一位會說德語跟義大利語的翻譯。
2. C'est une route bordée d'arbres centenaires.
   這是一條路邊種了百年老樹的道路。

▶ 分詞有兩種：現在分詞（participe présent）【1】與過去分詞
（participe passé）【2】。

現在分詞
Le participe présent

■ 形成

對大多數的動詞而言，現在分詞由直陳現在式第一人稱複數形的詞根＋-ant而構成：

Regarder: nous regardons→regardant

Agir: nous agissons→agissant

Faire: nous faisons→faisant

■ ＊現在分詞的應用方式與動詞一樣

• 它表達了相對於主要動詞而言的同時性。它與名詞或代名詞有關；它的形式始終不變，並且主要被應用於書寫體之中。

Voulant se reposer,
$\begin{cases} \text{elle s'allonge.} \\ \text{elle s'est allongée.} \\ \text{elle s'allongea.} \\ \text{elle s'allongera.} \end{cases}$

她想平躺著休息。

• 通常，現在分詞後接受詞

—Les personnes ayant un ticket bleu doivent se présenter au contrôle.

（ticket bleu＝受詞）

持藍色票券的人必須到驗票處去。

• 現在分詞可以被關係從屬句替代

—Sur la route, marchait un groupe de jeunes chantant et riant.

（＝...qui chantaient et qui riaient）

路上有一群年輕人在邊唱歌邊嬉笑地走著。

• 現在分詞可以被狀況從屬句替代

—Ne sachant pas comment vous joindre, je n'ai pas pu vous prévenir de mon retour.

（＝Comme je ne savais pas...）

因為不曉得要怎樣才能與您（你們）聯絡得上，所以我未能通知您（你們）我回來的時間。

—Répondant aux questions des journalistes, le

注意：
有些動詞具備不規則的現在分詞
être→étant
avoir→ayant
savoir→sachant

ministre a confirmé qu'il se rendrait en U.R.S.S. prochainement.

（＝Quand il a répondu...）

在回答記者們的問題時，部長證實了他下回將到蘇聯的這樁消息。

■ * 分詞形式的從屬句（la subordonnée participiale）
（主要被應用於書寫體）

分詞有它自己的主詞。從屬句總是被句點與句子的其他部分分開。從屬句主要被應用於表達原因。

—Le professeur de maths étant absent, les élèves sont autorisés à quitter la classe.

（＝Comme le professeur est absent...）

由於數學老師沒來，學生們便獲准離開教室。

—L'examen étant très facile, les résultats ont été excellents.

（＝Etant donné que l'examen était très facile...）

因為考試很簡單，成績都非常理想。

■ 當作形容詞用的動詞現在分詞（l'adjectif verbal）

某些現在分詞變成了當作形容詞用的動詞現在分詞。它們必須和與其關聯的名詞作性數上的配合。

des livres intéressants

une expérience tout à fait passionnante

une rue très passante

une entrée payante

des trottoirs glissants

une femme charmante

被當作形容詞用的動詞現在分詞從未具有受詞。

比較：

—Il nous a raconté des histoires très amusantes.

（作形容詞用）

他對我們說了一些很有趣的故事。

—Les clowns amusant tous les enfants eurent

（後接受詞的現在分詞）

beaucoup de succès.

逗孩子們開心的小丑們受到了盛大的歡迎。

—Elle a une vie fatigante.

（作形容詞用）

> *當心：
> 某些作為形容詞用的動詞現在分詞具備與分詞迥異的拼寫方式：
> 形容詞
> fatigant, communicant
> provocant, convaincant
> 分詞
> fatiguant, communiquant
> provoquant, convainquant

她的生活過得很累。

—Ce traitement médical la fatiguant beaucoup,
（現在分詞）

elle a dû arrêter de travailler.

這項內科治療令她感到十分疲憊，她必須停止工作。

副動詞
Le gérondif

■ 形成
en＋現在分詞
en marchant,
en agissant,
en faisant

■ 應用
副動詞與動詞關聯，且跟動詞具備相同的主詞。副動詞
影射著相對於動詞行動的同時性。它經常被派上用場，
並扮演著狀況補語的角色。
副動詞通常被用以表達的時間。

—Elle aime travailler en écoutant de le musique.
（＝...pendant qu'elle écoute...）
她喜歡一邊工作一邊聽音樂。

—En visitant Venise, j'ai rencontré Bernard et sa femme.
（＝Tandis que je visitais Venise...）
當我在威尼斯觀光的時候，遇見了Bernard和他的太太。

它也可用來表達：

• 原因
—L'enfant a pris froid en sortant sans bonnet et sans écharpe.
（＝parce qu'il est sorti...）
這個孩子因為沒帶帽子也沒披圍巾就出門而感冒了。

• 方法
—Ils sont sortis en courant.
（＝comment? en courant）
他們跑著出去。

• 條件
—En arrivant de bonne heure, vous trouverez encore des places pour le spectacle de ce soir.

＊注意：
當我們想要強調一段時間的持續性時，可以在副動詞的前面加上tout。
—Elle aime travailler tout en écoutant de la musique.
她喜歡一邊唸書（工作），一邊聽音樂。

當心！不要混淆：
—J'ai aperçu Paul sortant du métro.
（現在分詞：Paul sortait du métro）
我看見Paul從地下鐵裡出來。
—J'ai aperçu Paul en sortant du métro.
（副動詞：Je sortais du métro）
我從地下鐵裡出來的時候看見Paul。

（＝Si vous arrivez...）
假如您（你們）早一點兒抵達的話，就還有觀賞今晚
表演的空位。
• 對比（前面必須加tout）
—Tout en travaillant beaucoup, il sort très
souvent.
他一方面努力工作，一方面倒也經常出門。

過去分詞

Le participe passé

■ 形成

第一類：詞尾-é

　　mangé, amené

第二類：詞尾-i

　　fini, réussi

第三類：不規則的形式

　　mis, su, dit, parti, ouvert, peint, cuit,等等。

過去分詞的形式是可變化的（參考性、數、人稱等等的配合規則，請見第103頁〈過去分詞的配合〉）

■ 與助動詞être或avoir連用

用以構成複合時態：

elle a parlé, il est sorti, il s'était trompé等等。

avoir choisi

也用以構成被動式語態：

elle est invitée

elle a été invitée

過去分詞經常被單獨使用。助動詞être則被省略：

—La petite fille, restée seule, jouait avec sa poupée.

　（＝qui était restée seule）

　這個小女孩獨自在跟她的洋娃娃玩。

—J'ai trouvé une chambre à louer dans un appartement habité par une vieille dame.

　（＝qui est habité par une vieille dame）

　我在一棟住著一位老婦人的公寓裡，找著了一間待租的房間。

—Arrivés à Marseille, ils prirent le bateau pour la Corse.

　（＝Quand ils furent arrivés à Marseille...）

　當他們抵達馬賽的時候，他們便搭上了一艘開往科西嘉島的船。

■ 如同性質形容詞（adjectif qualificatif）般被運用

許多過去分詞變成了性質形容詞：

une porte ouverte　　　　　　un oiseau mort
一扇敞開的門　　　　　　　　一隻死鳥

des enfants bien élevés　　　une boisson glacée
一些有教養的孩童們　　　　　一杯冰的飲料

不要混淆：

過去分詞：	當作形容詞用的動詞現在分詞：
被動涵意	主動涵意
amusé	amusant
choqué	choquant
surpris	surprenant
déçu	décevant
énervé	énervant
bouleversé	bouleversant
等等。	

—Les spectateurs étaient très émus par le film.
　觀眾們都深深地被這部電影感動了。
—C'était un film très émouvant.
　這是一部非常感人的影片。
—Je suis agacé par tous ces coups de téléphone.
　我對這些打來的電話感到十分惱火。
—Ces coups de téléphones sont agaçants.
　這些打來的電話令人感到厭煩。

■ ＊分詞的複合形式

（以現在分詞形式出現的助動詞＋過去分詞）
這種分詞形式可以表達出相對於主要動詞行動的先前
性。助動詞être經常被省略。

—Les élèves ayant obtenu une bonne note au
　　　　　（行動一）
concours de gymnastique recevront un prix.
　　　　　　　　　　　　　　　（行動二）
　體操競賽得到優秀成績的學生們將可以得到獎品。

—Etant partis à l'aube, les alpinistes ont atteint le
　（行動一）　　　　　　　　　　（行動二）

sommet à 9h.

由於一大清早就出發了，登山隊員們在九點鐘的時候便已抵達山頂。

■ ＊分詞從屬句（la subordonnée participiale）

（尤其在書寫體中常見）

分詞具有它自己的主詞。分詞從屬句被逗號與句子的其他部分分離。它可以被用來表達時間或原因等等。助動詞être時常被省略。

—Le contrat signé, ils se séparèrent.

（＝Quand le contrat fut signé...）

契約簽好之後，他們便分離了。

—Son mari mort, elle alla vivre chez ses enfants.

（＝Après que son mari fut mort...）

丈夫過世以後，她便搬去她的孩子們那裡住。

—La pluie ayant cessé, nous sommes sortis.

（＝Comme la pluie avait cessé...）

雨停之後，我們就出門了。

過去分詞的配合
L'accord du participe passé

■ 被單獨應用的時候
分詞與跟其本身有關聯的名詞作性、數、人稱等等的配合：
une montre achetée en Suisse
des aliments surgelés

■ 與être連用的時候
分詞與主詞作性、數、人稱等等的配合：
—Elle est sortie après le déjeuner.
　她在吃過飯以後出門的。
—Nous avons été choqués par cette émission.
　我們被這個節目所震撼。
—Ils se sont perdus dans la forêt.
　他們在森林裡迷路了。

■ 與avoir連用的時候
分詞從不與主詞作性、數、人稱上的配合。
—Elle a mangé une pomme.
　她吃了一個蘋果。
—Nous avons marché longtemps.
　我們走了很久的路。
但是，當直接受詞位於動詞之前的時候，它便與直接受詞作性、數、人稱等等的配合。
• 補語為關係代名詞que
—Voici les fruits et les légumes que j'ai achetés au marché.
　這些就是我在市場裡買的水果和青菜。
• 補語為人稱代名詞→me, te, le, la, nous, vous, les
—Ces poires sont délicieuses; je les ai achetées au marché.
　這些梨子很甜；我在市場買的。
—Il nous a invité(e)s au restaurant.
　他請我們上館子。

附註：
關於代動詞之分詞人稱、性、數各方面的配合，參考第5章有關代動詞形式的部分。

當心：
分詞不與代名詞en作人稱、性、數上的配合：
—Des poires? J'en ai acheté hier.
梨子？我昨天買了一些。

分詞　103

- 補語是一個位於動詞之前的名詞

—Combien de livres as-tu lus cet été?

　你今年夏天看了多少本書？

—Quelle peur j'ai eue!

　我好怕！

■ 特殊情況

1. 非人稱動詞（verbe impersonnel）之過去分詞的形式永遠保持不變。

—Quelle tempête il y a eu cette nuit!

　今晚是什麼樣的暴風雨夜呀！

2. 動詞faire＋不定式：分詞保持不變

—Ma voiture était en panne; je l'ai fait réparer.

　我的車子壞了；我把它送去讓人修理。

＊下列動詞的過去分詞後接不定式：voir, regarder, entendre, écouter, sentir, laisser。

當直接受詞是此一不定式的主詞時，分詞與直接受詞作性、數、人稱等的配合。

—L'enfant doit ramasser les jouets qu'il a laissés traîner par terre.

　（les jouets＝動詞traîner的主詞）

　這孩子應該要把他自己散落遍地的玩具收好。

比較：

—L'actrice que j'ai vue jouer était exellente.

　（l'actrice是動詞jouer的主詞）

　這位我見過她表演的女演員十分優秀。

—La pièce que j'ai vu jouer était de Ionesco.

　（la pièce是jouer的直接受詞；jouer的主詞則已被省略：les acteurs）

　我所看過的這齣戲是Ionesco的作品。

—C'est une cantatrice que j'ai souvent entendue chanter.

　（cantatrice＝動詞chanter的主詞）

　這是一位我經常聽見她在唱歌的女演唱家。

—C'est une chanson que nous avons entendu chanter par Edith Piaf.

　（chanson是chanter的直接受詞）

　這是一首我們時常聽見Edith Piaf演唱的歌曲。

錯誤說法	正確說法
Il a travailler.	Il a travaillé. 他工作了。
En étant malade, il est resté au lit.	Etant malade, il est resté au lit. 由於生病的緣故，他躺在床上休息。
J'ai passé un an en apprenant le français.	J'ai passé un an à apprendre le français. 我花了一年的時間學習法文。
Des touristes portants des valises.	Des touristes portant des valises. 一些提著行李的觀光客。
Ce livre est ennuyant.	Ce livre est ennuyeux. 這本書很無聊。

名詞詞組
Le groupe nominal

■ 名詞詞組的構成要素

1. 名詞詞組由一個前接限定詞（déterminant）的名詞組成。

此限定詞可以為：

—冠詞（article）：la maison

—指示形容詞（adjectif démonstratif）：cette maison

—主有形容詞（adjectif possessif）：ma maison

其他的限定詞，如不定形容詞（adjectif indéfini）與數詞（adjectif numéral）也會被派上用場：

• 單獨被使用

quelques fleurs

deux enfants

• 與冠詞、指示或主有形容詞連用

ces quelques fleurs

mes deux enfants

我們也可以將詢問或感嘆形容詞（l'adjectif interrogatif ou exclamatif）quel，以及數量副詞（adverbe de quantité）：beaucoup de, peu de, 等等歸納入限定詞的範疇裡。

Quelle heure est-il?

Quelle merveille!

Il y a beaucoup de vent aujourd'hui.

2. 其他名詞詞組的構成要素可為：

• 性質形容詞（adjectif qualificatif）

un tapis persan

cette magnifique soirée

• 名詞補語（complément de nom）

mon cours de français

une boîte en carton

un appartement à louer

la maison d'en face

・關係從屬句（proposition subordonnée relative）
Voilà la voiture que mon père a achetée hier.

■ 以代名詞來取代名詞詞組

名詞詞組可以被指示、主有、不定，或人稱代名詞取代。

—ce livre→celui-ci（指示代名詞）

—ta raquette de tennis→la tienne（主有代名詞）

—quelques disques de jazz→quelques-uns（不定代名詞）

—Ils regardent le match de football→Ils le regardent（人稱代名詞）

13

名詞
Le nom

可以區分成：
▶ 生命名詞（noms animés）（人、動物）
enfant, chien
▶ 無生命名詞（noms inanimés）（事物、觀念）
chaise, justice
▶ 專有名詞（noms propres）（必須大寫）
Paris, monsieur Dubois
▶ 普通名詞（noms communs）
rue, liberté
▶ 單純名詞（noms simples）
sac, couteau, ami
▶ 複合名詞（noms composés）
croque-monsieur, boîte aux lettres

生命名詞：陰性名詞的形成
Noms animés: formation du féminin

■ 一般規則

我們在名詞的陽性形式之後加上一個-e。

un employé→une employée

un étudiant→une étudiante

不過，有許多名詞的陽性與陰性形式都同樣地以-e結尾，在這樣的情況之下，我們以限定詞（déterminant）來判別名詞的性稱：

un / une artiste

le / la libraire

mon / ma camarade

■ 拼字與發音的調整

我們可以區分兩種情況。

1. -e的出現並不影響到發音的改變

-i	un ami	→	une amie
-é	un employé	→	une employée
-u	un inconnu	→	une inconnue
-l	un rival	→	une rivale
	un Espagnol	→	une Espagnole

2. 發音改變

• -e的出現導致名詞陽性形式末端子音的發音

	陽性	陰性
-d	marchand	→marchande
-t	candidat	→candidate
		不過chat→chatte
-ois	bourgeois	→bourgeoise
-ais	Anglais	→Anglaise
-er	boulanger	→boulangère
-ier	infirmier	→infirmière

▶ 注意：
enfant這個字只有一種形式：un / une enfant。

▶ 當心：有關國家名稱等等的名詞字首須大寫。

- 名詞爲陰性形式時，-n被發音

		陽性	陰性	發音上的改變
-(i)en	→(i)enne	Européen	→Européenne	[ɛ̃]→[ɛn]
-on	→-onne	espion	→espionne	[ɔ̃]→[ɔn]
-in	→-ine	cousin	→cousine	[ɛ̃]→[in]
-ain	→-aine	Mexicain	→Mexicaine	[ɛ̃]→[ɛn]
-an	→ane	Persan	→Persane	[ɑ̃]→[ɑn]
		不過：paysan→paysanne		

- 名詞以陰性形式出現時，字末最後一個音節的調整

-teur→-teuse	或-teur→-trice
acheteur→acheteuse	directeur→directrice
menteur→menteuse	acteur→actrice
-eur→-euse	danseur→danseuse
-f→-ve	fugitif→fugitive
	veuf→veuve
-e→-esse	tigre→tigresse
	hôte→hôtesse
	maître→maîtresse
	同樣地：dieu→déesse

■ 其他的情形

1. 名詞的陰性形式是不同的字：

un homme →une femme un neveu →une nièce
un oncle →une tante un cheval →une jument
等等。

2. 有些名詞不具備陰性形式：

écrivain, amateur, compositeur, architecte, chef, chirurgien, auteur, ingénieur, témoin, juge, magistrat, médecin, sculpteur,等等。

3. 有些名詞不具備陽性形式：

une victime, une souris, une grenouille,等等。

4. 有些名詞的陰性與陽性形式具備相同的詞根，但不同的詞尾：

un compagnon un héros un serviteur
une compagne une héroïne une servante,等等。

注意：
當我們想要明確地表達時，可以加上femme這個字：
—Il y a peu de femmes chirurgiens.
女性外科醫生很少見。

無生命名詞的性稱
Le genre des noms inanimés

■ 無生命名詞的性稱是固定的

une table, une fleur

un livre, le bonheur

我們可以從字尾來判斷名詞的性稱，不過，經常有例外的情形發生。最常見的字尾如下：

陽性	陰性
-isme→journalisme	-té→qualité
-ment→mouvement	-ion→question
-age→voyage除了 une page	-eur→fleur（除了le bonheur以外）
une image	-oi→loi
une plage	-ie→sociologie
une cage	-ure→fermeture
la nage	-esse→richesse
la rage以外	-ette→raquette
-(e)au→bureau	-ence -ance→expérience
noyau	balance
-phone→téléphone	
-oir→soir	
-et→paquet	

■ 同形異義字（les homonymes）

有些名詞的涵意會因為它們以陰性或陽性形式出現而有所不同。

陽性	陰性
un livre de grammaire	une livre de tomates
一本文法書	一磅番茄
un manche de couteau	une manche de robe
一把刀柄	一只洋裝的袖子
un voile de mariée	une voile de bateau
新娘頭紗	船帆

le mode subjonctif	la mode des années 60
虛擬語式	六〇年代的流行風尚
le Tour de France	la tour Eiffel
（法國每年一度的）單車環法比賽	艾菲爾鐵塔
le poste de TV	la poste
電視機	郵局

■ 地理名詞

1. 國家和地區
- 一般而言，以-e結尾的名詞為陰性。
  la France, l'Italie, la Normandie
- 其他的名詞則為陽性
  le Japon, le Canada, le Languedoc, l'Afghanistan
2. 城市
- 城市名詞的性稱沒有固定規則。當名詞以-e結尾的時候，我們傾向於將此名詞視為陰性。
  Toulouse est grande.
- 其他的名詞則被視做陽性。
  Paris est grand.
3. 山林與河流
這些名詞的性稱沒有固定規則。
le Jura, le Caucase, les Alpes （陰性，複數形）
la Seine, la Volga, le Rhône, le Nil

▶ 注意：
例外的有le Mexique, le Cambodge, le Zaïre.

▶ 注意：
大家比較常說：
Paris est une grande ville.

Et lui d'où vient-il?

élection du fleuve de l'année

名詞的複數形式
Le pluriel des noms

■ **一般規則**

我們於名詞的單數形式末端加上一個-s。

un enfant→des enfants

■ **特殊情況**

1. 以-s, -z, -x結尾的名詞為複數時，其字形不變：

un pays→des pays

un gaz→des gaz

une voix→des voix

2. 以-eau, -au, -eu結尾的名詞為複數時，我們在其字尾加上一個-x：

un bateau→des bateaux

un tuyau→des tuyaux

un cheveu→des cheveux

3. 有七個以-ou結尾的名詞為複數時，我們在其字尾加上一個-x：

bijou, caillou, chou, genou, hibou, joujou, pou

4. 一些以-ail結尾的名詞為複數時，字尾變成-aux：

travail→travaux

corail→coraux

émail→émaux

vitrail→vitraux

5. 一些以-al結尾的名詞為複數時，字尾變成-aux：

animal→animaux

journal→journaux

cheval→chevaux

hôpital→hôpitaux

6. 注意一些不規則的名詞複數形式：

oeil→yeux

jeune homme→jeunes gens

madame→mesdames

ciel→cieux

注意：
有些名詞只能以其複數形式出現：les environs, les gens, les mœurs,等等。

注意！例外：
un pneu→des pneus,等等。

注意：
其他的名詞則跟隨一般規則：
des bals, des carnavals, des festivals, des récitals,等等。

monsieur→messieurs

mademoiselle→mesdemoiselles等等。

7. 專有名詞的複數形式字末不加-s：

—Nous avons invité les Durand à dîner.

（＝M. et Mme Durand

＝la famille Durand）

　我們邀請了Durand一家人來晚餐。

不過，藝術家的名字則有其複數形式以指稱他們的作品：

—Ils possèdent deux Renoir/Renoirs.

（＝deux tableaux de Renoir）

　他們擁有兩幅雷諾瓦的畫作。

8. 複合名詞的複數形式

• 動詞＋名詞→動詞不變

un ouvre-boîte(s)→des ouvre-boîtes

（＝qui ouvre la ou les boîtes）

un porte-avions→des porte-avions

（＝qui porte les avions）

不過

des porte-monnaie　　　　des chasse-neige

（＝qui porte la monnaie）（＝qui chasse la neige）

• 名詞＋名詞→兩字都變爲複數形式

un chou-fleur→des chous-fleurs

不過

des timbres-poste（＝de la poste）

名詞＋形容詞→兩字都變爲複數形式

un coffre-fort→des coffres-forts

形容詞＋名詞→兩字都變爲複數形式

un grand-père→des grands-pères

形容詞＋形容詞→兩字都變爲複數形式

un sourd-muet→des sourds-muets

性質形容詞與數詞
L'adjectif qualificatif et l'adjectif numéral

1. Cette petite table basse est très pratique.
   這張矮几很實用。
2. Il y a des arbres magnifiques dans le jardin du Luxembourg.
   在盧森堡公園裡有一些非常漂亮的樹木。
3. C'est une actrice très connue.
   這是個很有名氣的女演員。
4. Nous avons fait un voyage fatigant.
   我們經歷了一趟累人的旅行。
5. Pierre et Marie ont trois enfants.
   Pierre和Marie有三個孩子。

▶ 這些形容詞被稱爲性質形容詞（qualificatifs），因爲它們表達出名詞的性質。
▶ 有許多分詞變成了形容詞【3與4】。
▶ 也有些是數詞（des adjectifs numéraux）【5】。

形容詞的陰性形式
Le féminin des adjectifs

■ 一般規則

我們於形容詞的陽性形式之後加上一個-e：

grand→grande

不過，有許多形容詞的陽性與陰性形式相同：

rouge, calme, facile, tranquille, jeune, propre,等等。

陽性與陰性形式只有在被書寫時，才區分不同的形容詞。對所有屬於這類的形容詞而言，它們的發音方式並不因其以陰性形式出現而有所改變。

1. 遵守一般規則變化的形容詞（字末加上一個-e）：

	陽性	陰性
-u	absolu	absolue
-é	carré	carrée
-i	poli	polie
		不過：favori→favorite
-r	dur	dure
-al	général	générale
-ol	espagonol	espagnole（以及seule）
-il	civil	civile
		不過：gentil→gentille
-ct	direct	directe

2. 特殊情況：文字拼寫上的改變。

• 陽性形式字末輔音（consonne）的重複

—以-el結尾的形容詞：

exceptionnel→exceptionnelle

traditionnel→traditionnelle

—以及其他的形容詞：

pareil→pareille

nul→nulle

net→nette

- 在-e的上面加開口音符（accent grave）

fier→fière

cher→chère

amer→amère

- 在以-gu結尾的形容詞之-e的上面加分音符（tréma）

aigu→aiguë

ambigu→ambiguë

- 以下的形容詞

grec→greque

turc→turque

public→publique

■ 不論是在口頭發音上或是書寫體中，都會有所改變的形容詞

對所有屬於這類的形容詞而言，它們的發音方式會因其以陰性形式出現而有所改變。

1. -e的出現導致形容詞陽性形式字末輔音的被發聲。

- 以-d, -t, -(i)er結尾的形容詞

	陽性	陰性
-d	grand	grande
	rond	ronde
-t	petit	petite
	prudent	prudente
	brillant	brillante
	cuit	cuite
-(i)er	étranger	étrangère
	premier	première

- 以-s或-et結尾的形容詞

陽性		陰性				
gris	→	grise	不過：	bas	→	basse
chinois	→	chinoise		gras	→	grasse
divers	→	diverse		gros	→	grosse
compris	→	comprise		épais	→	épaisse
permis	→	permise		las	→	lasse
complet	→	complète	不過：	muet	→	muette
inquiet	→	inquiète		coquet	→	coquette

當心：
注意開口音符與開放-e的發音：
étranger→ étrangère
[e] →[ɛ]

性質形容詞與數詞 119

secret	→	secrète		
discret	→	discrète		
concret	→	concrète		

2.以陰性形式出現時，-n被發聲。

	陽性		陰性	發音上的改變
-un→-une	brun	→	brune	[œ̃]→[yn]
-in→-ine	voisin	→	voisine	[ɛ̃]→[in]
	enfantin	→	enfantine	
	fin	→	fine	
-ain→-aine	prochain	→	prochaine	[ɛ̃]→[ɛn]
	américain	→	américaine	
	vain	→	vaine	
	plein	→	pleine	
-an→-ane	catalan	→	catalane	[ã]→[ɑn]
（少見）	partisan	→	partisane	
不過	paysan	→	paysanne	

輔音重複：

	陽性		陰性	發音上的改變
-on→-onne	bon	→	bonne	[ɔ̃]→[ɔn]
	breton	→	bretonne	
	mignon	→	mignonne	
-(i)en→-(i)enne	européen	→	européenne	[ɛ̃]→[ɛn]
	coréen	→	coréenne	
	ancien	→	ancienne	
	iranien	→	iranienne	

3. 字末輔音或音節的變化

	陽性		陰性
-f→-ve	neuf	→	neuve
	bref	→	brève
	positif	→	positive
-eux→-euse	nerveux	→	nerveuse
	affreux	→	affreuse
	peureux	→	peureuse

*	vieux	→	vieille
-c→-che	blanc	→	blanche
	franc	→	franche
	sec	→	sèche
	frais	→	fraîche
-teur→-teuse	menteur	→	menteuse
-teur→-trice	observateur	→	observatrice
	interrogateur	→	interrogatrice
-eur→-euse	joueur	→	joueuse
	moqueur	→	moqueuse
-eau→-elle	nouveau	→	nouvelle
	jumeau	→	jumelle
	beau	→	belle
-ou→-olle	fou	→	folle
	mou	→	molle

形容詞beau, nouveau, vieux具有兩種陽性單性形式：

在輔音之前	在元音（voyelle）或啞音h之前
un nouveau manteau	un nouvel appartement
un beau tableau	un bel homme
un vieux chien	un vieil ami

形容詞的複數形式
Le pluriel des adjectifs

■ 一般規則

我們在形容詞的單數形式字末加上一個-s。沒有發音上的變化。

un livre bleu→des livres bleus

une jupe longue→des jupes longues

■ 特殊情況

與一些形容詞的陽性形式有關

-S或-X	→其複數形式不產生任何的變化
	un mur bas→des murs bas
	un sourire doux→des sourires doux
-eau→-eaux	un film nouveau→des films nouveaux
	un frère jumeau→des frères jumeaux
-al→-aux	un problème national→des problèmes nationaux
	un organisme régional→des organismes régionaux

► 例外：
banal→banals
final→finals
glacial→glacials
natal→natals
fatal→fatals
naval→navals

形容詞之性、數、人稱的配合
L'accord des adjectifs

■ 一般規則

形容詞與它所修飾之名詞的性稱（genre）（陽性或陰性）與數量（nombre）（單數或複數）配合。

une rue bruyante, des enfants blonds, des histoires courtes

與不同性稱的名詞配合：

une jupe et un chemisier blancs
　　（陰性）　　（陽性）　（陽性複數）

■ 特殊情況

1. 顏色形容詞（les adjectifs de couleur）。

這些被當做形容詞使用的名詞詞形是固定不變的：

une robe marron, des coussins orange, des murs crème, des yeux noisette,等等。

2. 複合顏色形容詞（les adjectifs de couleur composés）。

　　當顏色形容詞被加上另一個名詞或形容詞更精確地表達其色彩時，顏色形容詞的詞形固定不變。

比較：

une jupe verte et une jupe ⎰ vert pomme
　　　　　　　　　　　　　⎱ vert clair

des chandails bleus et des chandails ⎧ bleu foncé
　　　　　　　　　　　　　　　　　　⎨ bleu marine
　　　　　　　　　　　　　　　　　　⎩ bleu pâle

3. 當demi, nu, ci-joint, ci-inclus被置於名詞之前時，它們的詞形固定不變：

une demi-heure　　　　　deux heures et demie
nu-pieds　　　　　　　　pieds nus
ci-joint une photocopie　la photocopie ci-jointe
ci-inclus une adresse　　l'adresse ci-incluse

4. 關於avoir l'air一詞，它與主詞的性、數、人稱配合：

—Cette tarte a l'air délicieuse.
　這塊派看起來很好吃。

▶ 當心：
Les littératures française et anglaise.
（＝la littérature française et la littérature anglaise）

▶ 注意：
rose與mauve則與名詞作性數方面的配合：des rubans roses.

▶ 當心：
Demi只與名詞的性稱配合，而不與其數量配合。

▶ 注意：
當主詞是人的時候，air也可以與形容詞搭配：
—Elle a l'air heureux/heureuse.
　她看起來十分幸福的樣子。

性質形容詞與數詞　123

形容詞的位置
La place des adjectifs

大部分的形容詞都出現於名詞之後。有些則固定被置於名詞之前。還有另外一些形容詞的出現位置則不固定。

■ 固定出現於名詞之後的形容詞

1. 顏色形容詞：

une pomme verte, un tableau noir

2. 國籍形容詞：

un écrivain français, un étudiant étranger, des montres suisses

3. 形狀形容詞：

un plat rond, une table carrée

4. 宗教形容詞：

un rite catholique, une église orthodoxe

5. 用以表達關係的形容詞（與名詞補語互相呼應）：

un temps printanier （＝de printemps）

l'époque médiévale （＝du Moyen Age）

la voiture présidentielle （＝du Président）

6. 被當做形容詞使用的過去分詞：

une jupe plissée, un verre cassé, une table vernie

7. 後接補語的形容詞：

un conseil bon à suivre, un exercice facile à faire

■ 被置於名詞之前的形容詞

beau, joli, double, jeune, vieux, petit, grand, gros, mauvais, demi, prochain, dernier, nouveau,等等。

un beau paysage, un gros problème, un vieux chien, la prochaine station

■ 時而出現於名詞前，時而出現於名詞後的形容詞

un spectacle magnifique或un magnifique spectacle

un paysage splendide或un splendide paysage

某些被用以表達評價的形容詞：délicieux, magnifique, splendide, horrible, superbe,等等，當它們被置於名

► 注意：
1. 關於jeune與grand被置於名詞之後，參考下頁的表格。
2. prochain與dernier被置於時間名詞之後以表達日期：
—la semaine prochaine/dernière
下／上星期
—le mois prochain/dernier
下／上個月
—l'été prochain/dernier
明／去年夏天

詞之前時，則具有更寬廣的涵意。

■ 因為出現位置不同而意義不同的形容詞

ancien	un ancien hôpital	=aujourd'hui, ce n'est plus un hôpital
	過去的一家醫院	
	un meuble ancien 古董級家具	=vieux et qui a de la valeur
brave	un brave homme 一位好好先生	=gentil
	un homme brave 一個勇敢的人	=courageux
certain	une certaine envie 某種慾望	=plus ou moins grande
	une envie certaine 一個確切的慾望	=on ne peut pas en douter
cher	mon cher ami 我親愛的朋友	=que j'aime
	un livre cher 一本昂貴的書	=dont le prix est élevé
curieux	une curieuse histoire 一個奇異的故事	=bizarre, étrange
	un regard curieux 一個好奇的眼光	=indiscret
drôle	une histoire drôle 一個有趣的故事	=amusante
	une drôle d'histoire 歷史上的一件怪事	=bizarre
grand	un homme grand 一個高大的男人	=de haute taille
	un grand homme 一個偉人	=célèbre, important dans l'histoire

jeune	un jeune professeur	=qui enseigne depuis peu de temps
	一位資淺的老師	
	un professeur jeune	=qui n'est pas vieux
	一位年輕的老師	
pauvre	un pauvre homme	=qui est à plaindre
	一個可憐人	
	un homme pauvre	=qui n'est pas riche
	一個窮人	
propre	mon propre frère	=le mien
	我自己的哥哥（弟弟）	
	une chemise propre	=qui n'est pas sale
	一件乾淨的襯衫	
rare	un livre rare	=qui a de la valeur
	一本稀奇的書	
	de rares amis	=peu nombreux
	為數寥寥無幾的朋友	
seul	un seul enfant	=il n'y a pas d'autres dans la famille
	獨生子	
	un enfant seul	=qui n'est pas accompagné
	一個孤獨的孩子	
vrai	un vrai problème	=important
	一個嚴重的問題	
	une histoire vraie	=réelle, vécue
	一個真實的故事	

形容詞的其他應用方式
Autres emplois des adjectifs

■ 被當做副詞使用的形容詞

有些以陽性單數形式出現的形容詞被當做副詞來使用。

—Cette fleur sent bon.（＝a une bonne odeur）
　這朵花聞起來很香。

—Ils sont fort riches.（＝très riches）
　他們非常富有。

尤其常見的說法：

peser lourd, couper fin, coûter cher, voir clair, voir grand, travailler dur, marcher droit, chanter faux, parler fort, s'habiller jeune, faire vieux,等等。

比較：

—Cette valise est lourde.（形容詞）
　這只皮箱很重。

—Cette valise pèse lourd.（副詞）
　這只皮箱秤起來很重。

■ 被當做名詞使用的形容詞

它們以陽性單數形式出現，並前接冠詞le。

—Il aime le moderne.
　（＝ce qui est moderne）
　他喜歡時髦。

—L'important, c'est qu'il soit là.
　（＝la chose importante）
　重要的是，他會在這兒。

—Un esthète est quelqu'un qui aime le beau.
　（＝les belles choses）
　唯美主義者就是喜愛美麗事物的人。

—Le bleu est à la mode cet hiver.
　（＝la couleur bleu）
　今年冬天流行藍色。

數詞
Les adjectifs numéraux

數詞分爲兩類：

1. 基數（l'adjectif numéral cardinal）：表示數目。
—J'ai trois soeurs et deux frères.
　我有三個姊妹和兩兄弟。

2. 序數（l'adjectif numéral ordinal）：表示次序。
—C'était la troisième fois qu'il venait à Paris.
　這是他第三次來巴黎。

■ 基數

1. 詞形固定不變，除非：
- un以陰性形式出現
—Ce livre a cent cinquante et une pages.
　這本書有一百五十一頁。
- vingt與cent被乘以多次時，字末加上一個-s
deux cents（200＝2×100）
quatre-vingts（80＝4×20）
不過，當它們後接另一個數字的時候，則保持不變
deux cent douze (212)
quatre-vingt-treize (93)

2. 它們可以前接限定詞：
—Rendez-moi mes trois cents francs!
　把我的三百法郎還來！
—Il a posé les quatre livres sur la table.
　他將這四本書放在桌子上。

3. 後綴詞（suffixe）-aine意味著一個大約的數目。可以被加在8, 10, 12, 15, 20, 30, 40, 50, 60,與100等數字之後。
—Il a offert une dizaine de roses à sa mère.
　（＝environ dix）
　他送了十幾朵玫瑰花給他媽媽。
—Il y avait une vingtaine d'étudiants dans la classe.
　（＝environ vingt）
　班上大約有二十來個學生。

注意：
Mille是一個詞形不變的形容詞：
Deux mille hommes.
Million與milliard是一些具有複數形式的名詞：
—Deux millions d'hommes.
　兩百萬人。

注意！我們說：
1. les trois derniers jours, mes deux autres enfants;
2. 與人稱代名詞連用時：
nous deux, vous quatre.

注意：
Un millier＝environ mille：
—Un millier de monifestants se rassemblèrent place de l'Opéra.
　大約有千人左右的示威者聚集在歌劇院廣場上。

■ 序數

un→premier(-ière)

deux→deuxième或second(e)

接下來，後綴詞-ième附加於數字的末端。

trois-ième   quatr-ième   trent-ième

—Ils viennent d'avoir leur troisième enfant.
　　他們剛生了第三個孩子。

—Ce livre a beaucoup de succès on en est à la dixième édition.
　　這本書很受歡迎；已經是第十版了。

> 注意：
> 關於日期的說法，我們說 le premier janvier（février, mars,等等）。接著是le deux（trois, quatre,等等）janvier。

■ 數詞表

	基數	序數		基數	序數
1	un(e)	premier(-ière)	31	trente et un(e)	trente et unième
2	deux	deuxième, second(e)	32	trente-deux	trente-deuxième
3	trois	troisième	40	quarante	quarantième
4	quatre	quatrième	41	quarante et un(e)	quarante et unième
5	cinq	cinqième	50	cinquante	cinquantième
6	six	sixième	51	cinquante et un(e)	cinquante et unième
7	sept	septième	60	soixante	soixantième
8	huit	huitième	61	soixante et un(e)	soixante et unième
9	neuf	neuvième	70	soixante-dix	soixante-dixième
10	dix	dixième	71	soixante et onze	soixante et onzième
11	onze	onzième	72	soixante-douze	soixante-douzième
12	douze	douzième	80	quatre-vingts	quatre-vingtième
13	treize	treizième	81	quatre-vingt-un(e)	quatre-vingt et unième
14	quatorze	quatorzième	90	quatre-vingt-dix	quatre-vingt-dixième
15	quinze	quinzième	91	quatre-vingt-onze	quatre-vingt-onzième
16	seize	seizième	97	quatre-vingt-dix-sept	quatre-vingt-dix-septième
17	dix-sept	dix-septième	100	cent	centième
18	dix-huit	dix-huitième	101	cent un(e)	cent unième
19	dix-neuf	dix-neuvième	1000	mille	millième
20	vingt	vingtième	1001	mille un(e)	mille unième
21	vingt et un(e)	vingt et unième	1800	mille huit cents	mille huit centième
22	vingt-deux	vingt-deuxième	10000	dix mille	dix millième
30	trente	trentième	100000	cent mille	cent millième

錯誤說法	正確說法
Mon anglaise amie.	Mon amie anglaise. 我的英國女友。
Cette voiture coûte chère.	Cette voiture coûte cher. 這輛車很貴。
Les derniers trois jours.	Les trois derniers jours. 最後三天。
Les autres deux manteaux.	Les deux autres manteaux. 另外兩件大衣。
Louis le quatorzième.	Louis XIV quatorze. 路易十四。
Je suis né le deuxième mars.	Je suis né le deux mars. 我在三月二日出生。

冠詞
Les articles

1. La poste ferme à 19 heures.
   郵局在晚上七點鐘關門。
2. J'ai une bonne idée.
   我有個好主意。
3. Voulez-vous du pain?
   您（你們）要麵包嗎？

冠詞（article）是一個與跟在它後方之名詞性（genre）、數（nombre）
配合的限定詞（déterminant）；冠詞可分為三種：
▶ 定冠詞（l'article défini）【1】
▶ 不定冠詞（l'article indéfini）【2】
▶ 部分冠詞（l'article partitif）【3】

定冠詞
L'article défini

■ 形式

陽性單數形式	陰性單數形式	陽性與陰性複數形式
le	la	les

le livre→les livres

la table→les tables

1. 在元音或啞音h之前：

le →l' l'arbre, l'homme

la →l' l'université, l'heure

2. 冠詞與前置詞à與de合併縮寫：

à＋le→au Nous allons au cinéma.

à＋les→aux Il parle aux enfants

de＋le→du La table du salon.

de＋les→des Les feuilles des arbres.

▶ 當心：
在噓音h（h aspiré）之
前元音不省略：le héros,
la hauteur.

■ 應用

我們使用定冠詞

1. 當名詞所指稱的人、事為眾所皆知或獨一無二的時
候：

—Le Soleil éclaire la Terre.
太陽照亮大地。

—La tour Eiffel a été construite en 1889.
艾菲爾鐵塔於一八八九年建造完成。

2. 當名詞具有一普遍意義的時候：

—L'argent ne fait pas le bonheur.
金錢並不能帶來幸福。

—J'aime beaucoup le jazz.
我很喜歡爵士樂。

—Ils habitent à la campagne.
他們住在鄉下。

3. 當名詞的意義被一關係從屬句(1)、名詞補語(2)或上
下文(3)限定的時候：

—Le voyage que je devais faire a été annulé. (1)
　我本來預定的旅行行程取消了。

—Le prochain voyage du pape aura lieu au
　printemps.
　教宗下回的旅行將於春天舉行。

—Nous sommes allés en Italie en voiture; le
　voyage a été un peu long.
　我們開車去義大利；行程有一點兒長。

我們於下列名詞之前，使用定冠詞：

• 地理名詞

l'Europe, la Suède, l'Ouest, l'océan Atlantique, le
Nil, les Alpes, la Normandie,等等。

• 民族與語言

les Italiens, les Grecs,等等。

le chinois, l'hébreu,等等。

• 季節、日期與節慶

l'hiver, le printemps, l'été, l'automne

le 15 mars, le lundi 15 mai

la Toussaint, le jour de l'an,等等。（但不用於Noël
與Pâques）

• 頭銜

le Président, la reine, le Premier ministre, le
général Dupont, le professeur Dubois,等等。

• 家庭稱呼

les Martin

（注意！名字不是複數形式）

• 顏色

le vert, le blanc,等等。

• 比較的最高級（le superlatif）

le plus connu, la plus petite,等等。

• 度量衡的單位

10 francs le kilo, 20 francs le mètre, 5 francs le
litre, 90 km à l'heure,等等。

特殊情況

當身體器官與其主有者的關係十分明確的時候，我們於
身體器官之前，使用定冠詞來取代主有形容詞：

—Cet enfant a les cheveux blonds et les yeux bleus.

▶ 注意：
我們在一些國家名稱之前
不用冠詞：
Cuba, Israël, Madagascar,
Chypre,等等。

▶ 注意：
1.我們在月份的名詞之前不
用冠詞：
—Septembre est le mois
de la rentrée des classes.
　九月是學校開學的月份。
2.在時間名稱之前的定冠詞
表達一種習慣：
— Je joue au tennis le
lundi.
（＝tous les lundis）
我每星期一打網球。

▶ 注意：
—Acheter un Van Gogh.
（＝acheter un tableau
de Van Gogh）
買一幅梵谷的畫。
—Jouer du Debussy.
（＝jouer de la musique
de Debussy）
演奏德布西的音樂。

這個孩子有著金髮碧眼。

—Elle a souvent mal à la tête.
　她經常頭痛。

—Il écrit de la main gauche.
　他用左手寫字。

—Il marchait le dos courbé, les mains derrière le
　dos.
　他彎腰駝背地雙手放在背後走路。

同樣地：

• 當主有的關係被代動詞表明時

—Lave-toi les mains!
　去洗手！

—Il s'est coupé le doigt.
　他割傷了自己的手指。

• 當主有者被間接代名詞（pronom indirect）表明時

—On lui a marché sur le pied.
　有人踩到他的腳。

—Il m'a pris la main.
　他牽著我的手。

Je crois qu'on lui a marché sur le pied.

不定冠詞
L'article indéfini

■ 形式

陽性單數形式	陰性單數形式	陽性與陰性複數形式
un	une	des

un livre　　→des livres
une table　→des tables

■ 應用

我們使用不定冠詞

1. 當名詞所指稱的人、事並不確定的時候。
—Nous avons invité des amis à dîner.
　我們邀請了一些朋友來晚餐。
—Ils ont une villa sur la Côte d'Azur.
　他們在蔚藍海岸擁有一棟別墅。

2. 當名詞被形容詞(1)、名詞補語(2)或關係從屬句(3)修
飾而具有特殊的性質時。
—C'est un paysage magnifique. (1)
　這是一片非常美麗的風光。
—C'est un paysage d'hiver. (2)
　這是一幅冬天的景象。
—C'est un paysage qui fait rêver. (3)
　這是一片令人夢想的景觀。

特殊情況
當名詞複數形式的前面有形容詞時，des被de取代。
—J'ai acheté des roses rouges.
　我買了一些紅玫瑰。
—J'ai acheté de jolies roses rouges.
　我買了一些很漂亮的紅玫瑰。

不過，當形容詞＋名詞的這一詞組，被視為複合名詞
（nom composé）時，我們保留冠詞：

des petits pois, des jeunes gens, des petites
annonces, des grands magasins, des petites filles,
des petits fours,等等。

注意：
在口頭用語裡，我們傾向
於保留冠詞des：
—Il a eu des bonnes
notes à l'examen.
　他考試的分數相當高。

部分冠詞
L'article partitif

■ 形式

陽性單數形式	陰性單數形式
du	de la

du pain, de la monnaie
在元音或啞音h之前：
du→de l'　　de l'argent
de la→de l'　de l'eau, de l'huile

■ 應用

我們在一個抽象或具體名詞之前，使用部分冠詞以表達其數量上的不確定，或是無法被計算出來的整體之一部分。

—Je prends toujours du thé au petit déjeuner.
　我一向在吃早餐的時候喝茶。

—Il a gagné au loto. Il a eu de la chance.
　他中了樂透。他運氣很好。

—Je vais chercher de l'argent à la banque.
　我要去銀行領錢。

▶ 注意：
1.J'ai mangé des épinards.
我吃了一些菠菜。
在這兒，des被視為部分冠詞。
2.遇有動詞faire的時候，我們常用到部分冠詞：
faire du sport, du yoga
faire du violon, de la guitare...
faire des études, du droit...
faire du théâtre, de la politique

三種冠詞意義的比較

Valeurs comparées des trois articles

■ **定冠詞與不定冠詞的差異**

比較：

1. Il y a un musée près d'ici; c'est le musée
   （未確定）　　　　　　　　　　　　（確定）
   d'Orsay.
   這附近有一家美術館；是奧賽美術館。

2. ―Le bruit est un des problèmes de la vie
     moderne.
   （＝le bruit en général）
   噪音是現代生活的問題之一。
   ―J'ai entendu un bruit dans le couloir.
   （＝un bruit en particulier）
   我聽見走廊上有聲響。

3. ―C'est une voiture qui tient bien la route.
   （＝une parmi d'autres）
   這是一部在道路上行駛時穩定性良好的車子。
   ―C'est la voiture que je viens d'acheter.
   （＝ma voiture）
   這是我剛買的車子。
   ―De nos jours, on prends beaucoup l'avion.
   （＝en général）
   在我們那時代，大家常常搭飛機。
   ―Je prends toujours un avion de cette
     compagne.
   （＝un parmi d'autres）
   我一向坐這家公司的飛機。

4. ―Il est arrivé un dimanche.
   （＝en particulier）
   他是在某個星期天抵達的。
   ―Le dimanche, il joue au golf.
   （＝tous les dimanches）
   他每個星期天打高爾夫球。

—Le vert est ma couleur préférée.

（＝en général）

綠色是我最喜愛的顏色。

—La mer était d'un vert éclatant.

（＝en particulier）

大海是一片璀璨的碧綠色。

■ 定冠詞、不定冠詞與部分冠詞的差異

若一名詞屬於不可數名詞（nom non comptable）的範疇時，此名詞的前面可以連接三種冠詞中的任一種，比方說：

soleil, neige, pluie, vent, viande, lait, vin, patience, courage, force, énerge, argent, or, fer, 等等。

—L'eau est indispensable à la vie.

（＝en général）

水對生命而言是不可或缺的。

—Cette source donne une eau très pure.

（＝caractère particulier donné par l'adjectif）

這泉源生產的水質很純淨。

—Je voudrais de l'eau, s'il vous plaît.

（＝quantité indéterminée）

麻煩您，我想要水。

—Le courage est une qualité morale.

勇敢是一種道德優點。

—Il a montré un grand courage dans cette situation.

他在這種情況之下表現出極大的勇氣。

—Il faut du courage pour se lever à 5 heures tous les matins!

要幹勁十足才能每天早上五點鐘起床！

—Le russe est une langue difficile à apprendre.

俄語是一種很難學的語言。

—Quelle est cette langue? C'est du russe.

這是什麼語言？俄語。

—Elle parle un russe excellent.

她說得一口流利的俄語。

否定句中的不定冠詞與部分冠詞
Les articles indéfinis et partitifs dans la phrase négative

1. 於否定形式的動詞之後，不定冠詞與部分冠詞都被 **de**取代：

un
une   ne...pas
des   → ne...plus   +DE
du   ne...jamais
de la
de l'

—J'ai fait un gâteau.
　我做了一個蛋糕。
→Je n'ai pas fait de gâteau.
　我沒做蛋糕。
—Je fais encore des fautes.
　我仍犯一些錯誤。
→Je ne fais plus de fautes.
　我不再犯錯。
—Je fais souvent de la gymnastique.
　我常做體操。
→Je ne fais jamais de gymnastique.
　我從不做體操。

不過，在下列情況裡，我們不改變冠詞的形式

• 當我們要凸顯對比兩個名詞的時候：
—N'achetez pas de la margarine, achetez donc du beurre!
　別買人造奶油，買牛油吧！
—Je ne prendrai pas une glace à la vanille mais un sorbet au cassis.
　我不吃香草冰淇淋，不過我吃黑茶藨子冰糕。

• 當un具備un seul意思的時候：
—Elle était intimidée; elle n'a pas dit un mot.
　她被嚇到了；她一個字也沒說。

注意：
Sans具有否定涵意。因此，冠詞隨之調整：
—Il est sorti en faisant du bruit.
　→Il est sorti sans faire de bruit.
　他一邊發出聲響，一邊出門。
　→他未發出一點兒聲響地便出了門。

- 在動詞être之後：

—C'est une voiture japonaise.
　這是日本車。

→Ce n'est pas une voiture japonaise.
　這不是日本車。

—Ce sont des remarques intéressantes.
　這些是很有趣的意見。

→Ce ne sont pas des remarques intéressantes.
　這不是些什麼有趣的意見。

—Quand j'étais au lycée, je n'étais pas une bonne élève.
　當我在念高中的時候，我不是個好學生。

2. 在ni...ni之後，冠詞被省略：

—Il boit quelquefois de l'alcool: du vin, de la bière, des apéritifs.
　他偶爾喝酒：葡萄酒、啤酒、開胃酒。

→Il ne boit jamais d'alcool: ni vin, ni bière, ni apéritif.
　他從不喝酒：不論是葡萄酒、啤酒，或開胃酒。

—Elle avait des frères et des sœurs.
　她有兄弟姊妹。

→Elle n'avait ni frères ni sœurs.
　她既沒有兄弟也沒姊妹。

—Nous avons reçu un coup de téléphone et une lettre de Jean.
　我們接到了Jean的一通電話和一封信。

→Nous n'avons reçu ni coup de téléphone ni lettre de Jean.
　我們既沒接到Jean的電話，也沒收到他的信。

不過我們也可說：pas de...ni de... :

—Il ne boit pas de vin ni de bière.
　他既不喝葡萄酒也不喝啤酒。

—Elle n'a pas de frère ni de sœurs.
　她既沒有兄弟也沒姊妹。

—Nous n'avons pas reçu de coup de téléphone ni de lettre de Jean.
　我們既沒接到Jean的電話，也沒收到他的信。

當心！我們保留定冠詞：
—Il n'aime ni le vin ni la bière.
　他既不喜歡葡萄酒，也不愛啤酒。

不定冠詞與部分冠詞的省略
Omission des articles indéfinis et partitifs

■ **在一個前接數量習語（expression de quantité）的名詞之前**

beaucoup de	plus de
trop de	assez de
autant de	moins de
peu de	

—Il y a beaucoup d'arbres fruitiers dans ce jardin.
　這個園子裡有許多果樹。

—J'ai plus de travail que l'année dernière.
　我的工作比去年還多。

un kilo de	une tranche de
une heure de	un paquet de
un morceau de	une goutte de
une bouteille de	

—Je voudrais quatre tranches de jambon, s'il vous plaît.
　麻煩您，我想要四片火腿。

—J'ai acheté dix mètres de tissu pour faire des rideaux.
　我買了十公尺長的布來做窗簾。

■ **在前置詞DE後面**

複數形式的不定冠詞與部分冠詞被省略。

$$\left. \begin{array}{l} \text{du} \\ \text{de la} \\ \text{de l'} \\ \text{des} \end{array} \right\} = \text{DE}$$

—Le ciel est couvert de nuages.
　天空烏雲密布。

—Cette bouteille est pleine d'eau.
　這個瓶子裡滿滿的都是水。

—Faute de temps, je ne suis pas allé à la poste.

▶ ＊當心：
要是名詞被限定的話，我們便可以說beaucoup des (de＋les)：
—Beaucoup des arbres fruitiers que j'ai plantés ont souffert du froid.
　我所種的樹裡面有許多棵都受了霜害。

因為時間不夠，我沒去郵局。

—Ce magasin est fermé en raison de difficultés financières.

這家商店由於財務上的困難而倒閉了。

不過，單數形式的不定冠詞則被保留：

—J'ai besoin d'un dictionnaire.

我需要一本字典。

—Leur maison se trouve près d'une belle église romane.

他們家就在一座美麗的羅馬式教堂附近。

■ 在前置詞SANS之後

在名詞之前的不定冠詞與部分冠詞被省略。

—Elle est sans travail actuellement.

她目前沒有工作。

—Je prends toujours mon café sans sucre.

我喝咖啡一向不放糖。

■ 在一個指示職業的名詞表語前面

不定冠詞被省略

—Madame Lévy est professeur d'anglais.

Madame Lévy是英文老師。

—Il est devenu directeur de la banque où il travaille depuis dix ans.

他成為服務了十年的銀行的經理了。

▶ 注意：
當un具有un seul的意思時，我們保留冠詞：
—Il est parti sans un mot de remerciement.
他連一聲道謝的話也沒說便離開了。

Je prends toujours mon café sans sucre.

三種冠詞的省略
Omission des trois articles

■ 在由À或DE導引的名詞補語前

當名詞補語被用來指定名詞的涵意時，我們不用冠詞。

前置詞DE

une carte de géographie, de visite, d'étudiant, d'identité...

une salle de classe, de cinéma, d'attente, de bains... un ticket de métro, une idée de génie, un ami d'enfance, une agence de voyages, une race de chiens, des pommes de terre,等等。

比較：

un arrêt d'autobus (n'importe quel autobus)

l'arrêt de l'autobus 91 (le 91)

des clés de voiture (n'importe quelle voiture)

les clés de la voiture de Sophie

un récit de voyage

le récit de voyage de M. Martin au Tibet

前置詞À

un couteau à pain (un couteau pour couper le pain)

une corbeille à papiers

une brosse à dents

un panier à provisions

▶ 注意！
當à具有avec的意思，我們保留定冠詞：
une glace à la vanille;
une tarte au citron; un pain au chocolat; de la peinture à l'huile等等。

■ 其他省略冠詞的情況

1. 在列舉物品的時候

—Tout est en solde dans ce magasin: jupes, pantalons, chemisiers, vestes, manteaux.

這家商店裡所有的商品都在打折：裙子、褲子、女襯衫、上衣、外套。

—Le musée Picasso présente de nombreuses œuvres de l'artiste: peintures, sculptures, dessins, collages.

畢卡索博物館陳列了許多藝術作品：畫作、雕塑、素

描、黏貼畫。
2. 在布告、報紙書刊的標題上……：
   《Maison à vendre》，《Violents orages dans le Midi》, Livre de grammaire, Cahier d'exercices等。
3. 在一些動詞詞組（**locution verbale**）中：
   avoir envie, avoir besoin, faire attention, rendre service等等。
4. 在某些動詞之後：
   changer d'avis, se tromper de direction等等。
5. 在某些前置詞之後：
   en été, par terre, à pied, en or, sans issue, avec plaisir等等。

錯誤說法	正確說法
Le livre de le professeur.	Le livre du professeur. 教授的書。
Je vais à les Etats-Unis.	Je vais aux Etats-Unis. 我去美國。
Je n'ai pas des amis.	Je n'ai pas d'amis. 我沒有朋友。
Je n'ai pas de l'argent.	Je n'ai pas d'argent. 我沒錢。
Il n'a pas du travail.	Il n'a pas de travail. 他沒有工作。
Je n'aime pas de café.	Je n'aime pas le café. 我不喜歡咖啡。
Voilà des belles photos.	Voilà de belles photos. 這是一些漂亮的照片。
Voilà des autres livres.	Voilà d'autres livres. 這是其他的書。
Il y a beaucoup des étudiants.	Il y a beaucoup d'étudiants. 有許多學生。
Je t'appellerai le lundi prochain.	Je t'appellerai lundi prochain. 我下星期一打電話給你。
Je voudrais un verre de l'eau.	Je voudrais un verre d'eau. 我想要一杯水。

Elle porte le manteau bleu.

Elle porte un manteau bleu.
她穿著一件藍色的外套。

Elle a fermé ses yeux.

Elle a fermé les yeux.
她閉上了雙眼。

Je suis une étudiante.

Je suis étudiante.
我是學生。

Il est sorti sans un parapluie.

Il est sorti sans parapluie.
他沒帶傘就出門了。

J'ai besoin du temps pour...

J'ai besoin de temps pour…
我需要時間以便……

指示詞：形容詞與代名詞

Les démonstratifs: adjectifs et pronoms

1. —Mademoiselle, pourriez-vous montrer nos vestes à ce monsieur?

   小姐，您可以將我們的上衣拿給這位先生看嗎？

2. —Est-ce que cette veste vous plaît, monsieur? C'est une veste de sport.

   先生，您喜歡這件上衣嗎？這是件運動上衣。

3. —Oui, elle est jolie, mais je préférerais celle que j'ai vue hier dans la vitrine et qui est plus habillée.》

   喜歡，它很漂亮，不過我比較喜歡昨天在櫥窗裡看到的那一件，那件比較合適。

指示詞（démonstratifs）或爲名詞的限定詞（指示形容詞1, 2），或爲代名詞（2, 3）。它們被用來：

▶ 指稱人、物或觀念。

▶ 代稱一字或一句子。

指示形容詞
Les adjectifs démonstratifs

■ 形式

	單數 陽性	單數 陰性	複數 陽性	複數 陰性
ce	cet	cette	ces	

cet出現於以元音或啞音h為首的名詞陽性形式之前：
cet arbre, cet homme（cet的發音如同cette）
不過ce héros, ce haut-parleur (h 發氣音)

■ 應用
1. 指示形容詞被應用在下列的情況裡
• 為了指稱某人或某事物
—Cette dame, c'est la directrice de l'école.
　（說話者指明了究竟是哪位女士）
　這位女士是小學校長。
—Tu vois cet autobus ? Il va à la gare de Lyon.
　（說話者指明了究竟是哪部公車）
　你看見這部公車沒有？它開到里昂火車站。
• 為了重述先前已經被提及的名詞
—Il était une fois un prince; ce prince n'était pas
　heureux.　　　　　　　　　（重述名詞）
　他從前是一位王子；這位王子並不快樂。
2. Ce...-ci, ce...-là
• -ci＝près（在時間或空間上）
—Prends ce couteau-ci, il coupe bien.
　（＝le couteau qui est près de toi, devant toi）
　拿這把刀去，它很好切。
—Il y a beaucoup de vent ces jours-ci.
　（＝en ce moment）
　這幾天風很大。
• -là＝loin（在時間或空間上）
—Cet arbre-là, au fond du jardin, a plus de cent ans.

（＝cet arbre, loin de nous）

那棵樹，在花園最深處（的那棵），樹齡已經超過一百年了。

—Ce jour-là, tout le monde dormait.

（＝ce jour loin dans le passé）

那天，大家都睡著了。

• 在同一句子裡出現-ci與-là則被用以分辨兩名詞

—Qu'est-ce que vous préférez? Ces photos-ci en noir et blanc ou ces photos-là en couleur?

您（你們）比較喜歡哪些？這些黑白照片或是那些彩色照片？

注意：

在一般用語裡，-ci很少被使用到；我們較喜歡使用-là。

—Cette idée-là me paraît bonne.

我覺得這主意很好。

—Cet enfant a sept ans; à cet âge-là, il devrait savoir lire.

這小孩七歲大；像這樣的年齡，他應該會識字了。

—Mets donc cette cravate-là!

打這條領帶吧！

指示代名詞
Les pronoms démonstratifs

■ 形式

		單數	複數
陽性	簡單形式	celui	ceux
	複合形式	celui-ci celui-là	ceux-ci ceux-là
陰性	簡單形式	celle	celles
	複合形式	celle-ci celle-là	celles-ci celles-là
中性（neutre）		ce ceci cela	

■ 應用

指示代名詞被用來取代一個先前已經被提及的名詞，以避免一再地重複該名詞。

1. 複合形式

—Quelle est votre voiture? Celle-ci ou celle-là?
（＝cette voiture-ci ou cette voiture-là）
哪一輛是您（你們）的車子？這輛或是那輛？

2. 簡單形式

後面固定接著前置詞de或關係代名詞。

• 前置詞de

—L'ascenseur de gauche est en panne, prenez celui de droite.
左邊的電梯故障了，搭右邊的那一部吧！

—La chambre des parents donne sur la rue. Celle des enfants donne sur la cour.
父母親的臥室窗口面臨街道。孩子們的則面對著庭院。

• 關係代名詞

—Les fleurs sauvages sont celles que je préfère.

注意：

1.在一般用語裡偏好使用-là：
—C'est bien ce livre que vous voulez?
—Oui, c'est celui-là.
您要的是這本書嗎？
對，就是這本。

2.＊加上-ci的代名詞取代了最近的那個名詞：
—L'enfant voulait calmer son petit frère, mais celui-ci pleurait et réclamait sa mère.
（celui-ci＝le petit frère et non pas l'enfant）
這小孩想要將他的小弟弟安撫下來，但是小弟弟卻一邊哭、一邊吵著要媽媽。

野花是我所偏好的花。

—Il y a deux chemins pour aller au village. Celui qui passe par la forêt est plus court.
　　有兩條路可以通往村落。經過森林的那條比較近。
代名詞可以後接過去分詞或是其他異於de的前置詞。

—Il y a trop d'accidents sur les routes; ceux causés par l'alcool sont les plus fréquents.
　　路上發生了太多車禍；以酒後肇事的情況最常見。

—Les vêtements en nylon sèchent plus vite que ceux en coton.
　　尼龍製的衣服比棉製的快乾。

■ 中性代名詞的應用

■ CE

ce在某些句子結構裡具有特定的用法：

1. ce＋être＋名詞＝身分上的驗證（identification）。

—C'est monsieur Dupont.
　　這位是Dupont先生。

—Ce sont des touristes.
　　這些是觀光客。

2. ce＋être的其他應用情形

• 爲了取代一句子

—Il y avait beaucoup de monde à la fête; c'était très sympathique.
　　慶祝會上有許多人；真是令人開心。

—Etre patron d'une grande entreprise, c'est une lourde responsabilité.
　　身爲大企業的老闆責任很重。

• c'est＋形容詞＝il est（非人稱形式）

—C'est utile de savoir conduire.
　　會開車很有用。

3. ce＋關係代名詞

• ce具備一種不確定的意義

—Choisis ce que tu veux comme dessert.
　　（ce＝fruit, gâteau, glace...）
　　挑你想要的當甜點吧！

—Il m'a ranconté tout ce qui s'était passé.
　　（ce＝les faits, les circonstances等等。）

注意：
Ceux qui＝les gens qui
在這種情況裡，代名詞並不具備重取名詞的意思。

—La montagne attire ceux qui aiment l'air pur et la solitude.
　　高山吸引著喜歡純淨空氣與孤獨的人。

注意：
在口頭會話裡，以輔音開始的être形式，我們可以使用ça來代替ce：

—Ça sera prêt demain.
　　這明天就準備好了。

附註：
參考第6章關於非人稱結構的部分。

他對我敘述了事情的所有經過。

- ce取代一句子

—Il s'est mis à pleuvoir, ce qui a obligé tout le monde à rentrer.

（ce取代了句子的第一部分＝il s'est mis à pleuvoir）

天空開始下起雨來，使得所有的人都不得不回家。

—Beaucoup de magasins sont ouverts le dimanche, ce que les clients trouvent très pratique.

（ce＝les magasins ouverts le dimanche）

星期天許多商店都開門，顧客們覺得這樣很方便。

■ CELA

1. cela（口語的ça）被用來取代一詞組或一句子。

—Il est parti? Qui t'a dit ça?

（ça＝il est parti）

他走啦？誰告訴你這件事的？

—Elle a eu son bac à seize ans. Ça, c'est bien.

她十六歲拿到高中畢業學位。這很好。

—Il avait perdu ses parents très jeune; cela l'avait marqué pour la vie.

他很年輕的時候父母就去世了；這件事對他一生有很大的影響。

—Quel désordre! Il faut ranger tout ça!

怎麼這麼亂七八糟呀！應該好好整理一番！

2. 在一個異於être的動詞之前，被當作主詞使用。

比較：

—C'est intéressant de lire la biographie d'un homme célèbre.

閱讀名人傳記是件有趣的事情。

—Cela m'intéresse de lire cette biographie.

我對閱讀這本傳記很感興趣。

3. ça常被應用於日常的會話裡：

—Ne criez pas comme ça!

不要這樣大叫！

—Comment ça va?

還好嗎？

注意：
代名詞ceci在一般用語中不常見到。在典雅用語裡，它被用以宣示將要說出的話語。
比較：
— Auditeurs de France-Musique, écoutez bien ceci: un concert exceptionnel aura lieu le 15 avril au profit de la Croix-Rouge.

France-Musique電臺的聽眾們請注意：一場特別的音樂會將於4月15日為紅十字會而舉行。

—Il a une mauvaise vue; cela l'a empêché de devenir pilote.

他的視力不好；這使得他無法成為飛行員。

—Qu'est-ce que c'est que ça?
這是什麼？

—Arrête! ça suffit!
停下來！這樣夠了！

—C'est ça!
原來如此！

—Vous avez fini? Oui, ça y est!
您（你們）弄好了嗎？嗯，好啦！

4. ça在一些非人稱結構中與異於être的動詞連用。

—Ça m'étonne qu'il ne soit pas encore là.
他還沒來真令我訝異。

—Ça l'ennuie d'être obligé de travailler le dimanche.
被迫在星期天工作令他感到厭煩。

5. 當名詞具備一普遍意義的時候，ça可以取代人稱代名詞le, la, les。

比較：

—Tu aimes le thé? —Oui, j'aime ça.
你喜歡茶嗎？嗯，喜歡。

—Tu aimes ce thé de Chine? —Oui, je le trouve très bon.
你喜歡這種中國茶嗎？喜歡，我覺得這很好喝。

附註：
參考第27章關於由連詞《que》導入之從屬句的部分。

辨識與描述
Identification et Description

一、辨識

■ C'EST-CE SONT

1. c'est＋限定詞＋名詞

—Qui a peint ce tableau? —C'est un ami.
誰畫了這幅畫？一個朋友。

—Qui habite cette maison? —Ce sont mes cousins Morel.
誰住在這棟房子裡？我的表（堂）兄弟們。

—Cette dame, qui est-ce? —C'est Mme Dulac.
這位女士，她是誰？這是Dulac太太。

—Allô! Qui est à l'appareil? —C'est François.
喂，請問您是哪位？我是François。

—Ce paquet, qu'est-ce que c'est? —C'est un cadeau pour Nathalie.
這盒子用來做什麼？這是送給Nathalie的禮物。

—J'ai renvoyé la commande. Ce n'était pas le modèle que je voulais.
我把訂貨退回去了。這不是我要的式樣。

—Qu'est-ce que le cubisme? —C'est un mouvement artistique du début du XXe siècle.
立體主義是什麼？這是二十世紀初期的一種藝術思潮。

2. c'est＋代名詞

—Est-ce que c'est Georges qui t'a dit ça? —Oui, c'est lui.
是Georges告訴你這件事的嗎？對，是他。

—A qui est ce stylo? —C'est le mien.
這支筆是誰的？這是我的。

—Qui a fait ça? —C'est moi.
這件事是誰做的？是我。

▶ 當心：
注意動詞être之人稱、性、數上的配合。不過，在生活化用語裡，我們說：
— C'est mes cousins Morel.

▶ 注意：
我們說：c'est nous, c'est vous, c'est eux。
在書寫裡：ce sont eux.

■ JE, NOUS ⎫
■ TU, VOUS ⎭ ＋être＋限定詞＋名詞

—Qui êtes-vous? —Je suis la fille de Mme Angot.
　您是誰？我是Angot太太的女兒。

—Nous sommes les nouveaux locataires du 3e étage.
　我們是三樓的新房客。

—Êtes-vous une amie de Cécile?
　您是Cécile的朋友嗎？

二、描述

■ être＋表語

我們於下列的情況裡使用être＋表語的結構：

1. 表語為形容詞的時候。

—Comment est ton appartement? —Il est petit, mais confortable.
　你的公寓怎麼樣？小小的，不過很舒服。

—Comment est ce professeur de piano? —Il est compétent et très patient.
　這位鋼琴老師怎麼樣？他能力很強並且很有耐性。

—Voilà notre nouvelle maison. Elle est moderne, assez grande et entourée d'un grand jardin.
　這就是我們的新家。它很現代，相當大，並且被一個大花園環繞著。

不過，我們可以在描述中使用c'est

• 當句子具有一普遍意義的時候

比較：

—Tu aimes les gâteaux au chocolat? —Oui, c'est délicieux!
　你喜歡巧克力蛋糕嗎？喜歡，很好吃！

—Comment trouves-tu ce gâteau au chocolat? —Il est délicieux.
　（＝ce gâteau en particulier）
　你覺得這塊巧克力蛋糕如何？很好吃！

• 遇上地理名詞的時候

—Est-ce que tu connais la Corse? —Oui, c'est magnifique!

▶ 注意：
我們也使用c'est來為一地理位置定位：
—Où est Monaco?
　摩納哥在哪裡？

你知道科西嘉島這地方嗎？知道，那兒很漂亮！

—Nous avons visité Montmartre; c'est pittoresque.

我們參觀了蒙馬特；那兒（的風景）就和畫一樣美。

- 遇上標題（小說、畫等等）的時候

—Vous avez lu le Rouge et le Noir? —Oui, c'est passionnant.

您看過《紅與黑》嗎？看過，這本書十分引人入勝。

2. 表語為職業名稱，使用時不加冠詞。

—Antoinette est étudiante en droit.

Antoinette是法律系的學生。

—Que fait votre mari? —Il est journaliste à la télévision.

您先生的工作是什麼？他是電視臺的新聞記者。

—Mes grands-parents? —Ils étaient commerçants.

我的祖父母？他們經商。

—C'est sur la Côte d'Azur.
在蔚藍海岸那兒。

■ 度量衡

1.

Avoir...de	long,	large,	haut.
Faire...mètres de	longueur,	largeur,	hauteur, épaisseur, profondeur.

—Ce lac a 25 mètres de profondeur.
這個湖深25公尺。

—Cette chambre fait 5 mètres de long sur 3 mètres de large.
de longeur sur 3 mètre de largeur.

2. la hauteur / la largeur / la longueur / la profondeur / l'épaisseur...est de...

—Quelle est la largeur de ce fleuve? —Elle est de 35 mètres.
這條河流有多寬？35公尺。

錯誤說法	正確說法
Elle a fait cettes fautes.	Elle a fait ces fautes. 她犯了這些錯誤。
Dans cette endroit...	Dans cet endroit... 在這地方……
Donnez-moi celui-là qui est sur la table.	Donnez-moi celui qui est... 給我在桌上的那個……
C'est celle-là de mon père.	C'est celle de mon père. 是我爸爸的那個。
Ce qui sont en retard...	Ceux qui sont en retard... 遲到的人……
C'est n'est pas vrai.	Ce n'est pas vrai. 這不是真的。
Tout qu'il a dit...	Tout ce qu'il a dit... 他所說的一切……
Je suis un étudiant.	Je suis étudiant. 我是學生。
Mon frère est un professeur.	Mon frère est professeur. 我的哥哥（弟弟）是教授。
Qui est-ce? —Il est mon frère.	C'est mon frère. 這是我的哥哥（弟弟）。
Elle est Mme Duval.	C'est Mme Duval. 這位是Duval太太。
Le mur est 3 mètres haut.	Le mur a 3 mètres de haut. 這道牆有三公尺高。
Quelle est la longueur de cette table? —C'est de 1 mètre 30.	Elle est de 1 mètre 30. 這張桌子有多長？ 一‧三公尺。

主有詞：形容詞與代名詞
Les possessifs: adjectifs et pronoms

1. Est-ce que ce sont vos lunettes de soleil?
   這是您的太陽眼鏡嗎？
2. —Oui, ce sont les miennes.
   對，這是我的。
3. Ma banque se trouve boulevard Saint-Michel.
   我的銀行位於聖米歇爾大道上。
4. Cette situation a ses avantages et ses inconvénients.
   這位置有它的好處，也有它的壞處。

▶ 主有詞可以是名詞的限定詞【形容詞：1, 3, 4】，或是代名詞【2】。

▶ 它們通常被用以表達主有關係（rapport de possession）【1, 2】。更廣泛地，則被用來建立人或物品之間的關係【3, 4】。

主有形容詞
Les adjectifs possessifs

■ 形式
主有形容詞與位於它之前的名詞作性稱及數目上的配合；此外，它還隨著主有詞的人稱而變化形式。

一個主有者	單數 陽性	單數 陰性	複數 陽性與陰性
	mon	ma	mes
	ton	ta	tes
	son	sa	ses

ma, ta, sa＋以元音或啞音h開頭的陰性名詞→mon, ton, son: Mon amie, Ton histoire, son automobile

數個主有者	單數 陽性與陰性	複數 陽性與陰性
	notre	nos
	votre	vos
	leur	leurs

■ 應用
1. 比較：

—Elle avait invité tous ses amis à son mariage.
（一個主有者）
她邀請了她所有的朋友來參加她的婚禮。

—Ils avaient invité tous leurs amis à leur mariage.
（數個主有者）
他們邀請了他們所有的朋友來參加他們的婚禮。

—M. et Mme Girard sont heureux de vous annoncer la naissance de leur fils.
Girard夫婦很高興向您（你們）宣布他們兒子的誕生。

—Notre ville est connue pour son église gothique et ses remparts.

附註：
—Il a tourné la tête.
他轉過頭去（來）。
關於以冠詞取代主有詞（le possessif）的用法，參考第15章有關冠詞的部分。

我們的城市因它的哥德式教堂與圍牆而聞名。
—Mon fils aime beaucoup sa maîtresse d'école.
　我兒子很喜歡他學校裡的女老師。
2. 主有形容詞也在許多習語（expression）裡被應用到：

　avoir son permis de conduire, passer son bac,
　prendre son temps, faire son service militaire,
　faire sa toilette等等。

3. 主有形容詞可以被用來表達感情或習慣：
—Elle nous ennuie avec ses histoires!
　她不斷述說她個人的經驗，使我們感到厭煩！
—Il est très gentil, ton Pierre...
　他人很好，妳的Pierre⋯⋯
—Elle travaille son piano tous les jours.
　她每天彈她的鋼琴。
—À quelle heure prends-tu ton petit déjeuner?
　你幾點吃早餐？

4. 法語慣用單數而非複數，即使有好幾個主有者出現在句子裡：
—Les étudiants avaient leur livre d'exercices
　ouvert sur leur table.
　（chaque étudiant a son livre）
　學生們的練習簿都攤開在他們的桌上。
—A Paris, les gens ne prennent pas souvent leur
　voiture pour aller travailler.
　（chaque personne a sa voiture）
　在巴黎，人們不常開車去上班。
—Ils ont passé la plus grande partie de leur vie à
　l'étranger.
　他們在國外度過了生命中最重要的階段。

主有代名詞
Les pronoms possessifs

■ 形式

一個主有者	單數 陽性	單數 陰性	複數 陽性	複數 陰性
	le mien	la mienne	les miens	les miennes
	le tien	la tienne	les tiens	les tiennes
	le sien	la sienne	les siens	les siennes

數個主有者	單數 陽性	單數 陰性	複數 陽性與陰性
	le nôtre	la nôtre	les nôtres
	le vôtre	la vôtre	les vôtre
	le leur	la leur	les leurs

■ 應用

—Nous avons la même voiture que nos voisins, mais la leur est bleue, la nôtre est rouge.

（＝leur voiture, notre voiture）

我們擁有和鄰居相同的車子，不過他們的是藍色的，我們的是紅色的。

—J'avais oublié mes gants de ski; Jean m'a prêté les siens.

（＝ses gants）

我忘了我的滑雪手套；Jean把他的借給了我。

—C'est ton opinion; ce n'est pas la mienne!

（＝mon opinion）

這是你的意見；不是我的！

▶ 當心：

注意le, la, les與à或de的縮寫：

—Je donne souvent du poisson à mon chat. Est-ce que tu en donnes au tien?

我經常餵我的貓吃魚。你給你的貓吃魚嗎？

—Tu as déjà écrit à tes parents mais je n'ai pas encore écrit aux miens.

你已經寫信給你父母了，而我卻還沒寫給我爸媽。

—Le jardinier travaille dans le jardin des Durand; il s'occupera du nôtre demain.

園丁在Durand家的園子裡工作；他明天將整理我們的。

主有關係的表達法
L'expression de la possession

有數種說法可以用來表達主有關係

ÊTRE À＋QUELQU'UN	—Cette bicyclette est à Julie. 這輛單車是Julie的。 —J'ai trouvé un livre et un cahier. Est-ce qu'ils sont à toi? 我發現了一本書和一本小冊子。是你的嗎？ —A qui est ce parapluie? —Il n'est pas à moi. 這把傘是誰的？—不是我的。
APPARTENIR À	—Ce musée appartient à la ville de Paris. 這座博物館是巴黎市政府的。 —Ce château appartient à la famille du Pont. 這座城堡是Pont家族的。 —La Grande-Bretagne appartient à la C.E.E. depuis le 1er janvier 1973. (＝fait partie de) 大不列顛從1973年1月1日起就屬於歐洲經濟共同體了。
主有形容詞	—Je te prête ma voiture. 我借你我的車。 —Ce sont leurs skis. 這是他們的滑雪板。
主有代名詞	—Ton stylo ne marche pas? —Prends donc le mien! 你的原子筆沒水啦？拿我的去用吧！ —A qui sont ces balles de tennis? —Ce sont les nôtres. 這些網球是誰的？是我們的。
指示代名詞＋DE＋名詞	—A qui est ce manteau? —C'est celui de Delphine. 這件大衣是誰的？這是Delphine的。 —Cette belle maison est celle du maire de la ville. 這棟美麗的房屋是市長的。

錯誤說法	正確說法
C'est m'amie.	C'est mon amie. 這是我的朋友。
Les enfants jouent avec son père.	Les enfants jouent avec leur père. 孩子們和他們的爸爸玩。
Ces étudiants parlent avec ses amis.	Ces étudiants parlent avec leurs amis. 這些學生與他們的朋友們交談。
Ce sont notres amis.	Ce sont nos amis. 這些是我們的朋友。
Tout le monde a pris ses parapluies.	Tout le monde a pris son parapluie. 大家都帶了傘。
À qui sont ces livres? —Ce sont à nous.	—Ils sont à nous. 這些書是誰的？是我們的。
Ce livre, c'est de moi.	Ce livre, il est à mai. c'est le mien. 這本書，它是我的。
À qui est cette écharpe? —C'est celle de lui.	—C'est celle de Michel. 這條圍巾是誰的？是Michel的。

泛指詞：形容詞與代名詞

Les indéfinis: adjectifs et pronoms

1. On vient d'ouvrir un centre commercial près de chez moi.
   我家附近有一棟商業中心剛開幕。
2. Ils ont passé quelques jours à la campagne.
   他們在鄉村待了幾天。
3. J'ai fait tous mes exercices; je n'ai plus rien à faire pour demain.
   我做完了所有的作業；明天我沒事做了。
4. Pierre et André ont le même âge.
   Pierre和André的年齡一樣。

▶ 泛指詞或為名詞的限定詞【形容詞：2, 3, 4】，或為代名詞【1, 3】。
▶ 它們被用來表達數量與身分眾多細微的差別。

泛指詞：形容詞與代名詞
Les indéfinis: adjectifs et pronoms

■ ON
單數中性代名詞，固定被當作主詞使用。它具備三種主要意義：

—On ne doit pas jeter de papiers par terre.
（＝les gens）
我們不能隨地亂丟紙屑。

—On a frappé à la porte. Va ouvrir, s'il te plaît!
（＝une ou plusieurs pesonnes indéterminées）
有人敲門。去開門吧，拜託你！

—Si tu veux, on ira au cinéma après le dîner.
（＝nous, 日常用語）
如果你要的話，我們晚餐後去看電影。

■ QUELQU'UN
單數代名詞，被用以指稱一個身分未定的人。

—Quelqu'un a déposé ce paquet pour vous.
有人存放這包裹給您（你們）。

—Elle parle avec quelqu'un que je ne connais pas.
她和某個我不認識的人講話。

■ PERSONNE
單數代名詞，固定與ne連用。這是quelqu'un的否定詞。

—Personne ne sait où est Marc.
沒有人曉得Marc在哪裡。

—Je n'ai rencontré personne.
我沒遇見任何人。

■ QUELQUE CHOSE
單數代名詞，被用以指稱一個未定的物體或觀念。

—Tu as laissé tomber quelque chose.
你掉了某樣東西。

—J'ai quelque chose à te dire.

▶ 注意：
在典雅用語裡，於et, si, que, où之後，我們可以使用l'on（諧音）：
—Ils montèrent au sommet de la colline d'où l'on dominait la plaine entière.
　他們登上了統領整片平原的山崗頂峰。

▶ 當心：
當on意味著nous的時候，形容詞與過去分詞就和on或是nous做人稱、性、數上的配合：
—Pierre et moi, on était fatigué(s), on est resté(s) à la maison.
　Pierre和我，我們都累了，我們待在家裡。

我有某件事要告訴你。

■ RIEN

單數代名詞，固定與ne連用。這是quelque chose的否定詞。

—Rien ne va plus.
　　沒有一樣行得通。

—Je n'ai rien à déclarer.
　　我沒有任何東西要申報。

■ QUELQUES, QUELQUES-UNS, QUELQUES-UNES

1. Quelques

被用以指稱有限人數或物件數的形容詞。它的前面可以加上另一個限定詞。

—Il reste quelques yaourts dans le réfrigérateur.
　　冰箱裡剩下幾罐優格。

—Les quelques conseiles que vous m'avez donnés m'ont beaucoup aidé.
　　你給我的那幾項建議幫了我很大的忙。

2. Quelques-un(e)s

代名詞。它被用來指涉那出現在它之前的名詞。

—J'avais invité tous mes amis; mais quelques-uns n'ont pas pu venir.
　　我邀請了我所有的朋友；不過有幾位沒辦法來。

—Tu connais les chansons des Pink Floyd？ —Oui, j'en connais quelques-unes.
　　你聽過Pink Floyd的歌嗎？嗯，我聽過幾首。

■ PLUSIEURS (un nombre plus ou moins important)

• 形容詞

—J'ai acheté plusieurs affiches pour décorer ma chambre.
　　我買了幾張海報來布置我的房間。

—Cette exposition était tellement intéressante que j'y suis retourné plusieurs fois.
　　這項展覽是如此地有趣以致我重看了好幾次。

• 代名詞

它被用以指涉那出現在它前面的名詞。

▶ 當心：
注意rien在複合式時態裡與不定式的出現位置。
—Il n'a rien dit.
　　他什麼也沒說。
—Il ne veut rien dire.
　　他什麼也不想說。

▶ ＊注意：
1.出現在抽象名詞之前單數形式的quelque具有un peu de的涵意：
—On gardait quelque espoir de mettre fin au conflit.
　　我們對於結束衝突抱著些許的希望。
2.不要與副詞quelque＝environ混淆：
—Il y avait quelque cinq cents personnes dans la salle.
　　室內大約有五百人左右。

—J'avais fait beaucoup de photos mais, malheureusement, plusieurs sont ratées.
我拍了很多照片，不過，可惜有幾張拍壞了。

■ CERTAINS, CERTAINES
（quelques-un(e)s parmi d'autres）

• 形容詞

—La plupart des gens supportent bien l'aspirine, mais certaines personnes y sont allergiques.
大部分的人對阿斯匹靈適應良好，不過有些人則會對它過敏。

• 代名詞

它被用以指涉那出現在它前面的名詞。

—Parmi les salariés de cette entreprise, certains sont employés à mi-temps.
在這家企業的員工裡，有些人是兼職的。

■ CHAQUE, CHACUN, CHACUNE
強調個體。

1. Chaque,單數形容詞：

—Dans la classe chaque enfant a un porte-manteau à son nom.
（＝tous les enfants pris un par un）
在教室裡，每個孩子都有一個標示自己名字的衣帽鉤。

2. Chacun, chacune,單數代名詞：

—Cet artisan fabrique de très jolies poteries; chacune est différente de l'autre.
這位工匠製作一些很漂亮的陶器；每個都和其他的不同。

—L'hôtesse a remis une carte d'embarquement à chacun des passagers.
女服務員將登機證交給每位旅客。

■ AUCUN, AUCUNE（＝pas un seul, pas une seule）
固定與ne連用

• 形容詞

—Aucun train ne peut circuler à cause de la neige.
由於下雪的緣故，沒有一輛火車能夠通行。

*注意：
1.單數形式的形容詞certain前接不定冠詞：
—C'est un homme d'un certain âge.（＝assez âge）
這是一個上了年紀的人。
—Ce tableau a une certaine valeur.
（＝une valeur assez importante non précisée）
這幅畫相當有價值。
2.出現在名詞後的certain則是一個意味著sûr, réel的性質形容詞：
—Il a fait des progrès certains.
他確實進步了。

—Le voleur n'a eu aucune peine à ouvrir la porte.
盜賊一點兒也不費事就把門打開了。

• 代名詞

—Avez-vous des nouvelles de Jacques? —Non, aucune.
您有沒有Jacques的消息？沒有，一點兒也沒。

—Y a-t-il des tableaux de Salvador Dali dans ce musée? —Non, il n'y en a aucun.
在這座美術館裡有沒有一些薩瓦多‧達利的畫作？
沒有，一幅也沒有。

■ *NUL, NULLE（＝aucun, aucune，典雅用語）
固定與ne連用

• 單數形容詞

—Il n'éprouvait nulle crainte devant la mort.
他在死亡之前絲毫不恐懼。

• 單數代名詞

（俗諺）

—Nul n'est censé ignorer la loi.
任何人都不能推託不知道國法。

■ AUTRE(S)

1. 在它之前固定會出現一個限定詞：冠詞、指示、主有或不定形容詞。

• 形容詞

—Je viendrai te voir un autre jour.
我改天來看你。

—Je n'ai aucune autre question à poser.
我沒有其他的問題要問。

—Ma sœur aînée a trois enfants, mais mon autre sœur n'en a qu'un.
我的長姊有三個孩子，但我另一位姊姊只有一個。

• 代名詞

—Certains enfants marchent à dix mois; d'autres marchent plus tard.
有些小孩十個月（開始）走路；其他的則比較晚。

—Il n'y a que cinq étudiants dans la classe; où sont donc les autres?
教室裡只有五個學生；其他的在哪裡？

▶ 注意：
出現在名詞後的nul為性質形容詞：
—Les deux équipes ont fait match nul.（＝égal à zéro）
這兩支隊伍打成平手。
—J'ai toujours été nulle en maths.（＝très mauvaise）
我的數學很爛。

▶ 當心：
Un autre, une autre→複數形式為d'autres。
不要與des autres（de＋les）混淆：
—Tu trouveras d'autres serviettes dans l'armoire.（d'autres＝une autre的複數形式）
你在衣櫃裡可以找到其他毛巾。
—Rangez ces boîtes à côté des autres!（des autres＝de les autres）
整理一下這些在其他盒子旁邊的盒子！

2. L'un(e)...l'autre; les un(e)s...les autres,代名詞

—Ce pianiste donnera plusieurs concerts: l'un le 25 mai, les autres en juin.

這位鋼琴家將舉辦好幾場演奏會：一場在五月二十五日，其他的在六月。

—Nous examinerons l'une après l'autre les questions à l'ordre du jour.

我們將依照日期順序逐一檢視這些問題。

3. Autre chose

中性代名詞，它表示quelque chose d'autre。

—J'ai autre chose à vous communiquer.

我有其他的事要跟你交換意見。

—Ce modèle ne me plaît pas. Auriez-vous autre chose à me proposer?

我不喜歡這個款式。您有其他的樣式可以介紹給我嗎？

4. * Autrui＝les autres gens（典雅用語）

單數代名詞。它被應用於俗諺、格言等等。

—Il faut respecter la liberté d'autrui.

應該尊重別人的自由。

—《Ne fais pas à autrui ce que tu ne veux pas qu'on te fasse.》

己所不欲，勿施於人。

■ LE MÊME, LA MÊME, LES MÊMES

• 形容詞

—Ils habitent le même quartier que nous.

他們住在和我們相同的地區。

—Mon mari et moi, nous n'avons pas les mêmes opinions.

我先生和我，我們的意見不一樣。

• 代名詞

—Ta veste est très jolie; j'ai vu la même en vert dans une boutique près de chez moi.

你的上衣很漂亮；我在我家附近的一家店裡看到一件同樣的款式，綠色的。

■ TEL(S), TELLE(S)

形容詞

注意：

1.出現在名詞或重讀代名詞之後的même具有強調的作用：

—J'ai trouvé un appartement le jour même de mon arrivée à Paris.

（＝ce jour-là précisément）

我在抵達巴黎的當天便找到了一間公寓。

—Nous repeindrons la cuisine nous-mêmes.

我們自己會重新油漆廚房。

2.不要與副詞même混淆：

—Tout le monde était invité, même les enfants.

（＝et aussi）

大家都被邀請了，連孩子們也是。

- 與不定冠詞連用

—On n'a jamais vu une telle chaleur au mois de mai.

（＝une si grande chaleur）

從來不見在五月份會有這樣熱的天氣。

—Comment voulez-vous réussir avec de telles méthodes de travail?

（＝des méthodes comme celles-là）

以這樣的工作方法您（你們）想要怎麼成功呢？

—Une telle attitude le mettra certainement en colère.

（＝une attitude comme celle-là）

這樣的態度一定會令他生氣的。

- ＊不加限定詞

—Si je viens, je t'enverrai un télégramme disant que j'arriverai tel jour, à telle heure.

（＝le jour et l'heure ne sont pas encore fixés）

如果我來的話，我會發給你一份電報，告訴你我將在哪一天、哪一個時候抵達。

—Que vous preniez telle ou telle lessive, le résultat est le même.

（＝l'une ou l'autre lessive）

不管您（你們）使用哪一種洗衣精，效果都一樣。

▶ 附註：
Tel que：參考第30章關
於表達結果的習語與第
35章關於表達比較的習
語等部分。

■ N'IMPORTE QUI, N'IMPORTE QUOI N'IMPORTE QUEL(S) / QUELLE(S), N'IMPORTE LEQUEL / LAQUELLE / LESQUELS / LESQUELLES

1. N'importe qui, n'importe quoi,單數代名詞。

—La porte n'est jamais fermée; n'importe qui peut entrer.

（＝une personne ou une autre）

門從不關上；不管是誰都可以進入。

—Je n'ai jamais mal à l'estomac; je peux manger n'importe quoi.

我從來不會胃痛；不管是什麼東西我都可以吃。

2. N'importe quel(s), n'importe quelle(s),形容詞。

—Tu peux me téléphoner à n'importe quelle heure.

不管是幾點你都可以打電話給我。

3. N'importe lequel, n'importe laquelle, n'importe lesquels, n'importe lesquelles,代名詞。
它們被用以指涉出現在它們前面的名詞。

—Ces deux autobus vont à la gare de Lyon; tu peux prendre n'importe lequel.
這兩部公車開往里昂火車站；隨便哪一部你都可以搭。

注意：
N'importe可以與où, quand, comment等連用。
—J'irais n'importe où pour trouver du soleil!
為了追尋陽光，不管哪裡我都去！

■ *DIVERS, DIVERSES; DIFFÉRENTS, DIFFÉRENTES

複數形容詞

—Au cours de la réunion, divers points de vue ont été exprimés.
隨著會議的進行，不同的觀點都被表達出來了。

—Je connais différentes personnes qui n'ont pas aimé ce film.
我認識一些不喜歡這部電影的不同人士。

注意：
出現在名詞之後的divers與différents為性質形容詞：
— Les témoins ont donné des versions différentes de l' accident.
（＝qui ne sont pas les mêmes）
證人們對於這起意外提供了不同的說詞。

*QUELCONQUE, *QUICONQUE

1. Quelconque

通常出現於名詞之後的單數或複數形容詞。

—Cette soirée m'ennuie; je trouverai bien un prétexte quelconque pour ne pas y aller.
（＝un prétexte ou un autre）
這個晚會使我感到厭煩；我將隨便找一個藉口推託不去。

2. Quiconque

被用以指涉一不確定人稱的單數代名詞。

—Il a pris sa décision sans consulter quiconque.
（＝une personne ou une autre）
他沒有請教任何人便下了決定。

■ QUELQUE PART, AUTRE PART, NULLE PART
（固定與ne連用）

位置的泛指詞

—J'ai déjà vu cet homme quelque part.
（＝dans un endroit indéterminé）
我已經在某處看過這個男人。

—Où sont mes lunettes? Je ne les trouve nulle part.
（＝dans aucun endroit）
我的眼鏡在哪兒？我四處都找不到。
—Je n'ai pas trouvé ce que je voulais dans ce magasin; j'irai voir autre part.
（＝ailleurs）
我在這家商店裡沒有找到我想要的東西；我去別的地方看看。

有些泛指詞可以後接de，再接形容詞。

Quelqu'un	＋de＋陽性單數形式的形容詞
Personne	—C'est quelqu'un de très gentil qui m'a renseigné.
Quelque chose	是一位非常和善的人士告訴我的。
Rien	—Il n'a rien dit de spécial.
	他沒有什麼特別的話要說。
Quelques-un(e)s	＋de＋陽性或陰性複數形式的形容詞
Plusieurs	—J'ai pris beaucoup de photos; Il y en a quelques-unes de très bonnes.
Certain(e)s	我拍了許多照片；其中有幾張拍得非常好。
Pas un(e)	＋de＋陽性或陰性單數形式的形容詞
Aucun(e)	—Refaites vos calculs; il n'y en a aucun de bon.
	重做你們的算術吧；沒有一個算對的。
Autre chose	＋de＋陽性單數形式的形容詞
	—J'ai autre chose d'important à vous dire.
	我有另一件重要的事要對您（你們）說。

有些泛指詞可以後接名詞或代名詞

	＋名詞	＋代名詞	
Quelques-un(e)s		d'entre	nous
Plusieurs	de mes amis	d'entre	vous
Certain(e)s		d'entre	eux / elles
Chacun(e)		d'entre	nous
Aucun(e)	de mes amis	或	vous
Pas un(e)		de(d')	eux / elles
L'un(e)			

Tout：形容詞、代名詞或副詞
Tout: adjectif, pronom ou adverbe

一、形容詞： tout, toute, tous, toutes

■ TOUT＋限定詞＋名詞（整體觀念）

—Tous ses amis sont venus à son mariage.
他所有的朋友都來參加了他的婚禮。

—J'ai passé toute la soirée à travailler.
我整個晚上都在工作。

—J'ai l'intention de lire tous ces livres pendant les vacances.
我想在假期裡看這些書。

—Il quitte son bureau tous les jours à 18 heures.
他每天在晚上六點的時候離開辦公室。

■ ＊TOUT＋名詞（不加限定詞）

1. Tout＝chaque（經常被應用於格言與法律條文）。

—Toute règle a ses exceptions.
（＝chaque）
所有的規則都有例外。

2. Tout＝n'importe quel。

—Il veut à tout prix réussir.
（＝à n'importe quel prix）
他不惜任何代價地想要成功。

—Dans ce restaurant, on sert à toute heure.
在這家餐館裡，不論任何時段都有人服務。

3. 在某些習語裡，表示整體觀念。

En toutes circonstances, à toute vitesse, de tous côtés, toutes taxes comprises,等等。

■ TOUT＋指示代名詞

—Il a classé des papiers et il a jeté tous ceux dont il n'avait plus besoin.
（＝tous les papiers）
他將紙張分類，並且把他再也用不到的那些紙全丟掉了。

▶ 注意：
Tous＋數詞（adjectif numéral）：
—Catherine ef François sont venus tous les deux.
Catherine與François兩個人都來了。

▶ ＊注意：
—Pour toute réponse, elle m'a souri.（＝seule, unique）
她唯一的回答便是對我微笑。

—Je suis d'accord avec tout ce qu'il a dit.

（＝toutes les paroles qu'il a dites）

我同意他所說的一切。

—Tout ça n'a aucune importance.

（＝toutes ces choses）

這一切全不重要。

二、代名詞：tous, toutes, tout

■ TOUS, TOUTES

它被用以指涉那出現在它前面的名詞。

—Mon frère a une très belle collection de pièces de monnaie anciennes; toutes n'ont pas la même valeur.

我的哥哥（弟弟）擁有一項很美麗的古代錢幣收藏；所有的價值都不一樣。

不過我們更常說：elles n'ont pas toutes la même valeur.

—Nous avons des cousins italiens; tous parlent français.

→ils parlent tous français.

我們有一些義大利的表（堂）兄弟；他們全都說法語。

於複合時態裡，此代名詞出現在助動詞與過去分詞之間：

—Les albums d' 《Astérix》 sont tous traduits en plusieurs langues.

Astérix系列的漫畫集全都被翻譯成了好幾種語言。

—Les enfants ont tous aimé ce film.

所有的孩子們都很喜歡這部電影。

■ TOUT LE MONDE （＝tous les gens）

動詞為單數形式

—Tout le monde connaît cet acteur.

（＝Tous les gens）

大家都認識這位演員。

—Sa réaction a étonné tout le monde.

他的反應震驚了所有的人。

■ TOUT （＝toutes les choses）

當心：

代名詞tous的s被發音：

—Ils viendront tous.

他們全都會來。

中性單數形式的代名詞。

—Pendant nos vacances, tout a été parfait: le temps, l'hôtel, la nourriture, les distractions.
　　在我們的假期裡，一切都非常完美：天氣、旅館、飲食、娛樂。

—Ne t'inquiète pas! Tout va bien!
　　不要擔心！一切都好！

—Pour le goûter, j'avais acheté des brioches et des croissants; les enfants ont tout mangé.
　　為了品嚐它，我買了一些奶油圓球麵包和牛角麵包；孩子們全都吃光了。

—Je peux tout vous expliquer.
　　我可以向您（你們）解釋這一切。

三、副詞：tout（＝entièrement, très）

1. 於形容詞之前。

—Le ciel est tout bleu ce matin.
　　（＝entièrement）
　　今天早晨的天空非常蔚藍。

—Elle a les cheveux tout blonds.
　　（＝très）
　　她有著一頭（閃亮的）金髮。

副詞tout在某些情況裡會產生形式上的變化：於一個以輔音開始的陰性形式形容詞之前，tout→toute(s)。
比較：

—J'ai acheté des œufs tout frais.
　　我買了一些非常新鮮的雞蛋。

—Mes filles vont à l'école toutes seules.
　　我的女兒們自己去學校。

於一個以元音或啞音h開始的陰性形式形容詞之前，我們可以使用tout或toute(s)：

—Elle va donner son premier concert en public, elle est tout(e) émue.
　　她即將舉行第一場公開的演奏會，她非常興奮。

—Elle est tout(e) heureuse de son succès à l'examen.
　　她由於通過了考試而非常快樂。

2. 於前置詞或副詞之前。

▶ 當心：
注意tout在複合時態裡與不定式的出現位置。

▶ ＊注意：
Le tout：單數陽性形式名詞。

—J'ai acheté deux cassettes et un disque compact: j'ai payé le tout 350 francs.
我買了兩卷卡帶和一張唱片：我總共付了350法郎。

—J'habite tout près d'ici.
　我就住在這附近。
—Elle parle tout doucement.
　她說話非常慢。
3. 於一些副詞習語裡。
　Tout de suite, tout à fait, tout à l'heure, tout d'un coup, tout à coup,等等。

■ 與en或les連用的泛指詞

與en連用的泛指詞	
Il reste encore quelques gâteaux. 還剩下幾塊蛋糕。	Il en reste encore quelques-uns. 還剩下幾塊（蛋糕）。
J'ai lu plusieurs romans de cet auteur. 我看過這位作者的幾本小說。	J'en ai lu plusieurs. 我看過其中幾本（他的小說）。
Il n'a fait aucune erreur. 他沒犯任何錯誤。	Il n'en a fait aucune. 他一點兒也沒犯（錯）。
Il n'a pas fait une seule faute. 他一個錯誤也沒犯。	Il n'en a pas fait une seule. 他一個（錯誤）也沒犯。
J'ai une autre idée. 我有另一個主意。	J'en ai une autre. 我有另一個（主意）。
J'ai d'autres idées. 我有其他的主意。	J'en ai d'autres. 我有其他的（主意）。
Il y a certains fruits qui sont plus riches que d'autres en vitamine C. 有些水果比其他的維他命 C 含量豐富。	Il y en a certains qui sont plus riches que d'autres en vitamine C. 有些（水果）比其他的維他命 C 含量豐富。

■ Tous, toutes與les連用

Nous avons beaucoup de cousine mais nous ne les connaissons pas tous.
我們有許多表（堂）兄弟，不過我們並不全認識。
Il y a beaucoup d'églises à Rome mais je ne les ai pas toutes visitées.
在羅馬有很多教堂，不過我並未全部參觀。
Ces exercices sont difficiles: je ne peux pas les faire tous.
這些練習很難：我沒辦法全都做。

錯誤說法	正確說法
Il n'y a pas quelques yaourts dans le réfrigérateur.	Il n'y a aucun yaourt dans le réfrigérateur. 冰箱裡一罐優格也沒有。
Quelques gens.	Quelques personnes. 一些人。
Plusieurs gens.	Plusieurs personnes. 幾個人。
J'ai plusieurs de livres.	J'ai plusieurs livres. 我有幾本書。
Chaqu'un a parlé.	Chacun a parlé. 每個人都發言了。
Personne est venu.	Personne n'est venu. 沒有人來。
Personne n'est pas venu.	Personne n'est venu. 沒有人來。
On a rien vu.	On n'a rien vu. 我們什麼也沒看見。
On n'a pas rien vu.	On n'a rien vu. 我們什麼也沒看見。
Quelque chose intéressant.	Quelque chose d'intéressant. 某件有趣的事。
Autre chose amusante.	Autre chose d'amusant. 其他有趣的事情。
Quelqu'un gentil.	Quelqu'un de gentil. 某位好好先生。
C'est le même.	C'est la même chose. 這是同樣的事。
J'en ai des autres.	J'en ai d'autres. 我有其他的。
Il a visité tout le monde.	Il a visité le monde entier. 他環遊了全世界。
Des différents avis.	⎧ Différents avis. ⎨ Des avis différents. ⎩ 一些不同的看法。
Tout le monde sont là.	Tout le monde est là. 大家都在這兒。
Si tu voyages sans billet, tu dois payer une amende.	Si on voyage sans billet, on doit payer une amende. 如果沒有持票搭乘，就得繳罰款。
Toute suite.	Tout de suite. 馬上。

人稱代名詞

Les pronoms personnels

1. Est-ce que les élèves ont rendu leurs devoirs au professeur?
   —Oui, ils les lui ont rendus.
   學生們已經把他們的作業交給老師了嗎？
   —是的，他們已經把它們交給他了。
2. Aimez-vous jouer au scrabble? —Oui, j'aime beaucoup y jouer.
   您喜歡玩拼字遊戲嗎？—喜歡，我很喜歡（玩拼字遊戲）。
3. Voulez-vous encore du thé? —Non merci, je n'en veux plus.
   您還要茶嗎？—不了，謝謝，我不要（茶）了。
4. Est-ce que tu sais que François va se marier?
   —Oui, je le sais.
   你曉得François要結婚了嗎？
   —嗯，我知道（這件事）。

▶ 人稱代名詞（pronom personnel）被用來取代一個已經被提過的名詞【1, 2, 3】或句子【4】，以避免重複。

▶ 人稱代名詞的形式隨著性稱、數目，以及它們的功能而變化。

主詞代名詞
Les pronoms sujets

■ 形式

單數	複數
je	nous
tu	vous
il, elle	ils, elles

■ 應用

—Je suis arrivé à Bordeaux vers 21 heures.
　我在將近21點鐘的時候抵達波爾多。

—Cette plante a besoin de soleil et elle pousse bien dans le Midi.
　這植物需要陽光，並且在（法國）中部生長得很好。

—Pourriez-vous fermer la fenêtre?
　您可以關上窗戶嗎？

　在非人稱結構裡的代名詞il為中性：

—Il fait froid.
　天氣很冷。

—Il y a du soleil.
　出太陽了。

—Il est 10 heures.
　現在是十點鐘。

注意：
1.出現在元音或啞音h之前的je元音被省略：
—J'habite à Lyon.
　我住在里昂。
—J'aime faire du ski.
　我喜歡滑雪。
2.一般說來，我們對熟人以tu來稱呼，例如家人或者是朋友。對於不熟或比自己年長的人則以vous來稱呼。

重讀代名詞
Les pronoms toniques

■ 形式

單數	複數
moi	nous
toi	vous
lui, elle	eux, elles

■ 應用

1. 這些代名詞具有強化名詞或代名詞的功能。

—Moi, je vais à la plage et toi, qu'est-ce que tu fais?

我呀，我要去海邊，至於你呢，你要做什麼？

—Je ne connais pas M. et Mme Leroy, mais leurs enfants, eux, je les connais très bien.

我不認識Leroy夫婦，不過他們的孩子，我和他們倒很熟。

2. 與et, ou, ni連用：

—Les enfants et moi, nous avons passé l'après-midi au zoo.

孩子們和我，我們在動物園度過了一下午。

—Ni lui ni elle ne parlent espagnol.

他或她都不說西班牙文。

3. 出現於c'est之後：

—Est-ce que c'est le directeur de la banque?
　—Oui, c'est lui.

這位是銀行經理嗎？對，是他。

4. 當動詞被省略的時候，重讀代名詞取代了主詞代名詞的位置：

—Je vais faire du ski cet hiver, et vous?

—Pas moi. (＝Je ne vais pas faire de ski.)

—Moi aussi. (＝Je vais faire du ski.)

我要去滑雪，您（你們）呢？

　　—我不去。

　　—我也要。

—Comme toi, j'adore la musique de Mozart.

　　（＝Comme tu adores la musique）

　　跟你一樣，我喜歡莫札特的音樂。

—Jacques est plus âgé que moi.

　　（＝que je suis âgé）

　　Jacques的年齡和我一樣。

5. 出現於前置詞之後：

—Laurent est libre ce soir; je vais sortir avec lui.

　　Laurent今晚有空；我要和他一塊兒出去。

—N'appelez pas les Legrand maintenant; ils ne sont jamais chez eux avant 21 heures.

　　不要現在打電話到Legrand他們家；晚上九點以前他們從不會在家。

—Elle aime beaucoup son grand-père; elle parle très souvent de lui.

　　她很喜歡她的祖父；她經常提到他。

• 有關重讀代名詞的一般注意事項

　　當我們想強調人物的身分時，我們使用形容詞même(s)以加強重讀代名詞的效果：

—Allô! Puis-je parler à Mme Robin？

—C'est elle-même à l'appareil.

　　喂！請問，我可以和M^me Robin說話嗎？

　　我就是。

—Les enfants ont bâti eux-mêmes cette cabane.

　　孩子們自己搭起了這個窩棚。

直接受詞的代名詞
Les pronoms compléments d'objet direct

■ 形式

單數	複數
me	nous
te	vous
le, la	les
en	en

在所有的語式（除了肯定命令式以外）、時態，以及形式裡，它們都出現於動詞之前。

附註：
參考肯定命令式之代名詞。

J'en fais.	Je le vois.
Je n'en ai pas fait.	Je ne le vois pas.
En avez-vous fait?	Le verriez-vous?
Il faut que j'en fasse.	Il faudrait qu'elle le voie.

■ 應用

■ EN

1. EN取代一個前接du, de la, des的名詞。

—Avez-vous du pain?
—Avez-vous de la bière?　　}　—Oui, j'en ai.
—Avez-vous des allumettes?

　　您有一些麵包嗎？—是的，我有（一些麵包）。
　　您有啤酒嗎？—是的，我有（啤酒）。
　　您有火柴嗎？—是的，我有（火柴）。

—As-tu des frères et soeurs? —Non, je n'en ai pas.
　　你有兄弟姊妹嗎？—沒有，我沒有（兄弟姊妹）。

—J'ai ramassé des pommes et j'en ai donné à mes voisins.
　　我採集了一些蘋果，並且送給我的鄰居們。

2. EN取代一個前接下列字組的名詞：

un, une plusieurs, quelques, aucun, autre...

beaucoup, trop, assez, peu, plus, moins, autant...
un kilo, un paquet, une bouteille, une boîte...
deux, dix, cinquante...

• Un, une

—J'aime beaucoup, les mobiles de Calder; j'en
　ai un chez moi.
　　（＝J'ai un mobile de Calder）
　我很喜歡Calder的活體；我在家裡有一個。

—Avez-vous trouvé une maison à louer? Oui, nous
　en avons trouvé une.
　你們找到了一間待租的房屋嗎？有呀，我們找到了一
　間。

在肯定形式與疑問形式裡，必須重複un與une。不
過，於否定形式中，則不重複：

—Avez-vous un chien? —Non, je n'en ai pas.
　您有養狗嗎？不，我沒有。

—Moi, j'ai une voiture; et vous, en avez-vous une?
　　—Non, je n'en ai pas.
　我嘛，我有一輛汽車；而您呢，您有嗎？不，我沒
　有。

• 數量的表達

—Est-ce que vous avez des plantes vertes chez
　vous? —Oui, j'en ai plusieurs.
　您家裡有一些綠色植物嗎？是的，我有幾盆。

—Combien d'enfants ont les Fontaine? —Ils en
　ont deux.
　Fontaine他們家有幾個孩子？他們有兩個。

—Mangez-vous des fruits? —Non, je n'en mange
　pas beaucoup.
　您吃水果嗎？不，我吃不多。

—Est-ce qu'il y a du riz? —Oui, j'en ai acheté
　deux paquets.
　有米嗎？有，我買了兩包。

—Voici un roman de Jules Verne. Si tu aimes ce
　livre, j'en ai d'autres à te prêter.
　這就是一本Jules Verne的小說。如果你喜歡這本
　書，我有他其他的書借給你。

▶ 注意：
en也可以經由形容詞來
被更精確地描述。
—J'ai un pantalon noir
et j'en ai aussi un bleu.
　我有一條黑色的褲
子，也有一件藍色的。

—Avez-vous pris des photos?

—Oui, j'en ai pris quelques-unes.

—Non, je n'en ai pris aucune.

您有拍一些照片嗎？—有呀，我拍了幾張。

—沒有，我一張也沒拍。

當心：
我們不說：J'en ai quelques，而說：j'en ai quelques-uns, j'en ai quelques-unes.

3. En也與非人稱結構il y a, il faut, il reste, il manque等並用。

—Il y a eu un orage hier; il y en avait déjà eu un avant-hier.

昨天有一場暴風雨；前天已經有一場了。

—Est-ce qu'il reste encore du lait? —Oui, il en reste encore un peu.

牛奶還有剩嗎？有，還剩一點兒。

—Tous les étudiants ne sont pas là; il en manque trois.

並非所有的學生都在這兒；還差三位。

■ ME, TE, LE, LA, NOUS, VOUS, LES

注意：
出現在元音或啞音h之前的me, te, le, la元音被省略。
—Je m'appelle Colin.
我叫做Colin。

1. me, te, nous, vous所指的是人。

—Est-ce que tu m'entends? — Non, je ne t'entends pas très bien.

你聽見我說的話嗎？沒有，我聽不太清楚。

—Le concierge nous aidera à déménager.

管理員會幫我們搬家。

2. le, la, les指人或物。它們被用來取代一個前接定冠詞、主有形容詞，或指示形容詞的名詞。

—Est-ce que tu as vu Sophie récemment? —Oui, je l'ai vue samedi.

你最近有看到Sophie嗎？有，我星期六見過她。

—Nous vendrons { la maison / cette maison / notre maison } →Nous la vendrons.

我們將賣掉 { 房子 / 這房子 / 我們的房子 } →我們要賣掉它。

—Les Dumas, je les connais depuis dix ans.

Dumas一家，我認識他們十年了。

—As-tu reçu le paquet que je t'ai envoyé? —Oui,

je l'ai reçu hier.

你有沒有收到我寄給你的包裹？有，我昨天收到的。

■ EN或LE, LA, LES？

比較：

附註：
參考第18章關於泛指詞的部分。

—J'ai lu un livre.　　→J'en ai lu un.

—J'ai lu ce livre.　　→Je l'ai lu.

—J'ai lu des livres.　　→J'en ai lu.

—J'ai lu ces livres.　　→Je les ai lus.

—J'ai lu quelques livres de ce romancier.

　　→J'en ai lu quelques-uns.

—J'ai lu tous les livres de ce romancier.

　　→Je les ai tous lus.

—Je n'ai lu aucun livre de ce romancier.

　　→Je n'en ai lu aucun.

• 有關直接受詞的代名詞之一般注意事項。

1. 直接受詞的代名詞也可以與voici或voilà連用：

—Es-tu prêt à partir? —Oui, me voilà!

　你準備好要出發了嗎？好啦，我在這兒！

—Où est la clé de la voiture? —La voilà.

　車子的鑰匙在哪裡？就在這兒。

—Tu veux une pêche? —En voilà une bien mûre.

　你要一顆水蜜桃嗎？這兒就有一顆熟透了的。

2. 與助動詞avoir連用的過去分詞和直接受詞的代名詞
作性、數、人稱上的配合，除了en以外：

—Je les ai vus.

　我看過這些。

—J'en ai vu.

　我看過。

　（可以參考第12章關於分詞的部分。）

間接受詞的代名詞

Les pronoms compléments d'objet indirect

■ 形式

單數	複數
me	nous
te	vous
lui	leur

■ 應用

被用來指涉人稱，且爲後接前置詞à之動詞的補語。它們出現於動詞之前，就像直接受詞的代名詞一樣。

—Ma sœur m'a téléphoné hier soir. (téléphoner à qqn)

我姊姊（妹妹）昨天傍晚打電話給我。

—Notre fille fait ses études à Montpellier; elle nous manque beaucoup. (manquer à qqn)

我們的女兒在Montpellier念書；我們很想念她。

—J'ai écrit à Lucie pour lui souhaiter un bon anniversaire. (souhaiter qqch à qqn)

我寫信給Lucie祝她生日快樂。

—Les Buisson ont dû vendre ce tableau qui leur appartenait depuis longtemps. (appartenir à qqn)

Buisson家得賣掉那幅他們擁有了許久的畫。

■ 特殊情況

在動詞être à qqn, penser à qqn, songer à qqn, rêver à qqn, faire attention à qqn, tenir à qqn,等之後，以及在後接前置詞à的代動詞（s'intéresser à, s'attacher à, se joindre à, s'adresser à,等等）之後，我們使用重讀代名詞moi, toi, lui, elle, nous, vous, eux, elles並保留前置詞：

—Ce parapluie est à moi.

這把傘是我的。

—Mme Dubois est la responsable du magasin;
　adressez-vous à elle!
　Dubois太太是這家商店的負責人；您對她談吧！

比較：

—Je parle à Clément.　　　→Je lui parle.
　我對Clément說話。　　　　我對他說話。

—Je pense à Clément.　　　→Je pense à lui.
　我想到Clément。　　　　　我想到他。

—Je téléphone à Chloé.　　→Je lui téléphone.
　我打電話給Chloé。　　　　我打電話給她。

—Je m'adresse à Chloé.　　→Je m'adresse à elle.
　我對Chloé說話。　　　　　我對她說話。

EN 與 Y

■ EN

它被用以取代一個前接前置詞de的物品名詞（nom de chose）。

—Depuis combien de temps jouez-vous de la guitare?

—J'en joue depuis trois ans. (jouer de qqch)

您從什麼時候開始彈吉他。

我從三年前開始彈的。

—Ils ont acheté un nouvel appartement et ils en sont très contents. (être content de qqch)

他們買了一間新的公寓並對此感到十分滿意。

—Ce livre est très ennuyeux; je n'en ai lu que la moitié. (la moitié de ce livre)

這本書很無聊；我只看了一半。

—A quelle heure sortez-vous du bureau? —J'en sors à 17 heures 30. (sortir de...)

您幾點離開辦公室的？我在下午五點半離開。

■ Y

它被用以取代：

1. 一個前接前置詞à的物品名詞。

—Avez-vous assisté à la conférence de M. Tournier?

—Oui, j'y ai assisté. (assister à)

您有沒有去聽Tournier先生的講習課？有，我去了。

—Il adore les échecs; il y joue très souvent. (jouer à…)

他很喜歡下棋；他常下。

—Ce problème, je n'y ai pas encore réfléchi. (réfléchir à…)

這個問題，我還沒仔細思考。

2. 一個由à, dans, en, sur, sous等導引的地方補語（complément de lieu）。

▶ 當心：

En不能取代de＋人稱。比較：

—Il parle souvent de ses amis italiens.→Il parle souvent d'eux.

他經常提起他的義大利朋友。

→他經常提起他們。

—Il parle beaucoup de ses affaires.→Il en parle beaucoup.

他經常提起他的業務。

→他經常提起它。

▶ ＊注意：

代名詞en可以被用來表達原因：

—Il a beaucoup de soucis et il en a perdu le sommeil.（＝à cause de ses soucis）

他的煩惱很多，並因此而無法入睡。

▶ 當心：

在動詞aller的未來式與條件現在式之前，我們不使用y（諧音）：

—Est-ce que tu iras à la bibliothèque? —Oui, j'irai sûrement.

你要去圖書館嗎？要，我一定會去的。

—Depuis quand êtes-vous à Versailles? —J'y suis
depuis trois mois.
（＝à Versailles）
您從什麼時候開始待在凡爾賽的？我從三個月前開始
待在那兒的。

—J'avais posé mes clés sur la table de l'entrée,
mais elles n'y sont plus.（＝sur la table）
我把鑰匙放在入口邊的桌子上，可是它們不在那兒
了。

—Depuis combien de temps travaillez-vous dans
cette entreprise?

—J'y traville depuis six mois.（＝dans cette
entreprise）
您從什麼時候開始在那家公司上班的？
我從六個月以前開始在那裡上班。

自反代名詞
Les pronoms réfléchis

■ 形式

單數	複數
me	nous
te	vous
se	se
soi	

附註：
參考第5章關於代動詞形式的部分。

■ 應用

自反代名詞具有和主詞相同的人稱。

—Je me suis inscrit à un club de tennis.
　我在一家網球俱樂部登記註冊了。

—Est-ce que tu t'intéresse à l'archéologie?
　你對考古學有興趣嗎？

—Le soleil se lève à l'est.
　太陽從東方上升。

—Isabelle et sa sœur se ressemblent beaucoup.
　Isabelle跟她姊姊（妹妹）長得很像。

—Élisabeth et moi, nous nous écrivons régulièrement.
　Elisabeth和我，我們經常通信。

—Quand vous achèterez-vous un magnétoscope?
　您（你們）什麼時候要買錄影機？

自反代名詞soi所指的是一個已被表達出來(1)或未被表達(2)的泛指代名詞（on, chacun, personne, quelqu'un, tout le monde…）：

1. On doit toujours avoir une pièce d'identité sur soi.
　應該隨身攜帶身分證件。

2. La confiance en soi est nécessaire dans la vie.
　自信在生活裡是不可缺少的。

比較：

—Monsieur Dupont est rentré chez lui.
　Dupont先生回家了。
—Il fait nuit, tout le monde est rentré chez soi.
　天黑了，大家都回家了。

在動詞之前代名詞的順序
Ordre des pronoms devant le verbe

許多動詞與兩個補語代名詞連用。有數種可能的組合方式：

■ 組合1

m'en		nous en	
t'en		vous en	
l'en	lui en	les en	leur en
s'en		s'en	

—Je viens d'acheter un magnétoscope; je m'en
  sers souvent. (se servir de qqch)
  我剛買了一部錄影機；我經常使用。
—Philippe m'a demandé un livre sur Matisse; je
  lui en offrirai un. (offrir qqch à qqn)
  Philippe向我要一本有關馬蒂斯的書；我送了他一
  本。
—J'ai une excellente idée; je vous en parlerai
  tout à l'heure. (parler de qqch à qqn)
  我有一個極棒的主意；等一下我再告訴您（你們）。
—Il a fait une erreur mais il ne s'en est pas
  aperçu. (s'apercevoir de qqch)
  他犯了一個錯誤，但是他並未發覺。

■ 組合2

me	le la les	te	le la les	se	le la les
nous	le la les	vous	le la les	se	le la les

—Mes photos d'Egypte sont magnifiques; je te les
  montrerai bientôt. (montrer qqch à qqn)

我在埃及拍的照片很漂亮；再過不久我會拿給你看。

—J'avais oublié mon parapluie chez Jacques; il me l'a rapporté hier. (rapporterqqch à qqn)
我將雨傘忘在Jacques家了；他昨天把它帶給我了。

—Chaque fois que nous lui demandons sa voiture, il nous la prête volontiers. (prêter qqch à qqn)
每次我們向他借車，他都十分樂意將它借給我們。

■ 組合3

le	lui	la	lui	les	lui
	leur		leur		leur

—Il voulait avoir l'adresse de cette école; je la lui ai donnée. (donner qqch à qqn)
他想要這個學校的地址；我將它給他了。

—Les douaniers nous ont demandé nos passe-ports; nous les leur avons montrés. (montrer qqch à qqn)
海關向我們要護照；我們（把它們）拿給他們看了。

■ 組合4

m'y	nous y
t'y	vous y
l'y	les y
s'y	s'y

—Est-ce que ton travail te plaît? —Oui, je m'y intéresse beaucoup. (s'intéresser à qqch)
你喜歡你的工作嗎？喜歡，我對這很有興趣。

—Est-ce que tu viens avec nous au café? —Oui, je vous y retrouverai vers 19 heures. (retrouver qqn quelque part)
你要跟我們一塊兒去咖啡館嗎？好啊，大約晚上七點左右，我再到那兒找你們。

■ 代名詞的順序

1	2	3	4	5	
主詞＋	me te nous vous se	le la les	lui leur	y	en	＋動詞

1. y與en從不連用，除了在il y en a的結構裡。

— J'ai mis des fleurs dans un vase.

　→ J'y ai mis des fleurs.

　→ J'en ai mis dans un vase.

　（et non: j'y en ai mis）

　我在花瓶裡放了一些花。

　→ 我在那裡面放了一些花。

　→ 我在花瓶裡放了一些。

2. 表格裡的1與3欄，3與4欄，不能被放在一塊兒使用。

— On m'a présenté au directeur.

　→ On m'a présenté à lui.

　（et non: on me lui a présenté）

　有人將我介紹給負責人認識。

　→ 有人將我介紹給他認識。

— J'ai téléphoné à mes parents à Rome.

　→ Je leur ai téléphoné à Rome.

　（et non: je leur y ai téléphoné）

　我在羅馬打電話給我爸媽了。

肯定命令式裡的代名詞
Pronoms à l'impératif affirmatif

1. 代名詞的位置

代名詞出現於動詞之後，並以連詞符（trait d'union）與動詞連接。

—Tu veux de la crème？ —Prends-en!
　你要奶油嗎？拿去！

—C'est l'anniversaire de ta tante. Téléphone-lui!
　是你姑姑（阿姨、伯母等）的生日。打電話給她！

在單數第一與第二人稱形式裡，須使用重音代名詞。

Écoute-moi!　　　　Assieds-toi!

2. 代名詞的順序

■ 組合1

動詞＋	le la＋ les	moi toi lui nous vous leur

—Passe-moi le pain! →Passe-le-moi!
　把麵包傳給我！→把它傳給我！

—Montrez-leur ces photos! →Montrez-les-leur!
　把這些相片拿給他們看！→把它們拿給他們看！

■ 組合2

動詞＋	m' t' lui　＋ nous vous leur	en

—Donne-moi du fromage! →Donne-m'en!

當心：

在否定命令式裡，代名詞仍然出現於動詞之前。

—N'en prends pas!
　不要吃這個！

—Ne lui téléphone pas!
　不要打電話給他！

注意：

遇上單數形式的第2人稱時，在代名詞en與y之前的動詞aller，或其他以e結尾的動詞，於字末加上一個s（諧音）。

—Vas-y!
　去吧！

—Achètes-en!
　買吧！

注意：

m'y, t'y, nous-y, vous-y, les-y等結構相當少見：

—Emmène les enfants à la piscine! →Emmène-les-y!

　把孩子們帶到游泳池去吧！→把他們帶去那兒吧！

給我一些乳酪！→給我一些！
—Achète des glaces aux enfants! →Achète-leur-en!
買些冰淇淋給孩子們！→買一些給他們！

後接不定式的動詞
Verbes suivis d'un infinitif

■ 一般規則

當代名詞爲不定式的補語時，它被放置於不定式之前。

—Ils veulent aller en Turquie. →Ils veulent y aller.
（y＝en Turquie, aller的補語）
他們要去土耳其。→他們要去那裡。

—Il va demander de l'argent à son père. →Il va lui en demander.
他去向他爸爸要錢。→他去向他要（錢）。

—Ce grand savant vient de recevoir le prix Nobel. →Il vient de le recevoir.
這位學者剛剛得到諾貝爾獎。→他剛剛得到（這個獎）。

—Il n'y a plus de fruits! Va en acheter, s'il te plaît!
沒有水果了！去買一些吧，拜託！

■ 特殊情況

■ FAIRE＋不定式；LAISSER＋不定式

代名詞被放置於第一個動詞之前。

—Cette histoire fait rire les enfants. →Elle les fait rire.
這個故事逗得孩子們發笑。→它逗得他們發笑。

—Je n'ai pas laissé sortir le chien. →Je ne l'ai pas laissé sortir.
我沒讓狗兒跑出去。→我沒讓牠跑出去。

—Je ferai visiter le Louvre à mes amis. →Je le leur ferai visiter.
我帶我的朋友們參觀羅浮宮。→我帶他們參觀（那裡）。

■ 感官動詞（verbe de perception）＋不定式

voir, regarder, écouter, entendre, regarder, sentir
代名詞被放置於感官動詞之前。

—Il aimait les oiseaux et il les écoutait chanter

當心：
在肯定命令式裡，代名詞出現於第一個動詞之後：

—Faites-le entrer.
讓他進來（去）。
—Laisse-moi parler.
讓我說。

pendant des heures.
他喜歡小鳥，並且聽牠們唱歌聽了好幾個小時。
—Connaissez-vous cet acteur? —Oui, je l'ai vu jouer dans une pièce de Ionesco.
你知道這位演員嗎？知道，我看過他演尤涅斯科的戲。

當心：
在肯定命令式裡，代名詞出現於第一個動詞之後：
—Regardez-les danser!
看他們跳舞！

中性代名詞：LE，EN，Y

Les pronoms neutres: le, en, y

■ LE

1. 它被用以取代形容詞、過去分詞，或表語名詞
（nom attribut）（陽性、陰性，單數或複數）

—Eric est bon en mathématiques mais il l'est moins en physique.（l'＝bon）
Eric的數學很好，不過他的物理就比較差了。

—Les œuvres de cet auteur viennent d'être traduites; elles ne l'avaient jamais été auparavant.（l'＝traduites）
這位作者的作品剛被翻譯；它們以前從未被翻譯過。

—Elle n'est pas encore médecin, mais elle le sera quand elle aura soutenu sa thèse.
（le＝médecin）
她還不是醫生，不過等她通過論文答辯，她就是了。

2. 它被用以取代直接受詞分句。

—Le prix de l'essence va augmenter. Je l'ai lu dans le journal.（l'＝que le prix de l'essence va augmenter）
油價即將上漲。我在報紙上看到這消息。

—Pourriez-vous venir dîner samedi? Dites-le-nous le plus vite possible!（le＝si vous pouvez venir）
您（你們）星期六能來晚餐嗎？儘早告訴我們！

—A quelle heure arrive le train? —Je vais le demander au contrôleur!
（le＝à quelle heure arrive le train）
火車幾點鐘抵達？我去問查票員！

■ EN

它被用以取代一句子，一個後接前置詞de的動詞分句補語或形容詞。

—Mon mari veut visiter Istanbul, moi aussi, j'en ai très envie.（en＝de visiter Istanbul）
我先生要拜訪Istanbul，我也是，我也很想這麼做。

—Êtes-vous sûr de ce que vous dites? —Oui, j'en suis absolument sûr.

您確定您所說的話嗎？是的，我非常確定。

■ ＊EN與LE的特殊應用情況

1. 遇到某些動詞與形容詞，例如：

être content, sûr, étonné...
s'apercevoir
se souvenir
avoir envie
avoir besoin

+que

► 注意：
因為這些動詞與形容詞後接前置詞de：
Être content
S'apercevoir ⎫ +de+qqch
Avoir envie

補語性質的分句被en取代。

—Je suis sûr que j'ai déjà rencontré cette personne.
→J'en suis sûr.

我確信我已經見過這個人了。

—Je me suis aperçu que j'avais oublié de signer le chèque.
→Je m'en suis aperçu.

我發覺我忘了在支票上簽名。

2. 在下列形式的動詞結構裡：

demander, dire
permettre, promettre
conseiller, défendre
interdire, reprocher
proposer

à qn de faire qqch

► 注意：
因為這些動詞由下列方式構成：
demander, dire
permettre,
conseiller ⎫ +qqch à qqn
défendre,
proposer,

不定式結構被le取代。

—Elle a demandé aux enfants de ranger leurs affaires.
→Elle le leur a demandé.

她要求孩子們整理自己的東西。

—J'ai promis à Georges de lui téléphoner dès mon arrivée.
→Je le lui ai promis.

我答應Georges等我一抵達便打電話給他。

—Dites à Vincent d'arriver de bonne heure.
→Dites-le-lui.

叫Vincent早點到。

■ Y

它被用以取代由前置詞à所導引的句子或分句。

—Je voulais partir en vacances ce mois-ci, mais j'y ai renoncé.（y＝à partir en vacances）
我想這個月去度假，不過我放棄了。

—L'équipe de football de la ville a gagné le match. Personne ne s'y attendait.（y＝à ce qu' elle gagne le match）
這城市的足球隊贏了比賽，真是出人意料。

—Il faut que vous vous inscriviez avant le 15 juin. Pensez-y!（y＝à vous inscrire）
您（你們）得在六月十五日之前登記註冊。要記得呀！

■ ＊中性代名詞LE, EN, Y的省略

當句子裡出現如下列後接不定式的動詞時，中性代名詞被省略：accepter, essayer, continuer, oser, commencer, apprendre, finir, refuser, oublier, réussir, savoir, pouvoir,等等。

1. 不定式沒有補語：

—Est-ce que tu sais conduire? —Oui, je sais conduire.
—Oui, je sais.
你會開車嗎？—會，我會開車。
　　　　　　—會，我會。

—As-tu fini de déjeuner? —Oui, j'ai fini de déjeuner.
—Oui, j'ai fini.
你吃完午餐了嗎？—是的，我吃完午餐了。
　　　　　　　—是的，我吃完了。

—A quel âge l'enfant a-t-il commencé à marcher?
—Il a commencé à marcher à un an.
—Il a commencé à un an.
這孩子從幾歲開始會走路？
—他從一歲的時候開始會走路。
—他從一歲的時候開始。

—Est-ce qu'il osera entrer? —Non, il n'osera pas entrer.
—Non, il n'osera pas.

注意：
在生活化用語裡，我們傾向於不重複不定式。

他敢進入嗎？—不，他不敢進入。
　　　　　　　　—不，他不敢。

2. 不定式具有補語：

—Il a oublié de faire renouveler son passeport.

→Il a oublié de le faire renouveler.（le＝son passeport）

→Il a oublié.

　他忘了換新的護照。

　→他忘了要把它換成新的。

　→他忘了。

—Il a appris à jouer au bridge.

→Il a appris à y jouer.（y＝au bridge）

→Il a appris.

　他學會了玩橋牌。

　→他學會了玩它。

　→他學會了。

特殊情況：

動詞aimer, vouloir,與espérer的後面或接不定式，或接副詞bien以加強說話的口氣。

—Est-ce que tu aimes voyager?

—Oui, j'aime voyager.

—Oui, j'aime bien.

　你喜歡旅行嗎？

　—啊，我喜歡旅行。

　—啊，我很喜歡。

錯誤說法	正確說法
T'aimes.	Tu aimes. 你墜入情網了。
Je n'en ai pas un.	Je n'en ai pas. 我沒有。
Je connais cette ville, j'y ai visité.	Je l'ai visitée. 我知道這個城市，我參觀過。
Est-ce que tu viens de Suède? —Oui, j'y viens.	—Oui, j'en viens. 你是從瑞典來的嗎？ —對，我從瑞典來的。

Est-tu allé au Louvre?
—Oui, je suis allé là.

—Oui, j'y suis allé.
你有沒有去羅浮宮？
—有，我去了。

Je les téléphone.

Je leur téléphone.
我打電話給他們。

Je lui écoute.

Je l'écoute.
我聽他說話。

Je lui pense.

Je pense à lui.
我想念他。

Tu vas à Paris?
—Oui, je vais.
—Oui, j'y irai demain.

—Oui, j'y vais.
—Oui, j'irai.
你去巴黎嗎？
—是的，我去那兒。
—是的，我會去。

Est-elle italienne?
—Oui, elle est.

—Oui, elle l'est.
她是義大利人嗎？
—對，她是。

Vous avez des enfants?
—Oui, j'ai trois.

—Oui, j'en ai trois.
您有孩子嗎？
—有，我有三個。

Savez-vous faire la cuisine?
—Oui, je la sais faire.

—Oui, je sais la faire.
您會做菜嗎？
—會，我會做。

Il n'y en a rien.

Il n'y a rien. / Il n'y en a aucun.
什麼也沒有。

Il n'y en a personne.

Il n'y a personne.
一個人也沒有。

J'ai le fait.

Je l'ai fait.
我做了。

Je suis y allé.

J'y suis allé.
我去那兒了。

Je le vais faire.

Je vais le faire.
我將要做這件事。

Donne-moi-en.

Donne-m'en.
給我（這個）。

第三篇　固定不變的字 LES MOTS INVARIABLES

20

前置詞
Les prépositions

1. Voilà la maison de mes parents.
   這就是我爸媽的家。
2. L'enfant travaillait dans sa chambre.
   孩子在他的房裡讀書。
3. Elle était assise en face de moi.
   她坐在我的對面。
4. Ce restaurant est difficile à trouver.
   這家餐廳很難找。

▶ 前置詞或是一些字【1, 2, 4】，或是一些不變的詞組【3】；它們被用來連接句子裡的要素。

▶ 前置詞通常指涉著連接這些要素之意義的關係：主有關係【1】或地點【2, 3】等。

▶ 在其他情況裡，它們只是一些單純的文法「虛詞」（outil）：前置詞不具備特別的意義【4】。

前置詞À與DE
Les prépositions à et de

這些前置詞導引著：

■ 動詞補語
—Je joue de la guitare.
　我彈吉他。
—Il n'a pas réussi à entrer dans cette école.
　他進不了這所學校。
—Ce livre appartient à Julien.
　這本書是Julien的。

■ 形容詞補語
—Nous sommes contents de notre travail.
　我們對自己的工作感到滿意。
—Cet article est intéressant à lire.
　這篇文章讀起來很有意思。

　　我們在一些形容詞之後使用à或de：facile, utile,
nécessaire, possible, agréable, amusant, important,
intéressant, simple, pratique,等等。不過，當形容詞被
使用於非人稱結構的時候，它的後面則接前置詞de：
比較：
—Ce livre est facile à lire.
　這本書讀起來很輕鬆。
—Il n'est pas facile d'obtenir un visa pour ce pays.
　要取得這個國家的簽證不容易。
—Cet appartement est agréable à habiter.
　這間公寓住起來很舒服。
—Il est agréable d'habiter dans cet appartement.
　住在這間公寓裡很舒服。

■ 數量副詞補語（Le complément d'un adverbe de quantité）
數量副詞補語由de所導引。
—Beaucoup de gens ont un chien.

許多人養狗。

—Combien d'habitants y a-t-il dans cette ville?
這個城市裡有多少居民？

■ 名詞補語

前置詞de與前置詞à（較少見）導引著確立名詞意義
的限定補語（complément de détermination）：
前置詞DE

une salle de cinéma, un cours de gymnastique

le sens d'un mot, la lumière de la lune

le temps de lire, l'art de vivre

la porte de derrière, les gens d'ici

la ville de Paris

前置詞de特別被用於表達主有關係和數量、規格

le livre de Julien

des vacances de trois semaines

un kilo de sucre

un roman de 500 pages

前置詞À

une salle à manger, un couteau à pain

des patins à roulettes, un bateau à moteur

une machine à écrire, une glace à la vanille

■ À與DE的其他應用情況

à與de也被用來導引狀況補語（complément
circonstanciel）：
前置詞À

—地點：à la maison, à la télévision

—時間：à midi, 100 kilomètres, à l'heure

—方法：à bicyclette, à pied

—態度：à voix basse, à toute vitesse

前置詞DE

—起點或出身：partir de la maison, venir d'une
famille célèbre

—原因：trembler de peur, tomber de sommeil

—態度：parler d'une voix aimable, remercier
d'un sourire

—度量衡：reculer d'un mètre, maigrir de 3 kilos

▶ 注意：
其他的前置詞可以導入一
個限定補語
（complément de
détermination）：une
robe sans manches, une
cigarette avec filtre, un
concerto pour piano,等
等。

▶ 注意：
不要混淆《une tasse à
café》（ = une tasse
pour boire du café）與
《une tasse de café》
（ =pleine de café）：
《une coupe à
champagne》與《une
coupe de
champagne》。

DE可以和À連用，以表達期限：

—Il y a 863 km de Paris à Marseille.
　從巴黎到馬賽有863公里遠。

—Je travaille de 9 heures à 13 heures.
　我從9點工作到13點。

—De 10 à 30 francs.
　從10到30法郎。

—Il y avait de 30 à 35 personne dans la salle.
　在教室裡有30至35人不等。

前置詞＋地理名詞
Préposition＋nom géographique

前置詞à與en的應用跟名詞的性稱有關。當一個國家名稱以-e結尾時，它便是陰性的：
la France, la Bulgarie
例如：le Mexique, le Cambodge, le Zaïre,等等。

■ À與EN＋城市或國家名稱

À	EN
＋城市名稱 →à New York, à Bucarest	
	＋陰性國家名稱 →en France, en Belgique
＋以輔音爲首的陽性國家名稱 （注意à＋le的縮寫） →au Canada, au Brésil	＋以元音爲首的陽性國家名稱 →en Iran, en Israël, 　en Afghanistan
＋複數形式的國家名稱（注意à＋les的縮寫） →aux Pays-Bas, aux États-Unis, 　aux Philippines	

■ EN與DANS＋地區名稱

EN	DANS
＋陰性名稱 ＋以元音爲首的陽性名稱 →en Anjou, en Bretagne	＋冠詞＋以輔音爲首的陽性名稱 →dans le Périgord, dans le 　Piémont
→en Californie, en Andalousie	→dans le Michigan

■ À與EN＋島嶼名稱
不具冠詞的島嶼名稱通常前接前置詞À：à Cuba, à Chypre...

具有冠詞的島嶼名稱通常前接前置詞en：en Corse, en Crète...

■ À＋方位基點（points cardinaux）
à l'est, à l'ouest, au nord, au sud

■ DANS＋冠詞＋法國省名或都市地區
dans les Yvelines
dans les Côtes d'Armor
dans le cinquième arrondissement

■ DE（指出身血統）
1. de＋陰性名稱或以元音為首的陽性名稱：
──Je viens de Grande-Bretagne.
　　我從英國來。
──Il revient d'Israël.
　　他從以色列回來。
2. de＋以輔音為首的陽性名稱，或＋複數名稱。
──Je reviens du Japon.
　　（注意de＋le的縮寫）
　　我從日本回來。
──Ma sœur rentre du Portugal.
　　我姊姊（妹妹）從葡萄牙回來。
──Nous revenons des États-Unis.
　　（注意de＋les的縮寫）
　　我們從美國回來。

注意：
提到地址時，我們不用前置詞：
Charles Martel habite rue de Poitiers／avenue de Poitiers.
不過我們說：Il se promène dans la rue, sur le boulevard, sur la route.

前置詞的應用
Emploi de certaines prépositions

■ **DANS與EN DANS**

• 地點

dans le salon, dans le tiroir

• 時間

dans sa jeunesse,

—Il reviendra dans trois jours.

　他三天後回來。

EN＋通常不具冠詞的名詞

• 時間

季節名稱en hiver, en été, en automne（例外：au printemps）

一段時間：j'étais pressé, j'ai déjeuné en dix minutes.

• 材質：在動詞être或是名詞之後

—Cette bague est en or.

　這枚戒指是金子鑄成的。

—Un sac en plastique.

　一個塑膠袋。

• 在許多習語裡

en voiture, en français, en colère, en pantalon, en solde等等。

■ **DANS, EN與À**

比較：

—Je voyage en avion.

　（moyen de transport）

　我搭飛機旅行。

—Dans l'avion, l'hôtesse offre toujours une boisson.

　（＝à l'intérieur de）

　在飛機上，空服員固定會提供飲料。

—Au théâtre, il y a souvent un entracte.

附註：
關於dans與en，參考第32章有關表達時間的習語部分。

注意：
在名詞之後，我們也能夠看到前置詞de：
un mur de béton, une veste de cuir,等等。

（théâtre＝genre de spectacle）
戲劇表演通常有中場休息。

—Dans ce théâtre, il y a cinq cents places.
（théâtre＝la salle de spectacle）
這家劇院有五百個座位。

■ AVANT與DEVANT

• AVANT

時間的定位。

—Les travaux seront terminés avant l'automne.
這工程將在秋天以前完成。

• DEVANT

空間的定位。

—Il y a une pelouse devant la maison.
屋子前面有一塊草坪。

■ PAR與POUR

1. 這些前置詞表達原因：

• POUR

—Il a été condamné pour vol.
他因為搶劫而被判刑。

—Le musée est fermé pour travaux.
這間博物館因為工程整修而關閉。

—Il est soigné pour une dépression nerveuse.
他由於神經衰弱而接受治療。

• PAR

—Il m'a aidé par gentillesse.
他出於好意而幫助我。

—Il est venu par amitié.
他看在友誼的情分上來。

—Il a fait cela par erreur.
他由於失誤而這麼做。

2. 這些前置詞也有許多其他的涵意：

• POUR

—Partir pour Paris. (destination)
出發前往巴黎。

—Travailler pour un examen. (but)
為了考試在用功。

—Être là pour huit jours. (durée prévue)
將待在這裡八天。
* PAR
—Ce tableau a été peint par Dufy. (agent)
這幅畫是Dufy畫的。
—Envoyer un paquet par avion. (moyen)
寄一個航空包裹。
—Regarder par la fenêtre. (lieu)
從窗口望出去。

■ ENTRE與PARMI

* ENTRE

爲了表達區分兩人或兩事物的距離（時間或空間）而被
使用：

entre les deux maisons, entre 10 heures et midi.

* PARMI

被用來隔離團體中的一份子：

—Y a-t-il un médecin parmi vous?
在你們之中有沒有人是醫生？
—Parmi les spectateurs se trouvait le Premier
ministre.
行政院長在觀眾群之中。

■ SUR與AU-DESSUE DE；SOUR與AU-DESSOUS DE

—J'ai collé un timbre sur l'enveloppe.
我在信封上貼了郵票。
—L'avion volait au-dessus de l'océan Atlantique.
飛機飛行於大西洋上空。
—J'ai mis un napperon sous le vase pour
protéger la nappe.
我在花瓶下面放了一塊小墊子以保護桌巾。
—La température est descendue au-dessous de
0℃.
氣溫降到了0℃以下。

■ CHEZ

指稱：在某人的家裡。

chez moi, chez M. et Mme Leroy
chez le pharmacien, chez le boulanger

▶ 注意：
前置詞chez可以前接另
一個前置詞：à côté de
chez moi, près de chez
lui, devant chez les
Dupont.

▶ 當心：
à＋地方名稱：à la
boulangerie, à la
pharmacie.

前置詞的重複與省略
Répétition et omission de la préposition

■ 重複

前置詞à, en, de通常被重複於每個補語之前：

—Il a téléphoné à Hervé et à Denis.
　他打電話給Hervé與Denis。

—Elle est allée en France et en Italie.
　她去了法國和義大利。

—Il nous a parlé de son travail et de sa famille.
　他跟我們談起他的工作和家庭。

—J'ai acheté beaucoup de livres et de crayons.
　我買了許多書和鉛筆。

—La France se trouve près de l'Espagne et de l'Italie.
　法國位於西班牙和義大利附近。

—Grâce à sa patience et à son courage, il a surmonté toutes les difficultés.
　多虧他的耐性與勇氣，才使他突破了這些困難。

■ 省略

1. 如果補語的意義相同，其他的前置詞通常不被重複，舉例如下：

—Il est revenu de son voyage avec des cadeaux pour ses parents et ses amis.
　他旅行回來還帶了一些要送給他父母與朋友的禮物。

—J'ai bavardé avec M.Dupuis et sa femme.
　我與Dupuis先生和他太太聊過天。

不過，如果我們想區分補語的話，我們會重複前置詞：

—Il a acheté des cadeaux pour sa famille et pour ses collègues.
　他買了一些禮物要送給他的家人和同事。

2. 在許多習語裡，前置詞已經消失不見：
fin novembre, début janvier,
les relations Est-Ouest, le match
France-Angleterre, parler politique,等等。
這種並列方式（juxtaposition）是現代語言的一個傾向。

前置詞與副詞
Prépositions et Adverbes

■ 前置詞／副詞的呼應

1.

前置詞	副詞
dans	dedans
hors de	dehors
sur	dessus
sous	dessous

—Qu'as-tu mis dans cette valise?
　你在這箱子裡放了什麼？
—Cette valise est bien lourde; je me demande
　ce qu'il y a dedans.
　這只箱子很重；我問自己裡面放了什麼。
—On parle aussi français hors de France.
　除了法國以外，其他地方也說法語。
—Où sont les enfants? —Ils jouent dehors.
　孩子們在哪兒？他們在外面玩。
—Est-ce que je peux poser mes affaires sur cette
　table?
　我可以將我的東西放在這張桌子上嗎？
—Oui, oui, pose-les dessus!
　可以，可以，把它們放在那上面吧！
—J'ai glissé la lettre sous la porte.
　我將信從門下的縫隙塞進去。
—Le prix du tapis est indiqué dessous.
　地毯的價格被標示在下方。

2.

à côté de	à côté
au milieu de	au milieu
en bas de	en bas
loin de	loin

—Ils habitent à côté de la gare.

他們住在火車站旁邊。

—J'habite rue Blanche; l'école de mes enfants est juste à côté.

我住在rue Blanche；我的孩子們的學校就在旁邊。

—Tu rangeras ces papiers en haut de l'armoire.

你整理衣櫃上端的這些文件吧！

—Que fait ta sœur? —Elle joue en haut, dans le grenier.

你的姊姊（妹妹）在做什麼？她在上頭玩，在頂樓。

■ 前置詞或副詞？

有些前置詞也是副詞：après, avant, depuis, derrière, devant。

—Il viendra après le dîner.

（前置詞）

他吃過晚餐後會來。

—Nous avons dîné à 8 heures; après, nous avons

（副詞）

regardé la télévision.

我們在8點鐘晚餐；之後，我們看電視。

—Le chien était couché devant la cheminée.

小狗在壁爐前睡覺。

—Il n'y a plus de places au fond de la salle; venez donc vous asseoir devant!

教室後面沒有座位了；到前面來坐吧！

▶ 注意：

在生活化用語裡，前置詞avec與sans經常被當作副詞使用：

—J'adore les chiens; je ne pourrais pas vivre sans.

我非常喜愛狗兒；要是沒有牠們的話，我活不下去。

—C'est un bon couteau; on coupe tout avec.

這是一把好刀子；我們用它來切所有的東西。

錯誤說法	正確說法
Il est content avec sa vie.	Il est content de sa vie. 他對自己的生活感到滿意。
A l'autre côté.	De l'autre côté. 在另一邊。
Selon mon opinion.	Selon moi. 以我的看法。
Voir un film sur la télévision.	Voir un film à la télévision. 看電視台播放的影片。

Sur le journal.

Chez la police.

Chez la boulangerie.

Au même temps.

Chez la famille Grandet.

Dans le journal.
在報紙上。
À la police.
在警察局裡。
À la boulangerie.
在麵包店裡。
En même temps.
同時。
Chez les Grandet.
Dans la famille Grandet.
在Grandet他們的家裡。

副詞

Les adverbes

1. Il est très fort en maths.
   他的數學非常好。
2. Je reviens tout de suite.
   我馬上回來。
3. Le camion roulait trop vite sur la route glissante.
   卡車在這滑溜的路面上行駛得太快了。
4. Il y aura sans doute un orage ce soir.
   今晚肯定會有一場暴風雨。

▶ 副詞是一些字【1, 3】或固定不變的一些詞組【2, 4】，它們被用來修飾一字或一句的意義。

副詞的不同形式
Les différentes formes d'adverbes

■ 單字或詞組
hier, très, ensuite, vite,等等。
par hasard, à peu près, tout à l'heure, au maximum,等等。

■ 以-ment構成的副詞
1. 一般規則
它們由陰性形式的形容詞與後綴詞-ment組成：

fort	→forte	→fortement
doux	→douce	→doucement
vif	→vive	→vivement
fou	→folle	→follement

2. 例外
對於以-ent與-ant結尾的形容詞而言，後綴詞為-emment或-amment：

prudent	→prudemment
violent	→violemment
courant	→couramment
suffisant	→suffisamment

對於以-i, -é, -u結尾的形容詞而言，陰性形式的-e被省略。

vrai	→vraiment
absolu	→absolument
aisé	→aisément

■ 被當作副詞使用的形容詞
有些以陽性單數形式出現的形容詞被當作副詞使用：
parler bas
chanter fort
valoir cher
manger froid

■ 比較級（degrés de comparaison）

▶ 當心：
-emment的發音方式和
-amment相同。

▶ 注意：
特殊情況：
1. 注意 - e 的閉口音符
（accent aigu）：
profond→profondément
précis→précisément,等
等。
2. 變化方式不規則的副詞：
gentil→gentiment
gai→gaiement

▶ 附註：
參考第14章關於形容詞的部分。

大多數的方式副詞（adverbe de manière）與以下的副詞：longtemps, tôt, tard, souvent, loin, près, vite可以被應用於比較級（comparatif）與最高級（superlatif）。

—Il parle

> plus vite
> aussi vite
> moins vite

que moi.

他說得

> 比我快。
> 跟我一樣快。
> 比我慢。

—Arrivez le plus tôt possible!
　盡可能早點兒到達！

副詞bien具有不規則的比較級與最高級：
bien→mieux, le mieux.

—On respire mieux à la montagne.
　在山林間呼吸比較舒服。

—C'est Robert qui comprend le mieux dans la classe.
　在班上，Robert的理解力最強。

附註：
參考第35章關於比較語法的部分。

C'est Robert
qui comprend
le mieux dans
la classe.

副詞的應用
Emploi des adverbes

副詞修飾了下列要素的意義：
- 動詞
  Il travaille. →Il travaille beaucoup.
  他工作。→他努力地工作。
- 形容詞
  Elle est jolie. →Elle est très jolie.
  她長得漂亮。→她長得很漂亮。
- 另一個副詞
  Je vais souvent au cinéma.
  →je vais assez souvent au cinéma.
  我常去看電影。
  →我很常去看電影。
- 名詞
  J'ai fermé les vitres de la voiture.
  →J'ai fermé les vitres arrière de la voiture.
  我關上了汽車的窗子。
  →我關上了汽車的後窗。
- 一句子
  Nous sommes allés à la campagne; il a fait beau.
  →Nous sommes allés à la campagne; heureusement, il a fait beau.
  我們去了鄉下；天氣很好。
  →我們去了鄉下；幸運地，天氣很好。

一、根據意義的不同而將副詞分類

■ 方式副詞（adverbes de manière）
由-ment構成的副詞，bien, mal, exprès, ainsi,等等。
n'importe comment, sans arrêt, par hasard,等等。
—Ecrivez lisiblement!
  寫清楚！

—Il l'a rencontré par hasard place de l'Opéra.
  他在歌劇院廣場附近遇到他。

■ 數量副詞（adverbes de quantité）

assez, beaucoup, davantage, peu, presque, très, trop, tellement, complètement,等等。

aussi, autant, plus, moins, petit à petit, tout à fait, à moitié, à peu près,等等。

—Il faut que je travaille davantage.
  我必須更加努力地工作。

—Ce livre coûte à peu près 200 francs.
  這本書大約值200法郎。

■ 時間副詞（adverbes de temps）

alors, après, avant, bientôt, déjà, encore, ensuite, jamais, longtemps, maintenant, puis, soudain, tard, tôt, toujours,等等。

tout de suite, tout à l'heure, de temps en temps 等。

—Maintenant, nous habitons au Quartier latin.
  現在，我們住在拉丁區。

—La ligne est occupée; je rappellerai tout à l'heure.
  電話佔線；我待會兒再打。

■ 地方副詞（adverbes de lieu）

ailleurs, autour, dedans, dehors, ici, là, loin, partout, près,等等。

là-bas, n'importe où, ci-dessous,等等。

—Voici une chaise. Posez donc votre manteau dessus.
  這兒有張椅子。把您的大衣放在那上面吧！

—En ce moment, il fait beau partout!
  目前各地的天氣都很好！

■ 疑問／感嘆副詞（adverbes d'interrogation / d'exclamation）

—疑問：combien, comment, pourquoi, quand, où...

—感嘆：comme, que,等等。

■ 肯定／否定副詞（adverbes d'affirmation / de négation）

—肯定：oui, si,等等。

—否定：non, ne, pas, du tout,等等。

二、＊副詞＝關聯詞（mots de liaison）

1. 有些副詞被用來連結兩個句子；它們是一些關聯詞：

puis, ensuite, enfin, d'ailleurs, en effet, cependant, c'est pourquoi, pourtant,等等。

—Mon oncle parle très mal espagnol; pourtant il a vécu quinze ans à Madrid.（＝bien qu'il ait vécu...）

我叔叔（伯伯、舅舅）的西班牙文說得很差；但是他卻在馬德里住過十五年。

—Le public s'impatientait; enfin, à 9 heures et quart, le rideau se leva.（＝après un long moment d'attente⋯）

群眾感到不耐煩了；終於，在九點十五分的時候，布簾升起了。

—Les enfants! Il est trop tard pour jouer dehors! D'ailleurs, il commence à pleuvoir.（＝de plus il pleut et par conséquent vous ne pouvez pas aller dehors）

孩子們！現在時候太晚，不能待在戶外玩耍了！而且，開始下雨了。

2. 其他的前置詞則根據它們所修飾的是一字或一句，而具有不同的意思。

autrement, justement, seulement, alors, à peine, aussi,等等。

它們在句子裡出現的位置並不一樣。

比較：

—Hier, elle portait une jupe et un chandail; aujourd'hui, elle est habillée autrement.（adverbe＝d'une autre manière）

昨天，她穿著一條裙子和一件粗毛線衫；今天，她換了打扮。

—Aide-moi, s'il te plaît! Autrement je n'aurai

注意：

Si被用來重新肯定一個以否定形式出現的上下文。

—Tu ne m'as pas rendu mon parapluie,

—Mais si je te l'ai rendu!

—你沒還我雨傘。

—有呀！我還你了。

jamais fini ce soir!

（mot de liaison＝sinon）

幫幫我，拜託你！不然，我今晚沒辦法完成！

—Napoléon devint empereur en 1804; il avait alors 35 ans.

（adverbe＝à ce moment-là）

拿破崙在1804年變成了皇帝；當時他35歲。

—Il n'y avait pas de taxis; alors, j'ai dû prendre le métro.（mot de liaison＝donc）

沒有計程車；所以我搭了地下鐵。

—Il a dit très justement qu'il était trop tôt pour porter un jugement définitif.（＝avec raison）

他很中肯地說過，對於下一個決定性的評斷，時候還太早。

—Vous voulez parler à Louis? Justement il arrive.

（concordance entre les deux faits）

您要和Louis談嗎？正好，他到了。

三、一些副詞在應用上的困難

■ BIEN

1. bien是mal的反義字：

—Il travaille bien.

（反義：Il travaille mal）

他工作得很好。

2. bien也具有très的意思：

—Je suis bien content.

（＝Je suis très content）

我很高興。

3. bien被用以加強比較級的口氣：

—Leur nouvel appartement est bien plus ensoleillé que l'ancien.（＝beaucoup plus）

陽光要照進他們的新公寓比舊的那個容易多了。

4. bien有時具備著形容詞的意義，尤其是在口頭會話裡：

—Lis ce livre, il est très bien.（＝très intéressant）

看看這本書，它很有趣。

—Stéphanie était très bien avec cette robe.（＝

très jolie）

Stéphanie穿這件洋裝很好看。

—Cette photo est mieux que l'autre.（＝meilleure）

這張相片比另一張好。

—On est bien ici!（＝content, à l'aise）

我們在這兒很舒服！

—Une personne très bien.（＝en qui on peut avoir confiance）

一個很好的人。

5. bien被用以加強肯定口吻：

—Où est Julie? —Tu sais bien qu'elle est à la piscine!

Julie在哪兒？你很清楚她在游泳池那裡呀！

—Je voudrais bien habiter à la campagne!

我很想住在鄉下！

■ BEAUCOUP

1. beaucoup與動詞一塊兒被使用：

—Il voyage beaucoup.

他經常旅行。

—J'aime beaucoup le café.

我很喜歡咖啡。

2. beaucoup de＋名詞（扮演著限定詞的角色）：

—Il fait beaucoup de voyages.

他經常旅行。

—Il boit beaucoup de café.

他喝很多咖啡。

■ PEU

1. peu與動詞一塊兒被使用：

—Il voyage peu.

他很少旅行。

2. peu de＋名詞（扮演著限定詞的角色）：

它被使用於可數或不可數名詞之前，不過，un peu de則只能被使用於不可數名詞之前。

—Il fait froid; il y a peu de promeneurs dans les rues.（＝pas beaucoup）

當心：
不要與《Je veux bien》（＝j'accepte）混淆：
—Veux-tu nous accompagner à la piscine? Oui, je veux bien!
你要陪我們去游泳嗎？要呀！我很願意！

注意：
Beaucoup也被使用在比較級語法之前：
—Cet hôtel est beaucoup plus confortable que l'autre.
這家旅館比另一家舒服多了。

天氣很冷；在街上散步的人很少。

—Nous sommes en hiver, mais il y a peu de neige.（＝pas beaucoup）
現在是冬天，不過不常下雪。

—Il fait froid et il y a un peu de neige.
（＝une petite quantité）
天氣很冷，而且下了一點兒雪。

■ TRÈS

1. très＋形容詞：
—Il est très gentil.
他很和善。

2. très＋副詞：
—Comment allez-vous? —Très bien, merci.
您好嗎？很好，謝謝。

3. 在以下的習語裡：avoir faim (soif, envie, besoin,等等), faire attention：
—J'ai très faim.
我很餓。
—Il faut faire très attention à ça!
對這要很當心！

4. très和trop：
—Le café est très chaud. (mais on peut le boire)
咖啡很燙。
—Le café est trop chaud. (on ne peut pas le boire)
咖啡太燙了。

▶ 當心：
Très不與具有最高級涵意的形容詞連用：
délicieux, magnifique, excellent, superbe。

■ 在比較級裡的AUSSI和AUTANT

1. aussi＋形容詞或副詞：
—Il est aussi grand que son père.
他跟他爸爸一樣高。

2. autant與動詞連用：
—Il pleut autant qu'hier.
雨下得和昨天一樣多。

▶ 附註：
參考第35章關於比較語法的部分。

■ 在結論裡的SI和TANT

1. si＋形容詞或副詞：
—Ce film était si ennuyeux que je me suis

endormi!
這部片子是如此地無聊，以致我睡著了。

2. tant與動詞連用：

—Il a tant plu que la rivière a débordé.
雨下得這麼大，以致河水氾濫了。

■ PLUTÔT與PLUS TÔT

—Ne viens pas ce soir; viens plutôt demain.
（plutôt＝de préférence）
不要今晚來；最好明天來吧！

—Alain est rentré plus tôt que d'habitude.
（plus tôt est le contraire de plus tard）
Alain比平常早回家。

■ ICI和LÀ

ici與là被用以對比凸顯一較近的地點（ici）與一較遠的地點（là）：

—Ici, vous avez la cuisine, là, le salon.
這兒，是您（你們）的廚房，那兒，是客廳。

不過，當我們不需對比的時候，我們傾向於使用là。

—J'habite là.
我住這裡。

—Asseyez-vous là!
請坐這兒！

—Pourrais-je parler à Mme Robin? —Non, elle n'est pas là.
我可以和Robin太太說話嗎？不，她不在這兒。

■ TOUT

—Leurs enfants sont tout petits.
他們的孩子年紀很小。

—Elle est toute seule à la maison.
她一個人單獨在家。

副詞的位置
Place des adverbes

1. 當副詞修飾形容詞或副詞的時候：它出現於它們之前。
—C'est un monument remarquablement restauré.
  這是一座被完美地修復了的紀念碑。
—Vous conduisez trop vite.
  您車子開得太快了。

2. 當副詞修飾動詞的時候：
- 在單純時態裡，副詞出現於動詞之後
—Il arrivera demain.
  他將在明天抵達。
—Le chien couche dehors.
  狗在外邊睡覺。
—La vieille dame marchait lentement.
  這位老太太慢慢地走著路。
- 在複合時態裡，副詞通常出現於助動詞與過去分詞之間，尤其是數量副詞如：souvent, toujours, bien, mal與déjà
—J'ai beaucoup aimé ce zoo.
  我很喜歡這座動物園。
—Il m'a souvent parlé de son enfance en Australie.
  他時常對我提起他在澳大利亞的童年。
  不過，地方副詞固定出現於過去分詞之後。
—Il a travaillé là-bas pendant cinq ans.
  他在那裡工作了五年。
—Nous avons dîné dehors.
  我們在外頭吃過飯了。

3. 當副詞被用來修飾一句子的時候，它們出現的位置並不固定。
—Dans ce jardin, partout il y a des fleurs.
       …il y a partout des fleurs.

▶ 注意：
當副詞是一個拼寫起來較長的字時，它通常被置放於過去分詞的後面：
—Nous avons déjeuné rapidement.
  我們很快地吃完飯。
不過，當我們要強調它的重要性時，則可以將它放在過去分詞的前面。
—Nous avons remar-quablement bien déjeuné dans ce restaurant.
  我們在這家飯館享用了非常豐盛的一餐。

▶ 當心：
注意peut-être與sans doute的三種結構：
—Peut-être / sans doute viendra-t-il ce soir.（典雅用語）
—Peut-être / sans doute qu'il viendra ce soir.
—Il viendra peut-être / sans doute ce soir.
  他今晚也許會來。

…il y a des fleurs partout.
在這座花園裡，到處都有花。
—Demain, le magasin ouvrira à 10 heures.
—Le magasin ouvrira demain à 10 heures.
明天，這家商店10點鐘開門。

錯誤說法	正確說法
Je souvent fais cette faute.	Je fais souvent cette faute. 我經常犯這個錯誤。
Toujours il vient.	Il vient toujours. 他總是會來。
Il fait du tennis, aussi il fait du cheval.	Il fait du tennis, il fait aussi du cheval. 他打網球，也騎馬。
C'est très magnifique.	C'est magnifique. 這太美了。
Il est trop intelligent.	Il est très intelligent. 他很聰明。
J'ai beaucoup faim(peur...)	J'ai très faim(peur...) 我很餓（害怕……）
Beaucoup des gens.	Beaucoup de gens. 許多人。
Ce gâteau est beaucoup meilleur que l'autre.	Ce gâteau est bien meilleur que... 這塊蛋糕比另一塊好吃多了。
C'est meilleur d'y aller en métro.	C'est mieux d'y aller en métro. 搭地下鐵去比較好。
Il travaille d'avantage.	Il travaille davantage. 他更加努力地工作。
Peut-être il viendra.	⎰ Il viendra peut-être. ⎱ Peut-être qu'il viendra. 或許他會來。

*Il semble
que le malade
aille mieux*

疑問句
La phrase interrogative

1. Est-ce que vous pouvez me donner un renseignement, s'il vous plaît?
   —Oui, bien volontiers.
   麻煩您，可以提供我一項消息嗎？可以的，我很願意。
2. Où se trouve la station de métro la plus proche?
   —Tout droit, à 50 mètres d'ici.
   最近的地下鐵站在哪裡？向前直走，離這兒50公尺。

▶ 疑問句有兩種類型：
▶ 所期待的回答爲oui或non的完全疑問句（interrogation totale）【1】
   —問題落在句子裡某一要素上的部分疑問句（interrogation partielle）【2】
▶ 疑問句的形式隨著用語層次的不同而變化：
   —典雅用語（langue soutenue）(l.s.)
   ——一般用語（langue courante）(l.c.)
   —生活化用語（langue familière）(l.f.)

完全疑問句
L'interrogation totale

存在著三種疑問式結構：

■ 主詞倒裝（inversion du suject）：典雅用語
在動詞與代名詞之間有一條連詞符（trait d'union）。
—Savez-vous conduire?
　您（你們）會開車嗎？
當主詞是名詞的時候，它被一個代名詞重新引述：
—Le directeur peut-il me recevoir?
　主任可以接見我嗎？
—Caroline est-elle sortie?
　Caroline出門了嗎？

■ EST-CE QUE... ＋肯定形式：一般用語
—Est-ce que vous savez conduire?
　您（你們）會開車嗎？

■ 語調重音（intonation）→聲調上揚：生活化用語
—Vous savez conduire?
　您（你們）會開車嗎？
—Tu as fini?
　你做完啦？

■ 否定疑問形式（forme interro-négative）
疑問式可以與否定式結合。
—Marie Curie ne reçut-elle pas le prix Nobel de chimie? (l.s.)
　瑪麗・居里沒得到諾貝爾化學獎嗎？
—Est-ce que M. Verdier n'a pas été ministre? (l.c.)
　Verdier先生沒當過部長嗎？
—Vous n'avez pas d'enfants? (l.f.)
　您（你們）沒有小孩嗎？

注意：
1.當動詞以元音結尾時，必須插入一個-t（諧音）。
—Y a-t-il quelqu'un dans la maison?
　這屋子裡有沒有人？
—Ce violoniste joue-t-il dans l'orchestre de Radio-France?
　這位小提琴手是Radio-France管絃樂團的成員嗎？
2. Je peux變成了puis-je？
—Puis-je vous poser une question?
　我可以問您一個問題嗎？

1.當問句為否定式的時候，答句並非oui，而是si：
—N'êtes-vous pas espagnol?
　您不是西班牙人吧？
—Si, je le suis.
　是呀！我是。
2.N'est-ce pas，出現在句末，意味著幾乎可以確定預期的回答：
—Vous avez des enfants, n'est-ce pas?
　您有孩子，不是嗎？
—Oui, j'en ai deux.
　對呀，我有兩個。

部分疑問句

L'interrogation partielle

問題落在主詞、受詞和情況補語上；疑問句藉由疑問詞
（mot interrogatif）而形成：代名詞、形容詞、副詞。

一、代名詞

■ QUI：用來問人

1. 主詞：Qui?
      Qui est-ce qui?

Qui a téléphoné?（所有層次的用語）
Qui est-ce qui a téléphoné? (l.c.)
誰打電話來？

2. 直接受詞：Qui?
      Qui est-ce que?

Qui avez-vous vu?	(l.s.) Qui Paul a-t-il rencontré?
Qui est-ce que vous avez vu?	(l.c.) Qui est-ce que Paul a rencontré?
Vous avez vu qui?	(l.f.) Paul a rencontré qui?
您（你們）看到誰了？	Paul遇到誰？

3. 加上前置詞的補語：Qui?
      Qui est-ce que?

À qui écrivez-vous?	(l.s.) Avec qui Paul est-il sorti?
À qui est-ce que vous	(l.c.) Avec qui est sorti Paul?
écrivez?	(l.c.) Avec qui est-ce que Paul est sorti?
Vous écrivez à qui?	(l.f.) Paul est sorti avec qui?
您（你們）寫信給誰？	Paul和誰出去？

■ QUE：用來問事物

1. 主詞：Qu'est-ce qui?（所有層次用語的唯一形式）
—Qu'est-ce qui a causé l'accident?
  造成這意外的原因是什麼？
2. 直接受詞：Que?
      Qu'est-ce que?

Que veulent-ils?	(l.s.) Qu'a répondu l'accusé?
Qu'est-ce qu'ils veulent?	(l.c.) Qu'est-ce qu'a répondu l'accusé?
他們想要什麼？	被告怎麼回答？

3. 與前置詞連用的補語：quoi?

Par quoi vont-ils commencer? (l.s.)

Par quoi est-ce qu'ils vont commencer? (l.c.)

Ils vont commencer par quoi? (l.f.)

他們要從什麼下手？

De quoi parlez-vous?	(l.s.) De quoi ces gens parlent-ils?
De quoi est-ce que vous parlez?	(l.c.) De quoi parlent ces gens?
	De quoi est-ce que ces gens parlent?
Vous parlez de quoi?	(l.f.) Ces gens parlent de quoi?
您（你們）在說什麼？	這些人在說什麼？

	人	事物
主詞	Qui Qui est-ce qui	Qu'est-ce qui
直接受詞	Qui Qui est-ce que	Que Qu'est-ce que
與前置詞連用	Par Avec qui	Par Avec quoi

■身分狀態的辨識

1. 人：

—Qui est cette jeune fille? (l.s.)

—Cette jeune fille, qui est-ce? (l.c.)

—Cette jeune fille, c'est qui? (l.f.)

　這個年輕女孩兒是誰？

2. 事物：

—Cet objet, qu'est-ce? (l.s.)

—Cet objet, qu'est-ce que c'est? (l.c.)

—Cet objet, c'est quoi? (l.f.)

　這東西是什麼？

▶ 注意：
1. 強調形式：
—Qu'est-ce que c'est que ce paquet?
　這包裹裡是什麼？
2. 要請教一個字的定義，我們說：
—Qu'est-ce qu'un cardiologue? (l.s.)
—Un cardiologue, qu'est-ce que c'est? (l.c.)
　cardiologue是什麼意思？
—Qu'est-ce qu'un vitrail? (l.s.)
—Un vitrail, qu'est-ce que c'est? (l.c.)
　vitrail是什麼意思？

■LEQUEL, LAQUELLE, LESQUELS, LESQUELLES
用以指稱一個已被提過的人或事物。

1. 主詞：

—Il y a deux menus; lequel est le moins cher?
　（所有層次的用語）

　有兩種菜單；哪一種比較便宜？

2. 直接受詞：

—Lequel les clients choisissent-ils? (l.s.)

—Lequel est-ce que les clients choisissent? (l.c.)

—Les clients choisissent lequel? (l.f.)

　顧客們選擇哪一種？

3. 與前置詞連用：

—Pour lequel de ces candidats voterez-vous?
　您（你們）將把票投給這些候選人中的哪一位？

二、形容詞

■QUEL, QUELLE, QUELS, QUELLES＋名詞

—Quel écrivain a écrit ce roman?（所有層次用語）
　這本小說是哪一位作家寫的？

—Quel est votre nom de famille?（所有層次用語）
　您姓什麼？

—Quel sport pratiquez-vous? (l.s.)

—Quel sport est-ce que vous pratiquez? (l.c.)

—Vous pratiquez quel sport? (l.f.)
　您（你們）做哪一種運動？

—Pour quelle entreprise votre frère travaille-t-il? (l.s.)

—Pour quelle entreprise travaille votre frère? (l.c.)

—Pour quelle entreprise est-ce que votre frère
travaille? (l.c.)

—Votre frère travaille pour quelle entreprise? (l.f.)
　您的哥哥（弟弟）為什麼樣的公司工作？

三、副詞

■ OÙ? QUAND? COMBIEN? POURQUOI? COMMENT?

1. 與主詞代名詞連用的疑問形式：

—OÙ allez-vous? (l.s.)

—OÙ est-ce que vous allez? (l.c.)

當心：
關於前置詞à與de的縮寫
方式：

• 前置詞à→auquel,
auxquels, auxque-
lles：

—Il y a trois guichets:
auquel dois-je m'adr-
esser?
有三個辦事窗口：我
應該問哪個？

—Vous allez où? (l.f.)
　您（你們）去哪裡？

2. 與主詞名詞連用的疑問形式：
—Quand Frédéric viendra-t-il? (l.s.)
—Quand viendra Frédéric? (l.c.)
—Quand est-ce que Frédéric viendra? (l.c.)
—Frédéric viendra quand? (l.f.)
　Frédéric什麼時候來？

3. 副詞où, quand, combien可以前接前置詞：
—Depuis combien de temps étudiez-vous le français?
　您（你們）從什麼時候開始學法文的？
—Par où sont-ils passés?
　他們從哪裡經過？

＊關於部分疑問句的一般注意事項

1. 當動詞後接補語的時候，主詞名詞不倒裝：
—Avec qui est sorti Jean?　Jean跟誰出去？
　不過
—Avec qui Jean est-il allé au restaurant?
　（而非：Avec qui est allé Jean au restaurant?）
　Jean和誰去餐廳？

2. 不定式可以被應用於疑問句裡，以表達猶豫、深思的細微差別。
—À qui s'adresser?　要對誰說？
—Où aller?　去哪兒？

當心：
與pourquoi連用時，主詞不倒裝。
—Pourquoi pleure le bébé?
這樣的說法是不可能的。
我們說：
—Pourquoi le bébé pleure-t-il?
或是
—Pourquoi est-ce que le bébé pleure?
寶寶為什麼哭？

錯誤說法	正確說法
Qu'est-ce que faites-vous?	Qu'est-ce que vous faites?
	您（你們）做什麼？
Qui a-t-il téléphoné?	Qui a téléphoné?
	誰打電話來？
Qu'est-ce que c'est la station de métro pour aller chez vous?	Quelle est la station de métro...?
	去您（你們）家的地鐵站是哪一個？
Lequel livre voulez-vous?	Quel livre voulez-vous?
	您（你們）要哪一本書？

否定句
La phrase négative

1. Je n'ai pas le temps d'aller au cinéma.
   我沒空去看電影。
2. Les banques ne sont jamais ouvertes le dimanche.
   銀行從不在星期天開門。
3. Personne ne savait où il était.
   沒人知道他在哪裡。

▶ 否定句由兩要素組成，其中的第一要素固定出現於動詞之前。

否定式副詞
Les adverbes negatifs

■ NON

1. 針對一問題的負面回答：

—Marc est-il chez lui? —Non, il est au bureau.
　Marc在家嗎？不在，他在辦公室裡。

2. Non plus：

—Il ne connaît pas l'Écosse, moi non plus.
　他沒去過蘇格蘭，我也沒有。

3. Non-Pas-Non pas：表達相反或對比的關係。通常
　與et或mais連用：

—Le champagne se boit frais mais non glacé.
　香檳酒要涼涼的喝，不過不是喝冰的。

—Il parle l'italien et pas l'espagnol.
　他說義大利語而非西班牙文。

—Il a dit ça, non pas à moi mais à ma sœur.
　他這樣說，不是對著我而是對我姊姊（妹妹）。

■ NE…PAS

1. 單純時態：

—Jean ne fume pas.
　Jean不抽菸。

—Ne sors pas!
　不要出去！

2. 複合時態：

—Marie n'est pas allée au marché.
　Marie沒去市場。

—Il n'a pas entendu la quetion.
　他沒聽見這個問題。

3. 不定式：

—Le médecin lui a recommandé de ne pas
　fumer.
　醫生吩咐他不能抽菸。

注意：
Non plus是aussi的否定式。
—Il connaît l'Écosse, moi aussi.
　他去過蘇格蘭，我也去過。

注意：
1.在生活化用語裡，由於ne並非重讀音，所以經常被省略。
—C'est pas vrai.
　這不是真的。
—Est-ce qu'il est là?
　他在這裡嗎？
—Je crois pas.
　我想，他不在。
2.Ne…point（少見）= ne…pas。
Ne…guère（少見）= ne…pas beaucoup。

關於出現在ne…pas, ne…plus, ne…pas encore, ne…jamais,之後冠詞形式的改變，參考第15章有關冠詞的部分。
Il a une voiture. →Il n'a pas de voiture.
他有一輛車。→他沒有車。

23

■ NE…PLUS

是encore與toujours的否定式。

—Les étudiants sont-ils encore dans l'amph-
　ithéâtre?
　學生們還在梯形教室裡嗎？

—Non, ils n'y sont plus.
　（＝mais ils y étaient avant）
　不，他們已經不在那兒了。

—Tes cousins habitent-ils toujours Bordeaux?
　你的表（堂）兄弟們一直都住在波爾多嗎？

—Non, ils n'y habitent plus.
　（toujours＝encore）
　不，他們不再住那裡了。

—Il a décidé de ne plus fumer.
　他決定不再抽菸了。

■ NE…PAS ENCORE

是déjà的否定式

—Les résultats des examens sont-ils déjà affichés?
　考試的結果已經被張貼出來了嗎？

—Non, ils ne le sont pas encore.
　（＝mais ils le seront plus tard）
　還沒，它們還沒被貼出來。

—Est-ce que ce village avait déjà l'électricité au
　début du siècle?
　這個村落在世紀初的時候就已經有電力供應了嗎？

—Non, il ne l'avait pas encore.
　沒有，它們還沒有（電力供應）。

■ NE…JAMAIS

1. 是toujours, souvent, quelquefois, parfois的否定式。

—Vas-tu parfois à la piscine?
　你偶爾去游泳嗎？

—Non, je n'y vais jamais.
　不，我從不去（游泳）。

—Je ne vais jamais voir les films en version
　française; je choisis toujours les films en version
　originale.

當心：
副詞toujours具備兩種意
義：
1.＝encore
—Il pleut toujours, on ne
　peut pas sortir.
　一直在下雨，我們沒
　辦法出門。
2.＝habituellement
—Il est toujours en
　retard.
　你老是遲到。

我們也可以說：
—Non, ils ne sont tou-
　jours pas affichés.
　（表達輕微的不耐煩：ils
　devraient déjà être
　affichés）
　還沒，它們一直沒被張
　貼出來。

我從不看法語配音的片子；我總是選原音發聲的片子。

—Est-ce qu'on entend souvent parler de cet acteur?

我們常聽人提起這位演員嗎？

—Non, on n'entend jamais parler de lui.

不，我們從未聽說過他。

2. jamais也可以當déjà的否定式：

比較：

—Êtes-vous déjà allé à Vézelay?

您已經去過Vézelay了嗎？

—Non, je n'y suis pas encore allé.

（＝Je n'y suis pas allé mais j'irai peut-être）

沒，我還沒去過。

—Je n'y suis jamais allé.

（＝pas une seule fois dans le passé）

我從沒去過。

3.jamais可以和plus或encore連用：

—Trois mille kilomètres en deux jours, je ne ferai plus jamais ça!

在兩天的時間裡跑三千公里，我再也不幹了！

—Un tableau n'avait encore jamais atteint un tel prix!

從來還沒有一幅畫被賣到這樣高的價錢！

■ NE…NI…NI

是ou與et的否定式：

—Ni mon mari ni moi ne parlons anglais.

不管是我先生還是我，都不會說英文。

—Il n'y a ni car ni train pour aller dans ce petit village.

要去這個小村落，既沒大型遊覽車也沒火車。

—Je n'aime ni les chats ni les chiens.

我既不喜歡貓也不喜歡狗。

我們也可以說：

—Il n'y a pas de car ni de train pour aller dans ce petit village.

—Je n'aime pas les chats ni les chien.

當心：

Ne…jamais並非toujours與souvent的唯一否定說法。我們也可以說：

1.Je ne vais pas toujours voir les films en version originale.

2.On n'entend pas souvent parler de lui.

這種否定的態度比較不那麼斷然。

■ 否定式裡其中一個要素的省略

1. ne在一個沒有動詞的句子裡被省略。

—Grèves à la S.N.C.F. Pas de trains aujourd'hui.
法國公鐵路運輸局罷工。今天沒有火車。

—Le facteur est déjà passé? —Non, pas encore.
郵差已經經過了嗎？不，還沒有。

—Elle aime beaucoup la peinture abstraite. Pas moi!
她很喜愛抽象畫。我可不！

2. ＊動詞oser, savoir, cesser與pouvoir之後，典雅用語裡pas的省略。

—Je ne cesse de vous le répéter.
我不停地對您（你們）重複。

—Je n'ose lui dire la vérité.
我不敢告訴他真相。

＊注意：
在比較句、疑問句，或是在一個表示假設意味的si之後，未與ne連用的jamais具有肯定的意義。

—Son examen approche. Il travaille plus que jamais.
考試快到了。他比平時更加的用功唸書。

—Avez-vous jamais entendu une histoire pareille?
您（你們）曾經聽過相同的故事嗎？

—Si jamais il y a un problème, n'hésitez pas à m'appeler!
如果有問題的話，別猶豫，來找我吧！

其他的否定式結構
Autres constructions négatives

■ 否定疑問形式

—N'êtes-vous pas de mon avis?
　您（你們）與我的看法不同嗎？

附註：
參考第22章關於疑問式
的部分。

■ 否定式與泛指詞

Ne…personne　　　Ne…aucun
Ne…rien　　　　　Ne…nulle part

附註：
參考第18章關於泛指詞
的部分。

—Je ne connais personne dans cette ville.
　我在這城市裡誰也不認識。

否定泛指詞可以與jamais, plus, encore連用：

—Je ne comperends plus rien. 我再也無法了解。

—Personne n'a jamais dit ça. 從來沒有人這麼說過。

—Je n'ai encore lu aucun roman de Zola.
　我還沒看過左拉的任何小說。

■ SANS

1. 這個前置詞否定了名詞、代名詞，或不定式所表達
   之意義的存在：

附註：
關於冠詞的使用，參考
第15章。

—Il est parti sans argent. 他身無分文地出發了。

—Partez sans moi! 您（你們）走吧！不必等我！

—Il est parti sans faire de bruit.
　他無聲無息地離開了。

2. sans不和ne，而與副詞jamais及否定泛指詞連用。

—Il est parti sans rien dire. 他沒說什麼就走了。

—Il a pris sa décision sans en parler à personne.
　他沒跟任何人提起便下了決定。

—Il fait tout ce qu'on lui demande sans jamais
　protester.
　他從不抗議地去做所有別人要求他做的事。

3. Sans…ni：

—L'explorateur perdu dans la jungle resta deux
　jours sans boire ni manger.
　在叢林裡迷路的探險者過了兩天不吃不喝的日子。

■ NE…QUE

Ne…que意味著某種限制：

—Il ne reste qu'une place sur le vol Paris-Madrid du 17 juin.

（＝Il reste seulement une place）

6月17日巴黎飛馬德里的班機只剩下一個座位。

—Je n'ai que 50 francs sur moi.

（＝J'ai seulement 50 francs sur moi）

我身上只有50法郎。

—On trouve maintenant des plats tout préparés. Il n'y a qu' à les réchauffer.

（＝La seule chose à faire, c'est de les réchauffer）

我們現在有即食菜餚。只要把它們再溫熱就行了。

■ 具有肯定涵意的否定式結構

否定形式可以被用來加強肯定的口吻。這是一種常見的表達方式。

—Ce n'est pas une mauvaise idée de faire une promenade.（＝Ce serait une bonne idée）

去散散步倒不是個壞主意。

—Cet enfant n'est vraiment pas bête.

（＝Il est vraiment intelligent）

這小孩真的不笨。

■ NON與PAS

它們可以被當作名詞或形容詞的前綴詞（préfixe）：

NON

la non-violence

un non-voyant

une lettre non signée

des citrons non traités

de l'eau non portable

PAS

un livre pas cher

du linge pas repassé

un travail pas soigné

注意：

1. 我們經常會碰見 n'avoir qu' à＋不定式的習語。它表示一項建議：

—Tu es pressé? Tu n'as qu' à prendre un taxi. 你很趕嗎？只要搭計程車就行啦！

2. Rien que＝seulement（生活化用語）

—Je l'ai reconnu tout de suite, rien qu' à sa voix.

（＝ seulement en l'écoutant）

光憑他的聲音，我馬上就認出他來了。

—On devine qu'il est malade rien qu' à le regarder.

（＝seulement en le regardant）

光是看到他的樣子，我們就猜到他生病了。

贅詞NE
Le 《ne》 explétif

比較：

—Je crains qu'il soit malade.

—Je crains qu'il ne soit malade.

　我擔心他生病。

儘管存在著所謂的「贅詞」ne，以上兩句子的意義仍然完全一樣。此處的ne並不具備否定涵意。它的出現可有可無，而且，經常被使用於典雅用語裡。

1. 於動詞：craindre, avoir peur, redouter, éviter, empêcher之後的從屬句裡：

—Il faut éviter que cet incident ne se reproduise.

　應該避免這事故再次發生。

2. 於連詞：avant que, à moins que, de crainte que, de peur que之後的從屬句裡：

—Partez avant qu'il ne soit trop tard.

　在還不是太晚的時候走吧！

3. 我們也會在不均等的比較式句型裡碰到它：plus…que, moins…que, autre…que, plutôt…que。

—C'est plus difficile que je ne le pensais.

　這比我所想的困難。

錯誤說法	正確說法
Il fume pas.	Il ne fume pas. 他不抽菸。
Il n'est pas français, moi aussi.	Il n'est pas français, moi non plus. 他不是法國人，我也不是。
Il reste sans bouger et parler.	Il reste sans bouger ni parler. 他待著，既不動也不說話。
Elle n'a pas déjà fait ça.	Elle n'a pas encore fait ça. 她還沒辦這件事。
Je n'ai pas que dix francs sur moi.	Je n'ai que dix francs sur moi. 我身上只有十法郎。

Il est parti sans dire
quelque chose.
Il est parti sans voir
quelqu'un.
Il ne parle pas à personne.

Il est parti sans rien dire.
他什麼也沒說地就走了。
Il est parti sans voir personne.
他沒見任何人便走了。
Il ne parle à personne.
他不跟任何人交談。

感嘆句
La phrase exclamative

1.Quelle chaleur!
多麼熱呀！
2.Comme c'est beau!
真美！
3.Bravo! Vous avez réussi!
太好啦！您（你們）辦到了！

▶ 這些句子，不管有沒有動詞，都表達著情感（喜悅、驚訝、憤怒、後悔等）。

▶ 在書寫時，感嘆句或感嘆詞的後面都接著一個驚嘆號（point d'exclamation）（！）。

▶ 在口語會話中，則由語調的變化來表達這些情感上的起伏。

一、感嘆字（mots exclamatifs）

■ QUEL(S), QUELLE(S)
後接名詞的形容詞：
—Quel temps!
什麼天氣嘛！
—Quelle horreur!
真是恐怖！
—Quels charmants enfants vous avez!
你們的孩子真是惹人疼愛呀！

注意：
在口語會話裡，定冠詞可以取代quel。
—Quelle belle maison!
→La belle maison!
多麼漂亮的屋子呀！

■ QUE
1. 與動詞連用：
—Qu'il fait beau!
天氣真好！
—Qu'elle est gentille!
她人真好！
2. 與一個前接de的名詞連用：
—Que de monde!
人這麼多！
—Que de problèmes j'ai en ce moment!
目前我的問題怎麼這麼多！

注意：
在生活化用語裡，經常使用：
1. Ce que或qu'est-ce que以取代que。
—Ce qu'il fait beau!
—Qu'est-ce qu'il fait beau!
2. Qu'est-ce que…comme以取代que de。
—Qu'est-ce qu'il y a comme monde!

■ COMME
—Comme je suis content!
我真高興！
—Comme il fait beau!
天氣真好！
—Comme ce serait bien de pouvoir travailler à mi-temps!
如果能只工作半天就好啦！

■ TELLEMENT-TANT-SI-UN(E) TEL(LE), DE TEL(LE)S
—J'adore cet acteur! Il joue si bien!
我好喜歡這個演員！他演得真棒！
—Allez la voir! Ça lui fera tellement plaisir!
去看看他吧！這將令他非常高興的！
—On ne s'entendait plus. Il y avait un tel bruit!

附註：
這些副詞也被應用在表達結果的習語裡。參考第30章。

我們再也聽不見彼此說話的聲音。噪音是如此的大！

—Il fait rire tout le monde. Il a tant d'humour!
他逗得大家發笑。他真有幽默感！

■ POURVU QUE＋虛擬式

—Pourve qu'il fasse beau dimanche!
（＝Je souhaite qu'il fasse beau）
但願星期天是好天氣！

—Pourvu qu'il n'ait pas oublié le rendez-vous!
但願他沒忘掉約會！

▶ 附註：
參考第34章關於表達條件的習語部分。

■ SI＋半過去式或大過去式

表達遺憾、後悔：

—Ah! Si j'étais riche!
啊！如果我有錢的話（就好了）！

—Si seulement quelqu'un pouvait me renseigner!
要是有人能告訴我（就好了）！

—Tu as raté ton examen! Si seulement tu avais travaillé davantage!
你考砸了！當初只要再多用功一點（就好了）！

二、無感嘆字的句子（phrases sans mot exclamatif）

■ 語調

有些句子只憑語調來表達情感的起伏。有時，它們甚至只是一個單字而已。

—Il est déjà midi! 或Il est midi. Déjà!
已經中午了！

—C'est un scandale!
這是一件醜聞！

—Tu es fou!
你瘋了！

—Attention!（＝Faites attention!）
當心！

—Papa nous emmène au cinéma. Génial!
（C'est génial!）
爸爸帶我們去看電影。太棒啦！

—À demain!
明天見！

▶ 注意：
在生活化用語裡，這些被用來表達感嘆的習語，數量多得不勝枚舉：
Pas possible! Dis donc! Ça alors! C'est pas vrai!
…

■ **感嘆詞**（les interjections）

Ah! Aïe! Mon Dieu! Chut! Quoi! Oh! là là! Tant pis!
Hélas!等等。

—Aïe! Je me suis brûlé!
　哎呀！我燙到自己了！
—Il ne peut pas venir. Tant pis!
　（＝Ça ne fait rien）
　他不能來。算了！
—Mon Dieu! Que j'ai eu peur.
　老天！我被嚇死了。

強調語法

La mise en relief

1. Elle aime beaucoup cet acteur. →Cet acteur, elle l'aime
                                         beaucoup.

   她很喜歡這位演員。   這位演員，她很喜歡他。

2. J'ai cueilli ces fleurs.   →C'est moi qui ai cueilli
                                         ces fleurs.

   我摘了這些花。   是我摘了這些花。

3. Nous habitions ici autrefois.   →C'est ici que nous habitions
                                         autrefois.

   我們以前住在這裡。   這裡就是我們以前住的地方。

▶ 強調語法以移動句子裡其中一要素的方式來凸顯此一要素的重要性。
   隨之而來的是，此一要素或被代名詞重取而出現兩次【1】，或被整合
   於c'est…qui, c'est…que的結構裡出現【2, 3】。

▶ 強調語法經常被使用，尤其是在口語會話裡。

被代名詞重取的字或詞組

Reprise d'un mot ou d'un groupe de mots par un pronom

在書寫的時候，是以逗點分隔；在口頭上，則以短暫的停頓，以凸顯句子裡被強調的要素。

1. 被人稱代名詞重取

人稱代名詞重取一名詞或一代名詞。

—J'aurais dit ça! Ce n'est pas vrai!

　→Moi, j'aurais dit ça! Ce n'est pas vrai!

　→J'aurais dit ça, moi! Ce n'est pas vrai!

　我會這麼說！這不是真的！

—Cette fille est vraiment intelligente!

　→Cette fille, elle est vraiment intelligente!

　→Elle est vraiment intelligente, cette fille!

　這女孩真的很聰明！

—J'achète ce journal de temps en temps.

　→Ce journal, je l'achète de temps en temps.

　我偶爾買這家的報紙。

—Il n'y a presque pas eu de cerises cette année.

　→Des cerises, il n'y en a presque pas eu cette année.

　今年幾乎沒有櫻桃。

2. 被指示代名詞重取

指示代名詞ce或ça重取一名詞或不定式。

—Le jazz est sa passion.

　→Le jazz, c'est sa passion!

　→C'est sa passion, le jazz!

　他的嗜好是爵士樂。

—L'essentiel est de réussir.

　→L'essentiel, c'est de réussir.

　重要的是成功。

—Le problème est qu'il ne parle pas anglais.

→Le problème, c'est qu'il ne parle pas anglais.
問題是他不會說英文。

—J'aim le sport.

→Le sport, j'aime ça.

→J'aime ça, le sport.
我喜歡運動。

—Travailler dans ces conditions-là ne m'intéresse pas.

→Travailler dans ces conditions-là, ça ne m'intéresse pas.
我對於在這樣的情況下工作並不感興趣。

25

與引薦詞c'est組成的句子結構
Constructions avec le présentati 《c'est》

一、c'est與關係代名詞並用

■ C'EST…QUI, C'EST…QUE, C'EST…DONT

—Mon père m'accmpagnait à l'école quand j'étais petit.

　→C'est mon père qui m'accmpagnait à l'école quand j'étais petit.

　當我小的時候，我爸爸陪我去上學。

　→當我小的時候，陪我去上學的是我爸爸。

—Je ne veux pas voir Martine mais je veux voir sa sœur.

　→Ce n'est pas Martine que je veux voir, mais sa sœur.

　我不想見Martine，不過我想見她的姊姊（妹妹）。

　→我想見的不是Martine，而是她的姊姊（妹妹）。

—La Bourse de Paris est en baisse. Tout le monde parle de ce sujet.

　→La Bourse de Paris est en baisse. C'est un sujet dont tout le monde parle.

　巴黎的證券行情下跌。所有的人都在談論這件事。

　→巴黎的證券行情下跌。這是件所有的人都在談論的事情。

■ *C'EST CE QUI / CE QUE / CE DONT / CE À QUOI

—Écouter la radio lui a permis de faire des progrès en français.

　→Écouter la radio, c'est ce qui lui a permis de faire des progrès en français.

　收聽廣播節目促使他在法文方面有所進步。

　→收聽廣播節目，這是促使他在法文方面有所進步的原因。

—Les habitants de cette ville réclament des

附註：
關於關係代名詞的應用，參考第26章涉及關係從屬句的部分。

注意：
其他的引薦詞（présentatif）則與關係代名詞連用：

Il y a…qui / que
Voici, voilà…qui / que

—Il y a une personne qui voudrait vous voir.
有一個想見您（你們）的人。

—Voilà une question que je ne m'étais jamais posée.
這倒是一個我從沒想過的問題。

transports en commun mieux organisés.

→Des transports en commun mieux organisés, c'est ce que réclament les habitants de cette ville.

這個城市的居民們要求改善公共交通。

→改善公共交通，這是這個城市的居民所要求的。

—Mon fils rêve d'un vélo-cross.

→Un vélo-cross, c'est ce dont mon fils rêve.

我兒子夢想著擁有一部越野腳踏車。

→一部越野腳踏車，這是我兒子所夢想擁有的。

—On s'attend à une crise économique grave.

→Une crise économique grave, c'est ce à quoi on s'attend.

人們預期著一場嚴重的經濟危機。

→一場嚴重的經濟危機，這是人們所預期的。

■ ＊CE QUI⋯ / CE QUE⋯ / CE DONT⋯ / CE À QUOI⋯＋C'EST⋯

—Ce qui lui a permis de faire des progrès en français, c'est d'écouter la radio.

促使他在法文方面有所進步的原因，是收聽廣播節目。

—Ce que les habitants de cette ville réclament, ce sont des transports en commun mieux organisés.

這個城市的居民們所要求的是改善公共交通。

—Ce dont mon fils rêve, c'est un vélo-cross.

我兒子所夢想著擁有的是一部越野腳踏車。

—Ce à quoi on s'attend, c'est à une crise économique grave.

人們所預期的是一場嚴重的經濟危機。

二、c'est與連詞que並用

—Je te parle.

→C'est à toi que je parle.

我對你說話。

→我是在對著你說話。

—Il ne s'agit pas de ce problème.

→Ce n'est pas de ce problème qu'il s'agit.

跟這個問題無關。

　→重要的並不是這個問題。

—Je prends l'avion pour Moscou, demain à 8 heures.

　→C'est demain à 8 heures que je prends l'avion pour Moscou.

我搭飛機去莫斯科，明天8點鐘的班次。

　→我所搭乘去莫斯科的飛機是明天8點鐘的那一班。

—Il a eu cet accident juste au moment où nous partions en vacances.

　→C'est juste au moment où nous partions en vacances qu'il a eu cet accident.

他正巧就是在我們出發去度假的時候出事的。

　→正巧就是在我們出發去度假的時候，他才出事的。

—Pasteur est né à Dôle, dans le Jura.

　→C'est à Dôle dans le Jura que Pasteur est né.

巴斯特出生在Dôle省的侏羅山區域。

　→巴斯特出生的地方是在Dôle省的侏羅山區域。

—Tous les monuments de la ville sont illuminés en raison de la fête nationale.

　→C'est en raison de la fête nationale que tous les monuments de la ville sont illuminés.

這個城市裡所有具紀念性的建築物都由於國家慶典而燈火輝煌。

　→這是由於國家慶典的緣故，所以這個城市裡所有具紀念性的建築物都燈火輝煌。

—J'ai fait ça pour vous.

　→C'est pour vous que j'ai fait ça.

我是為了您（你們）而這麼做。

　→這是為了您（你們），我才這麼做。

—Je me suis coupé le doigt en bricolant.

　→C'est en bricolant que je me suis coupé le doigt.

我在家裡修修弄弄的時候割傷了手指頭。

　→我是在家裡修修弄弄的時候割傷了手指頭。

三、 * Si…, c'est…

表達原因或目標的情況時，所用的強調語法。

1. 原因：

—S'il a dit ça, c'est par erreur.

　他之所以會這麼說，那是因爲弄錯了的緣故。

—S'il fait un tel froid aujourd'hui, c'est à cause du vent du nord.

　今天之所以會這麼冷，那是因爲北風的緣故。

—S'il n'y a pas eu beaucoup de champignons cette année, c'est parce qu'il n'a pas assez plu.

　今年之所以會沒有許多草菇，那是因爲雨下不夠的緣故。

2. 目標：

—Si j'ai cueilli toutes ces fraises c'est pour faire des confitures.

　我之所以摘這些草莓，是爲了釀果醬用的。

—Si nous avons acheté cette grande maison de vacances, c'est pour que tous nos enfants et leurs amis puissent y venir.

　我們之所以買下這棟大別墅，是爲了讓我們的孩子和他們的朋友們都能來這裡。

字、詞組或補語從屬句的
句首移位

Déplacement en tête de phrase d'un mot, d'un groupe de mots, d'une subordonnée complétive

被移位的要素為：

■ 形容詞，副詞，狀況補語

—Ce tableau est magnifique!
　→Magnifique, Ce tableau!
　這幅畫眞美呀！
—Ton histoire est bizarre!
　→Bizarre, ton histoire!
　你的經歷眞是奇怪！
—Je n'aurais jamais pensé que je pourrais m'arrêter de fumer si facilement!
　→Jamais je n'aurais pensé que je pourrais m'arrêter si facilement de fumer!
　我從來沒想到我這麼容易地就把菸戒掉了！
—Nous réclamons un ascenseur dans notre immeuble depuis des années.
　→Depuis des années, nous réclamons un ascenseur dans notre immeuble.
　我們從多年前就要求在我們這棟建築裡裝一部電梯。
—Il ferait n'importe quoi pour obtenir ce qu'il veut.
　→Pour obtenir ce qu'il veut, il ferait n'importe quoi!
　他不擇手段以求達到他的目的。

■ *補語從屬句
補語從屬句的動詞形式固定為虛擬式。

1. 主要分句（la principale）為非人稱式結構：il est變成c'est。

＊注意：
在書寫用語裡，動詞可以被置放在句首：
—La foule applaudissait au passage du défilé de Carnaval. La reine de la fête apparut enfin, montée sur un char.
　→ Apparut enfin la reine de la fête, montée sur un char.
　群眾在嘉年華會遊行的時候鼓掌叫好。慶典女王終於出現在彩車上。

—Il est évident que ce problème ne peut pas être réglé en un jour.

　→Que ce problème ne puisse pas être réglé en un jour, c'est évident!

這個問題顯然沒法兒在一日之內被解決。

—Il est bien normal que tu sois fatiqué après une telle journée!

　→Que tu sois fatiqué après une telle journée, c'est bien normal!

在這麼樣的一天下來之後，你會覺得累是正常的。

2. 從屬句被一個中性的人稱代名詞（le, en, y）重取，而再次出現於主要分句裡。

—Elle est sûre que cette erreur est involontaire.

　→Que cette erreur soit involontaire, elle en est sûre.

她確信這個過失是無心的。

—Je n'arrive pas à croire qu'il ait obtenu le 1er prix du Conservatoire.

　→Qu'il ait obtenu le 1er prix du Conservatoire, je n'arrive pas à y croire!

我沒辦法相信他獲得音樂戲劇學校的一等獎。

—Nos grands-parents n'auraient jamais imaginé qu'on irait de Paris à New York en 4 heures.

　→Qu'on aille de Paris à New York en 4 heures, nos grands-parents ne l'auraient jamais imaginé.

我們的祖父母們無法想像我們可以在四小時之內，從巴黎出發抵達紐約。

錯誤說法	正確說法
C'est moi que j'ai fait ça.	C'est moi que ai fait ça. 這是我做的。
Baudelaire il a écrit…	Baudelaire a écrit… 波特萊爾寫過……
C'est demain où je pars.	C'est demain que je pars. 明天就是我出發的日子。

Que ce problème est difficile, je le sais.

Que ce problème soit difficile, je le sais.

這問題的困難我了解。

Qu'il accepte de faire ce travail, je suis sûr.

Qu'il accepte de faire ce travail, j'en suis sûr.

我確信他接受這項工作。

Il faut du
courage pour se
lever à 5 heures
tous les matins!

關係從屬句

La proposition subordonnée relative

1. L'aigle est un oiseau qui vit en altitude.
   老鷹是一種住在高海拔處的鳥禽。
2. Le club de bridge dont je fais partie se réunit le mardi.
   我所參加的橋牌社在每個星期二集會。
3. On ignore les circonstances dans lesquelles s'est produit l'accident.
   我們不曉得意外發生時的情況如何。
4. Voici des jus de fruits; prenez celui que vous voulez.
   這兒有幾種果汁；拿您（你們）想要的去喝吧！

▶ 關係代名詞連結著兩個分句。它們取代名詞【1，2，3】或代名詞【4】，也就是所謂的先行詞（l'antécédent）。形式隨著它們的用途而變化。

▶ 由關係代名詞所導引的分句稱爲關係從屬句；它出現於先行詞之後。

26

關係代名詞
Les pronoms relatifs

■ QUI：主詞

—Je voudrais voir les colliers. Ces colliers sont dans la vitrine. （ces colliers：sont的主詞）

→Je voudrais voir les colliers, qui sont dans la vitrine.

我想看看這些項鍊。這些項鍊在櫥窗裡。

→我想看看這些在櫥窗裡的項鍊。

—Les perroquets sont des oiseaux. Ces oiseaux imitent la voix humaine.

→Les perroquets sont des oiseaux qui imitent la voix humaine.

鸚鵡是鳥類。這種鳥模仿人的聲音。

→鸚鵡是一種模仿人聲的鳥兒。

—Adressez-vous à l'employée du guichet n°4; c'est celle qui s'occupe des passeports.

您（你們）找四號窗口的職員談吧；負責護照事項的職員是她。

—Plusieurs projets ont été proposés; c'est le mien qui a été retenu.

有好幾項計畫被提出；被採用的這項是我提出的。

■ QUE：直接受詞；QU'（在元音或啞音h之前）

—Les Fortelle sont de très bon amis. Nous connaissons ces amis depuis dix ans.

（ces amis：動詞connaissons的直接受詞）

→Les Fortelle sont de très bon amis que nous connaissons depuis dix ans.

Fortelle一家是我們很好的朋友。我們從十年前就認識這些朋友了。

→Fortelle一家是我們從十年前就認識的好朋友。

—Le musée est consacré à la peinture du XIXᵉ siècle. André visitera ce musée samedi prochain.

（ce musée：動詞visitera的直接受詞）

當心：
代名詞qui從不發生元音省略（élision）的情形。

當先行詞為人稱代名詞時，動詞的人稱與此代名詞一致：

—C'est moi qui ai fait ça.
是我這麼做的。

＊注意：
在典雅或司法用語裡，有時我們以lequel來取代qui：

— On a interrogé les témoins de l'accident, lesquels ont donné leurs versions des faits.
受詢的意外目擊者提供了有關事實的說明。

—Ces photos sont celles que nous avons prises en Corse l'été dernier.
這些照片是我們去年夏天在Corse拍攝的。

附註：
關於和avoir連用之動詞在人稱、性、數上與過去分詞的配合，參考第12章有關分詞的部分。

→Le musée qu´André visitera samedi prochain est consacré à la peinture du XIXᵉ siècle.

這座美術館收藏著十九世紀的畫作。André下星期六將參觀這座美術館。

→André下星期六將參觀的這座美術館，收藏著十九世紀的畫作。

—Voici mon cousin Pierre; c'est lui que je voulais vous présenter depuis longtemps.

這就是我的表（堂）哥（弟）Pierre；我從很久以前想要介紹給您（你們）認識的人就是他。

—Parmi tous les romans de Jules Verne, il y en a quelques-uns que j'aime moins que les qutres.

在Jules Verne的所有小說裡，有幾本我比較不像其他的那麼喜歡。

■ DONT

它被用以取代由de導引的補語。

1. 名詞補語

—Tu devrais lire ce roman. L'auteur de ce roman a reçu le prix Goncourt.

（ou Son auteur a reçu le prix Goncourt）

→Tu devrais lire ce roman dont l'auteur a reçu le prix Goncourt.

你該看看這本小說。這本小說的作者得了龔固爾獎。

→你該看看這本作者得了龔固爾獎的小說。

—C'est un chanteur très célèbre. Tout le monde connaît les chansons de ce chanteur.

（ou Tout le monde connaît ses chansons.）

→C'est un chanteur très célèbre dont tout le monde connaît les chansons.

這是一位很出名的歌手。大家都聽過他的歌。

→這是一位大家都聽過他的歌的出名歌手。

2. 動詞補語

—J'ai écouté avec plaisir ce pianiste. On m'avait beaucoup parlé de ce pianiste.

→J'ai écouté avec plaisir ce pianiste, dont on m'avait beaucoup parlé.（parler de…）

我很高興聽這位鋼琴家演奏。別人經常對我提到他。

→我很高興聽這位別人經常對我提到的鋼琴家演奏。

＊注意：

Que可以被當做表語來使用。

—L'amateur de vin que vous êtes appréciera sûrement ce merveilleux bordeaux.

（que＝amateur de vin）

像您（你們）這樣的葡萄酒愛好者一定會喜歡這瓶風味絕佳的波爾多。

注意：

—Ils ont trois enfants dont deux sont déjà mariés.

（Deux de ces enfants…）

他們有三個孩子，其中的兩個已經結婚了。

—Mes parents m'ont offert un disque, celui dont j'avais envie depuis longtemps.（avoir envie de…）

我爸媽送我一張唱片，一張我想了很久的唱片。

—J'ai revu à la télévision ce film dont je ne me souvenais plus très bien.（se souvenir de…）

我在電視上重看一部我已經不太記得了的影片。

3. 形容詞補語

—Je viens d'acheter un magnétoscope; je suis très satisfait de ce magnétoscope.

→Je viens d'acheter un magnétoscope dont je suis très satisfait.

（être satisfait de…）

我剛買了一部錄影機；我對這部錄影機很滿意。

→我剛買了一部我很滿意的錄影機。

4. 在某些情況裡，dont必須被de qui, duquel取代。

■ 前置詞＋QUI
　　　＋LEQUEL / LAQUELLE /
　　　LESQUELS / LESQUELLES

1. 先行詞是人：前置詞＋qui

—C'est un ami. Je vais souvent faire de la bicyclette avec cet ami.

→C'est un ami avec qui je vais souvent faire de la bicyclette.

這是位朋友。我常和這位朋友一塊兒騎腳踏車。

→這是位我常和他一塊兒騎腳踏車的朋友。

—Monsieur Durand est un collègue. Vous pouvez compter sur lui.

→Monsieur Durand est un collègue sur qui vous pouvez compter.

Durand先生是個同事。您（你們）可以信任他。

→Durand先生是個您（你們）可以信任的同事。

—C'est vraiment quelqu'un à qui on peut faire confiance.（faire confiance à）

這真是一個我們可以信任的人。

注意：
除非先行詞是代名詞 quelqu'un，不然我們也可以用 l e q u e l 來取代 qui：
—Voici la personne à qui / à laquelle il faut vous adresser pour votre passeport.
這就是您（你們）必須向他出示護照的人。

2. 先行詞是一件事物或一隻動物：

前置詞＋lequel / laquelle / lesquels / lesquelles。

—Au zoo, il y a des animaux. Il est interdit de donner de la nourriture à ces animaux.

　→Au zoo, il y a des animaux auxquels il est interdit de donner de la nourriture.

　在動物園裡有一些動物。餵這些動物吃東西是被禁止的。

　→在動物園裡有一些不能餵牠們吃東西的動物。

—Voici des photos sur lesquelles on peut voir toute ma famille.

　這兒是一些可以看見我全家人的照片。

—Une scie est un instrument avec lequel on coupe le bois.

　鋸子是我們用來鋸斷木頭的工具。

3. De qui-duquel（替代dont）

以下的情況，不能使用dont：

• 於複合前置詞之後：à côté de, près de, à cause de, au-dessus de, au milieu de, au cours de等等。

—Il y a souvent des concerts dans l'église. J'habite en face de cette église.

　→Il y a souvent des concerts dans l'église en face de laquelle j'habite.

　這座教堂裡經常舉行音樂會。我住在這座教堂的對面。

　→我住處對面的這座教堂裡經常舉行音樂會。

—Dans leur salon, il y a un canapé. Ils ont placé le téléphone près de ce canapé.

　→Dans leur salon, il y a un canapé près duquel ils ont placé le téléphone.

　在他們的客廳裡有一張長沙發。他們把電話移到這個長沙發的附近。

　→在他們的客廳裡，有一張長沙發他們把電話移到它附近。

—Les enfants n'ont pas cessé de rire et de parler. J'étais assis à côté de ces enfants pendant le spectacle.

注意縮寫：
• 與前置詞à運用時→auquel, auxquels, auxquelles。
• 與前置詞de運用時→duquel, desquels, desquelles。

→Les enfants à côté de qui j'étais assis pendant le spectacle n'ont pas cessé de rire et de parler.

孩子們一直不斷地說說笑笑著。看表演節目的時候我坐在這些孩子們的旁邊。

→看表演節目的時候，坐我身旁的孩子們一直不斷地說說笑笑著。

• ＊當關係代名詞爲前接前置詞之名詞本身的補語時：

—C'est une maison. Il y a des fleurs aux fenêtres de cette maison.

→C'est une maison aux fenêtres de laquelle il y a des fleurs.

這是一棟房屋。這棟房屋的窗口有一些花。

→這是一棟窗口有一些花的房屋。

—Le professeur vient d'être nommé à Paris. Philippe prépare sa thèse sous la direction de ce professeur.

→Le professeur sous la direction de qui Philippe prépare sa thèse vient d'être nommé à Paris.

這位教授剛被指派到巴黎。Philippe在這位教授的指導下準備他的論文。

→這位指導Philippe準備論文的教授剛被指派到巴黎。

■ CE＋qui / que / dont; ＊CE＋前置詞＋quoi

—Lis-moi ce qui est écrit sur cette affiche.
　（ce＝le texte, la phrase）.
把這布告上所寫的內容唸給我聽。

—Écoutez bien ce que je vais dire.
　（ce＝les paroles）
聽好我要說的話。

—J'ai trouvé tout ce dont j'avais besoin dans ce magasin.
　（ce＝les choses）
我在這家商店裡找到了所有我需要的東西。

—Ce voyage organisé m'a déçu. Ce n'était pas ce à quoi je m'attendais.
　（ce＝le genre de voyage）
這次安排的旅行令我失望了。這並不是我所預期的。

▶ 附註：
Ce為中性代名詞。參考第16章關於指示詞的部分。

—Les droits de l'homme, c'est ce pour quoi il se bat.

（ce＝les idées）

人權，這是他所爲之奮鬥的動力。

代名詞ce也可以取代先前的句子：

—Les Duval nous ont invités pour dimanche, ce qui nous fait très plaisir.

（ce＝les Duval nous ont invités）

Duval家邀請我們星期天到他們那兒，這令我們十分高興。

—Il va arrêter ses études, ce que je trouve dommage.

（ce＝il va arrêter ses études）

他要中斷學業，我覺得這是很可惜的事情。

—Antoine a commis une grave faute professionnelle, ce pour quoi il a été licencié.

（ce＝il a commis une faute）

Antoine犯了一個嚴重的職業過失，因爲這件事他被解雇了。

■ QUELQUE CHOSE-RIEN＋qui / que / dont; QUELQUE CHOSE-RIEN＋前置詞＋quoi

—Les vacances à la montagne, il n'y a rien qui me repose davantage.

在山野間度假，再也沒有比這更能使我得到休息的方法了。

—Son indifférence à tout, c'est quelque chose que je ne peux pas comprendre.

他對所有的事物都保持冷淡的態度，這是我沒辦法了解的事情。

—Le déplacement de l'entreprise en province, c'est quelque chose à quoi il faudrait réfléchir.

將企業移轉到外省去，這是必須深思的事情。

■ OÙ：地方補語和時間補語

1. 地方補語

—La Bourgogne et le Bordelais sont des régions; on produit de très bons vins dans ces régions.

→La Bourgogne et le Bordelais sont des régions

▶ 注意：
Où可以不接先行詞而被使用：
—Assieds-toi où tu veux.
 坐在你想坐的地方。

où on produit de très bons vins.

La Bourgogne與Le Bordelais是一些地區；這些地區生產好酒。

→La Bourgogne與Le Bordelais是一些生產好酒的地區。

—Leur appartement a une terrasse où ils ont installé une table de pingpong.

　（＝une terrasse sur laquelle ils ont⋯）

他們的公寓有一個他們在那兒裝了一張乒乓球桌的露天平台。

Où也被使用於副詞là, partout之後：

—Là où il habite, on trouve peu de magasins.

　（＝dans l'endroit où）

他住的地帶沒有開什麼商店。

—Partout où il va, il se fait des amis.

他走到哪裡，朋友便交到哪裡。

Où也被使用於前置詞de與par之後：

—Montez au dernier étage de la tour Eiffel d'où vous aurez une vue magnifique sur Paris.

爬到艾菲爾鐵塔的最上層，從那裡您（你們）將看見非常漂亮的巴黎風光。

—Indiquez-moi la route par où il faut passer.

告訴我應該經過的路線。

2. 時間補語

於一個指示時間的名詞之後：

l'époque
l'instant
le moment
l'heure ─── où
le mois
la saison

—Je suis arrivé à Paris un jour. Il faisait un temps splendide ce jour-là.

　→Je suis arrivé à Paris un jour où il faisait un temps splendide.

我是在某日抵達巴黎的。那天的天氣非常晴朗。

　→我是在某個天氣非常晴朗的日子抵達巴黎的。

—Nous étions aux États-Unis l'année où le président Kennedy a été assassiné.

我們是在甘迺迪總統遇刺的那一年到美國的。

▶ 當心：
我們說la première fois que（而不說la première fois où）：

—La première fois que je l'ai rencontré, je ne l'ai pas trouvé sympathique.

　當我第一次遇見他的時候，我並不覺得他討人喜歡。

關係從屬句
La proposition subordonnée relative

一、主詞的位置

當從屬句動詞的主詞是一個名詞的時候，此名詞經常以倒裝形式出現。

—A Guernesey, j'ai visité la maison où a vécu Victor Hugo.

在Guernesey，我參觀了維克多‧雨果住過的房子。

—Voici la nouvelle voiture qu'ont achetée les Dupont.

這就是Dupont家買的新車子。

—Lis la gentille lettre que m'a envoyée Nicolas!

你看這封親切的信是Nicolas寄給我的！

二、插入的關係從屬句（la subordonnée relative incise）

關係從屬句可以被「插入」，也就是說，出現在另一分句之中，以避免分離關係代名詞與它的先行詞。

—Ce champ est fréquemment inondé; il borde la rivière.

→Ce champ qui borde la rivière est fréquemment inondé.

（et non pas: ce champ est fréquemment inondé qui borde la rivière）

這塊田地經常鬧水災；它就在河邊。

→這塊在河邊的田地經常鬧水災。

—Le satellite qu'on vient de lancer permettra de recevoir dix chaînes de télévision de plus.

剛發射的人造衛星可以再額外接收十個電視頻道。

三、關係從屬句的語式

關係從屬句的語式通常為直陳式。不過，在某些情況裡我們使用：

■ ＊虛擬式

1. 在最高級與某些習語如：le seul, l'unique, le premier

▶ 當心：
當從屬句動詞具有名詞補語時，這動詞的主詞倒裝是不可能的：

—Lis la lettre que Nicolas a envoyée à son père.

而非：…qu'a envoyée Nicolas à son père.

看這封Nicolas寄給他爸爸的信。

▶ 我們可以用jamais來強調從屬句動詞：

—C'est la plus belle mise en scène de la 〈Flûte enchantée〉 que j'aie jamais vue.

這是我所見過〈魔笛〉最美的一場演出。

等等之後。（表達稀有與例外的觀念）：

—C'est le plus beau film que j'aie vu cette année.

這是我今年看過最美的一部電影。

—Monsieur Lefranc est le seul horloger de la ville qui soit capable de réparer cette pendule ancienne.

Lefranc先生是這城市裡唯一能夠修復這個古老擺錘的鐘錶商。

—Neil Armstrong est le premier homme qui ait marché sur la Lune.

尼爾・阿姆斯壯是第一個走在月球上的人。

▶ 當心：
在la première fois que（單純的時間指示）之後，不使用虛擬式。

2. 在rien, personne, aucun(e), pas un(e), pas un(e) seul(e), pas de, ne…que（表達限制的觀念）之後：

—Je ne connais personne qui veuille prendre cette responsabilité.

我不認得任何願意承擔這責任的人。

—On n'a pas encore trouvé de médicaments qui puisse guérir cette maladie.

我們還未發現能夠治療這疾病的藥物。

—Il n'y a que le titulaire qui connaisse le code de sa carte de crédit.

只有持有人才曉得他信用卡的密碼。

3. 在一個表達慾望、要求的句子裡。

比較：

—Je cherche un hôtel où les chiens soient acceptés.

我在找一家願意收容狗兒的旅館。

—J'ai trouvé un hôtel où les chiens sont acceptés.

我找到了一家願意收容狗兒的旅館。

—Y a-t-il parmi vous quelqu'un qui sache parler le japonais?

你們之中有沒有人會說日語？

—Je connais quelqu'un qui sait parler le japonais.

我認識一個會說日語的人。

■ 條件式

比較：

—Je connais un guide qui peut nous emmener au sommet du mont Blanc.

（確定→直陳式）

我認識一個能夠帶我們去白朗峰頂的導遊。

—Je connais un guide qui pourrait nous emmener au sommet du mont Blanc.

（可能性，假設→條件式）

我認識一個或許能帶我們去白朗峰頂的導遊。

■ 不定式

不定式具有與主要分句動詞共同的主詞。它出現於代名詞où或前接前置詞的代名詞之後，以強調某種暗示著可能性的觀念。

—Il cherchait un endroit calme où passer ses vacances.

（＝où il pourrait passer ses vacances）

他尋找一個可以度假的安靜地方。

—Elle est seule. Elle n'a personne à qui parler.

（＝à qui elle pourrait parler）

她單獨一個人。她沒有可以說話的對象。

錯誤說法	正確說法
L'homme qu'a un manteau noir…	L'homme qui a un manteau noir… 有件黑外套的男人……
Les enfants qu'ils sont sages…	Les enfants qui sont sages… 懂事的孩子們
C'est nous qui ont fait ça…	C'est nous qui avons fait ça… 是我們這麼做的
J'ai un ami lequel est américain.	J'ai un ami qui est américain. 我有一個朋友是美國人。
Le garçon que parle espagnol…	Le garçon qui parle espagnol… 這個說西班牙文的男孩……
Le livre que je l'ai lu…	Le livre que j'ai lu… 我看過的這本書……
Cet ami dont son père est médecin…	Cet ami dont le père est médecin… 爸爸是醫生的這位朋友……
Le dictionnaire dont j'en ai besoin…	Le dictionnaire dont j'ai besoin… 我需要的這部字典

L'ami que j'habite avec…	L'ami avec qui / avec lequel j'habite… 我跟他一塊兒住的這個朋友……
L'ami qui je parle à…	L'ami à qui / auquel je parle… 我對他說話的這個朋友……
C'est la raison qui j'étais absent.	C'est la raison pour laquelle j'étais absent. 這就是我爲什麼會不在的原因。
Le jour quand je suis parti…	Le jour où je suis parti… 我出發的那一天……
Les amis où j'ai dîné…	Les amis chez qui j'ai dîné… 我在他們家吃飯的這些朋友……

關係代名詞一覽表

功能	有生命的先行詞 （人）	無生命的先行詞 （事物與動物）	中性先行詞 (ce, quelque chose, rien)
主詞	qui	qui	qui
直接受詞	que	que	que
由de導引的補語 與de組成的複合前置詞（à cause de, à côté de, près de…）	dont à côté de qui (à côté duquel…)	dont à côté duquel à côté de laquelle à côté desquel(le)s	dont à côté de quoi
由其他前置詞導引的補語（avec, pour, devant…）	pour qui (pour lequel)	pour lequel pour laquelle pour lesquel(le)s	pour quoi
由à導引的補語	à qui (auquel…)	auquel à la quelle auxquel(le)s	à quoi
地方補語		où	
時間補語		où	

由連詞que導引的從屬句

Les propositions subordonnées introduites
par la conjonction《que》

1. Je vois que vous avez bien travaillé.
   我看見您（你們）工作得很好。
2. Je suis content que vous ayez bien travaillé.
   我很高興您（你們）工作得很好。
3. Il est vrai que vous avez raison.
   您（你們）說的確實有道理。
4. Il est possible que vous ayez raison.
   您（你們）說的可能有道理。

▶ 由que所導引的從屬句叫做補語從屬句（propositions
complétives）。它們或為直陳式【1, 3】，或為虛擬式【2, 4】。這兩
種語式的選擇通常視主要分句的意思而定。

直陳式的應用
Emploi de l'indicatif

直陳式爲說話者陳述一件他認爲理所當然的事實之語式；當主要分句要表達以下的意思時，直陳式便被應用在補語從屬句裡：

附註：
關於直陳式時態的應用，參考第7章有關直陳式的部分。

■ 宣告，肯定，事實，信念

• 動詞

—On annonce que le Président fera une décla-ration à la télévision mardi.
根據宣告，總統將在星期二於電視上發表演說。

—Je pense que vous avez tort.
我認爲您（你們）錯了。

—Le secrétaire promet que le rapport sera prêt à la fin de la semaine.
秘書承諾報告將會在週末時被準備好。

• 非人稱結構

—Il paraît que ce film est un chef-d'œuvre.
這部片子看起來像是部傑作。

—Il était évident que personne ne savait exacte-ment ce qui s'était passé.
顯然地，沒人確實曉得究竟發生了什麼事。

• 形容詞

—Je suis sûr que tu m'approuveras.
我相信你會支持我的。

—Ses professeurs semblaient persuadés que Thomas allait réussir brillamment à son examen.
他的教授們似乎確信Thomas將出色地通過考試。

• 名詞

—Elle avait l'impression que tout le monde la regardait.
她以爲大家都在看她。

—Les juges ont la certitude que cet homme est coupable.
法官們確定這個人是有罪的。

—Je veux bien vous aider. Le problème est que je n'ai pas beaucoup de temps.

我很樂意幫助您（你們）。問題是我的時間不多。

• 副詞

在口頭上，從屬句可以當副詞的補語。

—As-tu posté ma lettre? —Bien sûr que je l'ai fait!

你把我的信寄出去了嗎？我當然已經這麼做了！

—Le vent se lève. Peut-être qu'on pourra faire du bateau cet après-midi.

起風了。也許今天下午我們可以划船。

• 直陳式應用時的一般注意事項

當我們要表達某種細微的可能性或假設意思時，可以用條件式來替代直陳式。比較：

—Je crois qu'un livre lui fera très plaisir.

（確定→直陳式）

我想一本書將使他感到高興。

—Je crois qu'un livre lui ferait très plaisir.

（假設→條件式）

我想一本書可能會使他感到高興。

後接直陳式的主要分句動詞與習語

動詞	形容詞	非人稱式結構
admettre, affirmer, ajouter, annoncer, s'apercevoir, apprendre, assurer, avertir, avouer, certifier, comprendre, confirmer, constater, convenir, crier, croire, décider, déclarer, découvrir, dire, espérer, estimer, expliquer, garantir, ignorer, (s')imaginer, informer, jurer, montrer, noter, oublier, parier, penser, se plaindre, préciser, prétendre, promettre, prouver, raconter, se rappeler, reconnaître, remarquer, se rendre compte, répéter, répliquer, répondre, savoir, sentir, soutenir, se souvenir, supposer, téléphoner, trouver, vérifier, voir。	être certain, convaincu, persuadé, sûr	il est certain, clair, convenu, évident, exact, incontestable, probable, sûr, vrai, visible, vraisemblable
名詞	副詞	
avoir la certitude, la conviction, l'espoir, l'impression, la preuve, être d'avis	bien sûr, évidemment, heureusement, peut-être, probablement, sans doute	on dirait, il paraît, il me semble

虛擬式
Emploi du subjonctif

虛擬式爲說話者將他的意見加諸在事實之上的語式；當主要分句要表達以下的意思時，虛擬式便被應用在補語從屬句裡：

► 附註：
關於虛擬式時態的應用，參考第8章有關虛擬式的部分。

■ 意志，義務，建議
• 動詞
—Ses parents ne veulent pas qu'elle rentre seule le soir.
她爸媽不願意她晚上一個人回家。
—Elle a demandé que le courrier soit prêt pour 18 heures.
她要求信件在18點時就要準備好。
—Je propose que nous allions cet été au Kenya.
我提議我們今年夏天去肯亞。
• 非人稱式動詞
—Faut-il que je lui dise la vérité?
我該告訴他眞相嗎？
—Il vaudrait mieux que vous envoyiez cette lettre en exprès.
您（你們）最好把這封信以快遞寄出去。

■ 情感，判斷
• 動詞
—Je préfère que vous ne me téléphoniez pas après 22 heures.
我比較希望您（你們）別在22點以後打電話來。
—Tout le monde regrette que le spectacle ait été annulé.
大家都爲了這表演被取消而感到可惜。
—Je m'étonne que tu aies refusé ce travail intéressant.
我對你拒絕了這有趣的差事而感到驚訝。
• 非人稱式動詞
—Il est étonnant qu'elle ne sache pas conduire.

► 注意：
與動詞avoir peur, craindre, empêcher, éviter, redouter連用時，贅詞ne的使用是非強制性的→(ne)
—On craint que le tremblement de terre n'ait fait beaucoup de victimes.
人們憂心這地震造成許多傷亡。

她不會開車令人感到訝異。

—ça m'arrangerait que vous gardiez mon chat cet été.

您（你們）今年夏天替我看顧我的貓就解決我的問題了。

—Le théâtre n'est pas loin; il suffit que nous partions à 20 heures.

劇院並不遠；我們在20點鐘的時候出門就行了。

- 形容詞

—Je suis désolé que vous n'ayez pu venir hier.

我對於您（你們）昨天沒辦法來而感到遺憾。

—Au XIXe siècle, on trouvait normal que les jeunes filles ne fassent pas d'études supérieures.

在十九世紀的時候，人們認爲年輕女孩們不受高等教育是正常的。

—Les enfants ont l'air déçus que le pique-nique soit annulé.

孩子們由於遠足被取消而一副看起來失望的模樣。

- 名詞

—Quel dommage qu'il ait dû partir si tôt!

他必須這麼早走眞是令人覺得可惜呀！

—Ils ont eu de la chance que l'accident n'ait pas été plus grave.

他們的運氣好，並未釀成更嚴重的意外。

—Avez-vous besoin que nous vous aidions?

您（你們）需不需要我們幫忙？

■ 可能性，懷疑

- 動詞

—Je doute que cette histoire soit vraie.

我不太相信這是眞實的故事。

- 非人稱式動詞

—Il se peut que Mme Lescaut soit élue présidente de notre association.

（＝il est possible que…）

Lescaut太太可能被選爲我們這個協會的主席。

—Il arrive qu'il y ait de la neige à Nice en hiver.

在尼斯，有時冬天會下雪。

• *虛擬式應用時的一般注意事項

有些動詞具有特殊的結構：

veiller à ce que, s'attendre à ce que, tenir à ce que, être habitué à ce que, s'opposer à ce que, s'engager à ce que, consentir à ce que, être disposé à ce que.

—La direction tient à ce que les employés du magasin aient une tenue correcte. (à ce que ＝que)

　負責人要求員工們的衣著整齊端正。

後接虛擬式的主要分句動詞與習語

動詞	非人稱式結構
accepter, admettre, aimer, aimer mieux, apprécier, attendre, comprendre, conseiller, craindre, défendre, demander, désirer, détester, dire, douter, écrire, empêcher, entendre, s'étonner, éviter, exiger, expliquer, s'inquiéter, interdire, mériter, ordonner, permettre, se plaindre, préférer, prétendre, proposer, recommander, redouter, refuser, regretter, suggérer, supporter, téléphoner, vouloir	-il arrive, il convient, il faut, il est question, il suffit, il semble, il est temps, il se peut, il y a des chances, il vaut mieux, peu importe
形容詞	
trouver bizarre, dangereux, dommage, insensé, normal, regrettable, ridicule, utile, être choqué, content, déçu, désolé, ennuyé, étonné, furieux, heureux, malheureux, mécontent, ravi, scandalisé, stupéfait, surpris, touché, triste, vexé	-il est / désolant, dommage, essentiel, étonnant, fréquent, indispensable, impensable, important, invraisemblable, nécessaire, obligatoire, peu probable, possible, regrettable, surprenant, urgent, utile
名詞	
besoin, chance, crainte, désir, envie, honte, peur, surprise, être d'avis	-ça / m'agace, m'arrange, m'énerve; m'ennuie, m'étonne, me fait plaisir, me gêne, m'inquiète, me plaît

直陳式或虛擬式
Indicatif ou subjonctif

■ 虛擬式

1. 某些習慣上與直陳式結構連用的動詞，當它們以否定或疑問形式出現的時候，便後接虛擬式：

avoir l'impression, croire, espérer, penser, trouver, promettre, se rappeler, se souvenir, affirmir, prouver, voir, dire, garantir, imaginer等等。

être sûr（certain, convaincu, persuadé等等）

il est sûr（certain, évident等等）

—Il n'est pas encore sûr que les élections aient lieu à la date prévue.
選舉是否如期舉行還不確定。

—Je n'ai pas l'impression qu'elle veuille venir avec nous.
我不覺得她想要跟我們一起來。

—Croyez-vous que la situation politique puisse évoluer dans les mois à venir?
您（你們）認為再過幾個月政治情況會好轉嗎？

—Je ne trouve pas que ça vaille la peine d'aller voir ce film.
我不認為值得去看這部電影。

—L'expert ne garantit pas que le tableau soit authentique.
專家不保證這幅畫是真品。

2. *當從屬句出現在主要分句之前的時候，它的動詞固定為虛擬式：

—Tout le monde reconnaît que ce cinéaste est un grand artiste.
　→Que ce cinéaste soit un grand artiste, tout le monde le reconnaît.
大家都承認這位電影工作者是一個偉大的藝術家。

■ *直陳式或虛擬式？

有些動詞，根據它們所要表達的意思不同，而後接直陳

注意：
虛擬式的應用與較典雅的用語層次相互呼應。所以，在一般用語裡，我們於一個被est-ce que導入，或一個由語調變化表達的問題之後保留了直陳式的使用：
— Est-ce que vous croyez qu'elle pourra venir dimanche?
　您（你們）認為她星期天會來嗎？
—Tur trouves que ce jounal est intéressant?
　你覺得這報紙值得看嗎？

附註：
參考第25章關於強調語法的部分。

式或虛擬式：

宣稱→直陳式，評論→虛擬式

admettre, comprendre, dire, écrire, entendre, expliquer, se plaindre, prétendre, téléphoner, être d'avis等等。

DIRE, ÉCRIRE, TÉLÉPHONER

—Le directeur de l'entreprise a dit que les ventes à l'étranger augmentaient.

　（宣稱→直陳式）

　企業負責人說外銷業績上揚。

—Dites à M. Leblond qu'il soit là 14 heures.

　（命令→虛擬式）

　告訴Leblond先生在14點鐘的時候到這裡來。

COMPRENDRE

—Grâce à ses explications, j'ai enfin compris qu'il n'y avait pas d'autre solution.

　（察覺→直陳式）

　多虧他的解釋，我終於了解沒有其他的解決辦法。

—Je comprends qu'on puisse préférer vivre à la campagne.

　（評價→虛擬式）

　我同意有些人會比較喜歡住在鄉村裡。

ADMETTRE

—J'admets qu'il n'y a aucune raison de s'inquiéter.

　（宣稱→直陳式）

　我承認沒有任何值得擔心的理由。

—Georges n'admet pas qu'on lui fasse la moindre critique.

　（意志→虛擬式）

　Georges不容許別人對他有最輕微的批評。

SE PLAINDRE

—Il se plaignait que ses voisins faisaient du bruit.

　（宣稱→直陳式）

　他抱怨著他的鄰居們製造噪音。

—Il se plaint qu'on l'ait accusé injustement.

　（情感→虛擬式）

　他悲嘆著人們不公平地控訴他。

CONVENIR

—Il est convenu que nous nous retrouverons à 18 heures place de l'Opéra.

（＝Nous avons décidé→直陳式）

我們商量好了18點鐘的時候在歌劇院廣場碰面。

—Il conviendrait que le gouvernement prenne d'urgence les mesures nécessaires.

（＝Il faudrait→虛擬式）

政府應當緊急採取必要的措施。

EXPLIQUER

—Il a expliqué que cette situation nécessitait des mesures exceptionnelles.

（宣稱→直陳式）

他說明這情況需要一些特別的應對辦法。

—La gravité de la situation explique que le gouvernement ait pris des mesures exceptionnelles.

（評價→虛擬式）

這情況的嚴重性，明白顯示了政府已經採取一些特別的應對辦法。

■ 不要混淆

ESPÉRER（＋直陳式）與SOUHAITER（＋虛擬式）

—J'espère qu'il pourra sortir de l'hôpital samedi.

我希望他能夠在星期六出院。

—Je souhaite qu'il guérisse le plus vite possible.

我希望他能夠盡快康復。

PROBABLE（＋直陳式）與POSSIBLE（＋虛擬式）

—Il est probable que Martin viendra lundi.

Martin星期一可能會來。

—Il est possible que Martin vienne lundi.

Martin星期一可能會來。

PARAÎTRE（＋直陳式）與SEMBLER（＋虛擬式）

—Il paraît que le malade va mieux.

（Il paraît＝on dit que）

病人的情況似乎好轉。

—Il semble que le malade aille mieux.

（＝Quand on le regarde, on a l'impression

► 注意：

注意：

在此，動詞convenir為非人稱動詞。

que…）

病人的情況似乎好轉。

IL ME SEMBLE（＋直陳式）與IL SEMBLE（＋虛擬式）

—Il me semble que c'est une bonne idée.

（＝Je pense que…）

我覺得這是個好主意。

—Il semble que ce soit une bonne idée.

（＝On a l'impression que…）

看起來這是個好主意。

SE DOUTER（＋直陳式）與DOUTER（＋虛擬式）

—Il y a un monde fou pendant le festival; je me doute bien que nous aurons du mal à nous loger.

（＝Je suis presque sûr que…）

聯歡會裡人山人海；我猜想我們將很難鑽進去。

—Je doute qu'il y ait encore de la place dans les hôtels à cette date-là.

（＝Je ne suis pas sûr que…）

我不太相信那天旅館還會有空房。

HEUREUSEMENT QUE（＋直陳式）與ÊTRE HEUREUX（＋虛擬式）

—J'ai perdu mes clés de voiture. Heureusement que j'en avais un double.

我搞丟了我的汽車鑰匙。幸好我有副複製的備份。

—Je suis heureux que tout se soit bien passé.

我很高興一切進行順利。

LE FAIT EST QUE（＋直陳式）與LE FAIT QUE（＋虛擬式）

—Le fait est que cette question n'est pas claire.

事實在於這問題並不清楚。

—Le fait qu'elle ait réussi son bac avec mention Très Bien lui a permis d'entrer dans cette école sans passer d'examen.

她以「很好」的評語通過高中考試，這件事使得她用不著參加考試就可以進入這所學校。

不定式的轉化
Transformation infinitive

■ **虛擬式從屬句**

這項不定式的轉化是必須的：

1. 當主要分句與從屬句具有同一個主詞。

—Je préfère que j'y aille en voiture.

　→Je préfère y aller en voiture.

　我比較喜歡坐車子去。

—Nous aimons que nous voyagions.

　→Nous aimons voyager.

　我們喜歡旅行。

—Je suis désolé que je sois en retard.

　→Je suis désolé d'être en retard.

　我很抱歉我遲到了。

2. 當主要分句動詞的補語與從屬句的主詞所指稱的是同一個人時，這項不定式的轉化也是必須的。

—Cela m'ennuie que je parte.

　→Cela m'ennuie de partir.（une seule personne: moi）

　離開使我感到厭煩。

　不過，當主要分句動詞的補語與從屬句的主詞所者為不同的人。

—Cela m'ennuie que tu partes.（deux personnes）

　你的離去使我感到厭煩。

—Cela dérange mon voisin qu'il entende jouer du piano après 22 heures.

　→Cela dérange mon voisin d'entendre jouer du piano après 22 heures.（＝une seule personne: mon voisin）

　晚上十點鐘以後聽見鋼琴聲會打擾我的鄰居。

—Cela dérange mon voisin que je fasse du piano après 22 heures.（deux personnes）

　我在晚上十點鐘以後彈鋼琴會打擾我的鄰居。

—Il m'a demandé que je lui envoie une carte

~~postale du Mexique.~~
→Il m'a demandé de lui envoyer une carte postale du Mexique.
他要我從墨西哥寄一張明信片給他。

*注意：
當間接受詞為名詞時，不定式之轉化就不是強制性的。
—Il a demandé à sa sœur qu'elle lui envoie une carte postale du Mexique.
他要他姊姊（妹妹）從墨西哥寄張明信片給他。

■ 直陳式從屬句

當主要分句與從屬句具有同一個主詞時，這項轉化是非強制性的。

—Nous espérons { que nous arriverons à 11 heures.
{ arriver à 11 heures.

　我們希望在11點鐘的時候抵達。

—Il a décidé { qu'il resterait.
{ de rester.

　他決定留下來。

—Je suis sûre

{ que j'ai déjà rencontré cette personne.
{ d'avoir déjà rencontré cette personne.

　我確定我已經見過這個人了。

當心：
注意在某些形容詞與動詞之後，前置詞de的應用方法。參考第1章關於動詞結構的部分。

—Il a promis aux enfants

{ qu'il les emmènerait au zoo.
{ de les emmener au zoo.

　他答應過孩子們，他將帶他們去動物園。

錯誤說法	正確說法
J'espère que tu puisse venir.	J'espère que tu pourras venir. 我希望你能來。
Je crains qu'il ne soit pas malade.	Je crains qu'il ne soit malade. 我擔心他生病。
Je suis désolé que je sois en retard.	Je suis désolé d'être en retard. 我很抱歉我遲到了。
Ils ont envie qu'ils aillent…	Ils ont envie d'aller… 他們想去……
Il m'a promis que je prenne…	Il m'a promis de prendre… 他答應我拿……

28

直接引語與間接引語
Le discours direct et le discours indirect

Julien a téléphoné pour dire: 《J'ai manqué le train de 8h 02, je prendrai celui de 8h 27.》
Julien打電話來說：「我錯過了8點02分的火車，我將坐8點27分的那班。」

▶ 這個句子為直接引語，因為說話者（Julien）的用語被引述得就跟他所說的一模一樣。

▶ 引語可以採取疑問式：
Il m'a demandé: 《Comment vas-tu?》
他問我：「你好嗎？」

▶ 直接疑問句

Julien a téléphoné pour dire qu'il avait manqué le train de 8h 02 et qu'il prendrait celui de 8h 27.
Julien打電話來說他錯過了8點02分的火車，他將坐8點27分的那班。

▶ 這個句子為間接引語，因為Julien的話被另一個人（敘述者）所引用，而導致了某些用語上的修飾。

Il m'a demandé comment j'allais.
他問我，我過得好不好。

▶ 間接疑問句

從直接引語到間接引語
Du discours direct au discours indirect

直接引語：

Le mois dernier, Christophe a annoncé à sa femme: 《Annie! Je suis nommé directeur adjoint. Je t'emmènerai au restaurant demain soir pour fêter ma promotion!》

上個月，Christophe對他太太說：「Annie！我被提名為副主席了。明天晚上我帶妳去餐廳吃飯來慶祝我的晉升！」

間接引語：

Le mois dernier, Christophe a annoncé à sa femme qu'il était nommé directeur adjoint et qu'il l'emmènerait au restaurant le lendemain soir pour fêter sa promotion.

上個月，Christophe對他太太說他被提名為副主席，第二天晚上他要帶她去餐廳吃飯來慶祝他的晉升。

在此句中，從直接引語轉化到間接引語的過程導致：

1. 由連詞que帶來的從屬關係：
qu'il était nommé…et qu'il l'emmènerait

2. 標點符號（冒號，引號，驚嘆號）與頓呼口吻Annie的刪除。

3. 人稱代名詞與主有字之人稱的改變：

je suis nommé	→Il était nommé
je t'emmènerai	→il l'emmènerait
ma promotion	→sa promotion

4. 時態的改變（因為引導動詞為過去式）：

suis nommé	→était nommé
emmènerai	→emmènerait

5. 時間習語（expression de temps）的調整：

demain soir	→le lendemain soir

■ 引導動詞（les verbes introducteurs）
它們後接一個由que所導引的從屬句。最常見的引導動

▶ 當心：
注意在每一個從屬句之前，que的重複出現。

▶ 注意：
我們也省略感嘆詞：
—Il a crié: 《Aie! Je me suis fait mal!》
　→Il a crié qu'il s'était fait mal.
　他大叫：「哎喲！我弄痛自己了！」
　→他大叫著說，他弄痛自己了。

詞如下：

affirmer, ajouter, annoncer, déclarer, dire, expliquer, promettre, répondre

—Le directeur de l'équipe de football de notre
ville a annoncé qu'il devait quitter son poste et il
a ajouté qu'il avait toute confiance en son suc-
cesseur.

　我們這城市的足球隊長說他得辭職了，還說他對於他
　的後繼者有信心。

其他的動詞：

admettre, assurer, avouer, confirmer, constater,
crier, démentir, s'écrier, s'exclamer, jurer, objecter,
préciser, prétendre, proposer, reconnaître, remar-
quer, répliquer, suggérer,等等。

在書寫時，有關引導動詞的選擇將為書寫內容帶來細微
的差別：

比較：

—Il a dit: 《J'en ai assez!》
　他說：「我受夠了！」

—Il a crié: 《J'en ai assez!》（nuance de colère）
　他大叫：「我受夠了！」

—Elle a dit qu'elle s'était trompée.
　她說她弄錯了。

—Elle a reconnu qu'elle s'était trompée.（＝Elle
　a admis…）
　她承認她弄錯了。

■ 語式與時態的調整

1. 當引導動詞為現在式或未來式的時候，由直接引語
　轉化到間接引語之過程的時態並不改變：

—Il dit: 《Je n'ai pas compris ce que tu viens de
　dire.》
　→Il dit qu'il n'a pas compris ce que je viens de
　dire.
　他說：「我不懂你剛才說的話。」
　→他說他不懂我剛才說的話。

—Si tu lui demandes son avis, it te répondra: 《Je
　suis d'accord.》
　→…il te répondra qu'il est d'accord.

假如你問他的意見，他會回答你：「我同意。」

→……他會回答你，他同意。

2. 當引導動詞為過去式時態（複合過去式，單純過去式，半過去式，大過去式）的時候，我們依據動詞時態一致的規則（les règles de la concordance des temps）來調整時態：

直陳式

直接引語	間接引語
現在式	→半過去式
複合過去式	→大過去式
單純未來式	→在過去裡的未來式（以條件現在式的形式出現）
前未來式	→在過去裡的前未來式（以條件過去式的形式出現）
將近未來式	→aller的半過去式＋不定式
鄰近過去式	→venir的半過去式＋不定式

—Il m'a dit:《Ma voiture est trop vieille; je vais en acheter une autre.》

　→Il m'a dit que sa voiture était trop vieille et qu'il allait en ache-ter une autre.

他對我說：「我的車子太舊了；我要再買一部。」

→他對我說他的車子太舊了，他要再買一部。

—Elle m'a écrit:《Je viens de déménager et je t'inviterai quand j'aurai fini de m´installer.》

　→Elle m'a écrit qu'elle venait de déménager et qu'elle m'inviterait quand elle aurait fini de s'installer.

她寫信告訴我：「我剛搬家，等我安定下來之後我再請你。」

→她寫信告訴我，她剛搬家，等她安定下來之後再請我。

其他的語式

• 在一般用語裡，我們對於虛擬式並不要求遵守動詞時態一致的規則。

—Elle m'a dit:《Il faut que tu viennes avec moi.》

　→Elle m'a dit qu'il fallait que je vienne avec elle.

她對我說：「你應該跟我一起來。」

→她對我說，我應該跟她一起來。

▶ 注意：
半過去式與大過去式不變：
—Il m'a dit:《J'étais fatiqué parce que je m'étais couché tard.》
　→Il m'a dit qu'il était fatiqué parce qu'il s'était couché tard.
他對我說：「我覺得很累，因為我很晚才睡覺。」
　→他對我說，他覺得很累，因為他很晚才睡覺。

▶ 附註：
在典雅用語裡，存在著動詞時態一致的規則。參考第8章關於虛擬式的部分。

- 對於條件式而言,時態上的調整並不存在。
—Elle m'a dit:《J'aimerais acheter une maison à la campagne.》

→Elle m'a dit qu'elle aimerait acheter une maison à la campagne.

她對我說:「我會很高興在鄉村買間房子。」

→她對我說,她會很高興在鄉村買間房子。

3. 命令式的特殊情況。

不論引導動詞的時態為何(過去式,現在式或未來式),命令式被de＋不定式的結構所取代。

—Le professeur {a dit aux élèves:
dit
dira

《Ecrivez la dictée sur votre cahier!》

→Le professeur {a dit aux éléves d'écrire la
dit
dira

dictée sur leur cahier.

老師對學生們說:「把聽寫內容寫在你們的簿子上!」

→老師叫學生們把聽寫內容寫在他們的簿子上。

—Elle m'a conseillé:《Ne t'expose pas trop longtemps au soleil!》

→Elle m'a conseillé de ne pas m'exposer trop longtemps au soleil.

她勸告我:「不要在陽光下曝曬太久!」

→她勸告我不要在陽光下曝曬太久。

■ 時間習語的調整

1. 如果引導動詞為過去式時態的話,時間習語就必須被調整:

—Ma tante m'avait écrit:《Je viendrai déjeuner chez toi lundi prochain》, mais elle n'est pas venue.

→Ma tante m'avait écrit qu'elle viendrait déjeuner chez moi le lundi suivant, mais elle n'est pas venue.

我姑姑(阿姨……等)寫信告訴我:「我下星期一來你家吃飯」,不過,她沒來。

→我姑姑(阿姨……等)寫信告訴我,她接下來的那個星期一會來我家吃飯,不過,她沒來。

＊注意:
虛擬式也可以用來取代命令式。

—Le professeur dit aux élèves qu'ils écrivent la dictée sur leur cahier.

參考第27章關於被連詞que導入的從屬句部分。

直接引語	間接引語
aujourd'hui	→ce jour-là
ce matin	→ce matin-là
ce soir	→ce soir-là
en ce moment	→ce moment-là
ce mois-ci	→ce mois-là
hier	→la veille
avant-hier	→l'avant-veille
dimanche prochain	→le dimanche suivant
dimanche dernier	→le dimanche précédent
il y a trois jours	→trois jours plus tôt
demain	→le lendemain
après-demain	→le surlendemain
dans trois jours	→trois jours plus tard

注意：
以同樣的方式，地方副詞ici變成了là。
—Les Robin m'ont dit:《 Nous habitons ici depuis vingt ans.》
→Les Robin m'ont dit qu'ils habitaient là depuis vingt ans.
Robin一家告訴我：「我們從二十年前就住在這裡了。」
→Robin一家告訴我，他們從二十年前就住在這裡（那裡）了。

2. 只有當被引述的話和說話片刻無關的時候，時間習語才被調整。

引述句與說話片刻有關	引述句與說話片刻無關
—(le locuteur parle le 16 mai): Ce matin (lundi 16), j'ai vu Pierre qui m'a dit qu'il me rapporterait mes disques demain (mardi 17).	—(le locuteur parle le 16 mai): Dimanche dernier (le 11 mai), j'ai vu Pierre qui m'a dit qu'il me rapporterait mes disques le lendemain (le 12 mai).
（說話者於5月16日說）：今天早上（星期一，16日），我遇見對我說他明天（星期二，17日）將會把我的唱片帶來的Pierre。	（說話者於5月16日說）：上星期天（5月11日），我遇見對我說他隔天（5月12日）將會把我的唱片帶來的Pierre。
—Elle m'a appelé hier soir et elle m'a dit qu'elle viendrait aujourd'hui.	—Le témoin expliqua que ce jour-là il avait vu sortir de l'immeuble un homme qui était déjà passé la veille.
她昨晚打電話給我，並且對我說她今天會來。	證人解釋說，那天他看見從大樓裡走出來一個在前一日便已到過大樓的男人。

從直接疑問句到間接疑問句
De l'interrogation directe à l'interrogation indirecte

直接疑問句：
J'ai téléphoné à Laurence et je lui ai demandé:
《Est-ce que tu peux (ou Peux-tu…) me prêter ta
machine à écrire pendant le week-end?》
我打電話給Laurence，並且問她：「妳在週末的時候
能不能借我妳的打字機？」

間接疑問句：
J'ai téléphoné à Laurence et je lui ai demandé si
elle pouvait me prêter sa machine à écrire pendant le week-end.
我打電話給Laurence，並且問她是否能在週末的時候
借我她的打字機。

從直接疑問句轉化到間接疑問句的過程導致了：
1. 與從直接引語轉化到間接引語這一過程相同的有關
   時態、人稱代名詞、主有字，以及時間習語等的改
   變。
2. 疑問形式的刪除：
—《Est-ce que》的刪除，與動詞之前主詞的重建；
問號與引號的刪除。
3. 由si或其他疑問詞所帶來的從屬關係。

■ 引導動詞
它們後接一個由si或其他疑問詞所導入的從屬句。最常
見的動詞是demander。
不過，有許多其他的動詞也可以意味著一個問題：
comprendre, dire, ignorer, indiquer, s'informer,
interroger, savoir,等等。
—Je ne sais pas comment on écrit ce mot.
　（《Comment écrit-on ce mot?》）
　我不曉得這個字怎麼寫。
—Indiquez-moi où se trouve le boulevard Saint-

附註：
參考第22章關於疑問句的部分。

注意：
當語式為不定式的時候，唯一的
變動是問號與引號的省略。
— Il se demandait:《 Que
penser de tout cela? Quelle
décision prendre?》
—Il se demandait que penser
de tout cela et quelle décision
prendre.
　他思忖著：「該怎麼衡量這一
切？該怎麼下決定？」
　他思忖著該怎麼衡量這一切，
又該怎麼下決定。

Germain, s'il vous plaît.

（《Où se trouve le boulevard Saint-Germain?》）

請告訴我Saint-Germain大道怎麼走。

■ 從屬關係

1. 完全疑問句（所期待的回答為oui或non的問題）：

主詞倒裝形式　　　　　→si

《Est-ce que》

—Elle m'a demandé:《Aimez-vous ce disque?》

　《Est-ce que vous aimez ce disque?》

　→Elle m'a demandé si j'aimais ce disque.

　她問我：「您喜歡這張唱片嗎？」

　→她問我是否喜歡這張唱片。

2. 部分疑問句：

副詞où, quand, comment,等等，被保留

—Il m'a demandé:《Comment vas-tu?》

　→Il m'a demandé comment j'allais.

　他問我：「你好嗎？」

　→他問我過得好不好。

—Je voudrais savoir:《Pourquoi riez-vous?》

　→Je voudrais savoir pourquoi vous riez.

　我想要知道：「您（你們）為什麼笑？」

　→我想要知道您（你們）為什麼笑。

• 代名詞與疑問形容詞lequel, quel等等，被保留

—Il m'a demandé:《Quelle heure est-il?》

　→Il m'a demandé quelle heure il était.

　他問我：「現在幾點鐘？」

　→他問我現在幾點鐘。

• 疑問代名詞qui, que, quoi

人

qui或qui est-ce qui ⎱

qui或qui est-ce qui ⎰ →qui

前置詞＋qui→前置詞＋qui

—Elle a demandé:《Qui (ou Qui est-ce qui) a fait ce joli bouquet?》

　→Elle a demandé qui avait fait ce joli bouquet.

　她問：「這漂亮的花束是誰紮的？」

注意：
當主詞為名詞，而動詞不具備名詞補語時，主詞經常被倒裝：
— Il m'a demandé:《Comment vont vos parents?》
　→Il m'a demandé comment allaient mes parents.
　他問我：「您的父母還好嗎？」
　→他問我，我父母是否無恙。

→她問是誰紮了這漂亮的花束。
—Elle m'a demandé:《Qui invites-tu (ou Qui est-ce que tu invites) à dîner samedi?》
　→Elle m'a demandé qui j'invitais à dîner samedi.
　她問我：「星期六你邀請誰吃飯？」
　→她問我，星期六我邀請了誰吃飯。
—Mon père m'a demandé:《Avec qui sors-tu?》
　→Mon père m'a demandé avec qui je sortais.
　我爸爸問我：「你跟誰出去？」
　→我爸爸問我，我跟誰出去。
事物
que或qu'est-ce qui　→ce qui
que或qu'est-ce que　→ce que
前置詞＋quoi　　→前置詞＋quoi

—Il a demandé:《Que se passe-t-il?》或《Qu'est-ce qui se passe?》
　→Il demandé ce qui se passait.
　他問：「發生了什麼事？」
　→他問發生了什麼事。
—Il a demandé:《Qu'est-ce que c'est?》
　→Il m'a demandé ce que c'était.
　他問：「這是什麼？」
　→他問我這是什麼。
—Il m'a demandé:《Que fais-tu?》或《Qu'est-ce que tu fais?》
　→Il m'a demandé ce que je faisais.
　他問我：「你做什麼？」
　→他問我，我做什麼。
—Il m'a demandé:《À quoi penses-tu?》
　→Il m'a demandé à quoi je pensais.
　他問我：「你在想什麼？」
　→他問我，我在想什麼。

• 關於直接引語與間接引語的一般注意事項
1. 引導動詞的位置
　直接引語：動詞出現在引述句之前、之後，或之間。

動詞出現在引述句之前：

—L'homme a dit:《Je voudrais envoyer un télégramme.》
這個人說：「我想要發一份電報。」

• 動詞出現在引述句之後或之間：
主詞必須以倒裝形式出現。

—《Je voudrais envoyer un télégramme》, dit l'homme.
「我想要發一份電報」，這個人說。

—《Je voudrais, dit l'homme, envoyer un télégramme.》
「我想要，這個人說，發一份電報。」

—《Quel magnifique tableau》, s'exclama-t-il.
「多美的畫呀」，他驚嘆著。

間接引語：動詞固定出現在引述句之前。

—L'homme a dit qu'il voulait envoyer un télégramme.
這個人說他想要發一份電報。

2. 中性代名詞le的應用

在間接疑問句裡，它被用來重取說話者所說的話。

—《Comment marche ton magnétoscope?》 Explique-le-moi.
告訴我「你的錄影機怎麼使用？」。

* 自由間接形式
Le style indirect libre

間接形式：

Il pensait souvent à son frère. Il se demandait où il était, pourquoi il refusait de lui écrire. Il se disait qu'il fallait absolument le retrouver.

他經常想到他哥哥（弟弟）。他思忖著他在哪裡，他為什麼不寫信給他。他心想一定要找到他。

自由間接形式：

Il pensait souvent à son frère. Où était-il? Pourquoi refusait-il de lui écrire? Oui, il fallait absolument le retrouver!

他經常想到他哥哥（弟弟）。他在哪裡？他為什麼不寫信給他？是的，一定要找到他！

自由間接形式是一種混合直接引語某些方面（標點符號，感嘆詞）與間接引語某些方面（代名詞的改變，動詞時態的一致，時間副詞的調整）的文學手法。它的特徵在於省略了引導動詞與從屬關係的形式。自由間接形式被整合於敘述（récit）裡。口頭用語與書寫用語的關係十分接近，而且沒有作者（auteur）的介入。這種手法經常被小說家使用。

《Il se disait qu'on la sauverait sans doute; les médecins trouveraient un remède, c'était sûr!》 Flaubert, Madame Bovary.

「他想人們一定會救她的；醫生們找得到藥，一定的！」（福婁拜，包法利夫人）。

錯誤說法	正確說法
Je ne sais pas qu'est-ce qui se passe.	Je ne sais pas ce qui se passe. 我不知道發生了什麼事。
Il m'a dit il avait compris.	Il m'a dit qu'il avait compris. 他告訴我，他懂了。
Je voudrais savoir où habitez-vous.	Je voudrais savoir où vous habitez. 我想知道您（你們）住在哪裡。
Je me demande s'il y aura du soleil et on pourra aller à la plage.	Je me demande s'il y aura du soleil et si on pourra aller à la plage. 我思忖著是否會有陽光，以及我們是否能去海邊。
Le client a dit qu'il prendrait un steak et il le voulait bien cuit.	Le client a dit qu'il prendrait un steak et qu'il le voulait bien cuit. 客人說他要一客牛排，並且要全熟的。

表達原因的習語

L'expression de la cause

1. Les enfants ne peuvent pas jouer dans le jardin parce qu'il pleut.

   孩子們不能在園子裡玩，因為下雨了。

2. À cause de la pluie, les enfants ne peuvent pas jouer dans le jardin.

   因為下雨，孩子們不能在園子裡玩。

3. Les enfants ne peuvent pas jouer dans le jardin: il pleut.

   孩子們不能在園子裡玩：下雨了。

▶ 從屬句【1】，分句＋名詞詞組【2】，並列（juxtaposition）【3】都是些用以表達原因的方法。

直陳式從屬句

Les propositions subordonnée à l'indicatif

它們被下列的連詞導入：

■ PARCE QUE

回應問題《pourquoi?》。

—Pourquoi es-tu en retard?

—Parce que mon réveil n'a pas sonné.
  你為什麼遲到？
  —因為我的鬧鐘沒有響。

—La voiture a dérapé parce qu'il y avait du verglas.
  （問題《Pourquoi a-t-elle dérapé?》被省略）車
  子打滑，因為地上有薄冰。

—Je fais mes courses aujourd'hui parce que
  demain il y aura trop de monde dans les magasins.
  我今天買菜，因為明天商店裡會有很多人。

■ PUISQUE

被用以表達明顯存在於原因與結果之間的關係；原因通
常是對話者所知道的事實。

—Puisque tu connais bien New York, dis-moi ce
  qu'il faut absolument visiter.
  既然你對紐約很熟，告訴我有哪些一定要參觀的地方
  吧！

—Je vais offrir ce roman à Stéphanie puisqu'elle
  ne l'a pas encore lu.
  我要把這本小說送給Stéphanie，因為她還沒看過。

比較puisque與parce que：

—Combien de langues parles-tu?
  你會說幾種語言？

—Puisque je suis suédois, je parle évidemment le
  suédois; je parle aussi le français.
  既然我是瑞典人，我當然會說瑞典話；我也會說法
  文。

> 注意：
> 1.一般說來，從屬句出現
> 於主要分句之後。
> 2.為了強調原因，我們可
> 以使用c'est parce que或
> c'est que：
> —Pourquoi la voiture a-
> t-elle dérapé?
> —C'est parce qu'il y
> aveit du verglas.
> —C'est qu'il y avait du
> verglas.

> 注意：
> 一般說來，從屬句出現
> 於主要分句之前。

—Ah oui! Pourquoi?
　啊？為什麼？
—Parce que je l'ai appris à l'école.
　因為我在學校裡學過。

■ COMME
比較不像puisque那麼強調原因與結果之間的關係。
—Comme ma voiture était en panne, j'ai pris un taxi.
　因為我的車子壞掉了，我改搭計程車。
—Comme elle avait oublié ses clés, elle a dû attendre à la porte le retour de son mari.
　因為她忘了帶她的鑰匙，她只得在門口等她的先生回來。

■ ÉTANT DONNÉ QUE, DU FAIT QUE, VU QUE
導入一件無可爭議的事實。
—Étant donné que beaucoup de monuments sont menacés par la pollution, on remplace souvent les statues par des copies.
　鑒於許多紀念性建築物都受到污染的危害，當局便經常以複製品來替代雕像。
—Du fait qu'il est devenu sourd, cet homme ne peut plus exercer son métier.
　由於他耳朵聾了，這個人無法再從事他的職業。
—Nous sommes rentrés à la maison, vu qu'il était trop tard pour aller au cinéma.
　我們回到家裡了，因為時間太晚而無法去看電影。

■ SOUS PRÉTEXTE QUE
說話者本身懷疑著原因。
—Il n'allait pas souvent voir ses parents, sous prétexte qu'ils habitaient loin.
　（這並非真正的原因：其實，他根本不想見他們）
　他不常去看他的爸媽，藉口是他們住得遠。
—Le garçon a refusé de nous servir, sous prétexte que le café allait fermer.
　（這並非真正的原因：其實，他根本不想替我們服務）
　這男孩拒絕為我們服務，藉口是咖啡館就要關門休息了。

▶ 注意：
從屬句固定出現於主要分句之前。

■ * DU MOMENT QUE＝puisque

—Du moment que Muriel est là pour garder les enfants, nous pouvons partir.

　（Puisque Muriel est là, nous pouvons partir）

既然Muriel在這兒照顧孩子們，我們便可以離開了。

—Je veux bien vous prêter ce livre, du moment que vous me le rendez lundi.

　（＝puisque je sais que vous me le rendez lundi）

我很願意借您（你們）這本書，因為您（你們）星期一就還給我啦！

■ * D'AUTANT QUE, * D'AUTANT PLUS QUE, SURTOUT QUE（生活化用語）

這些連詞被用來強調原因。

—Finalement, je n'ai pas acheté ce petit meuble, d'autant que je n'en avais pas vraiment besoin.

　結果，我並沒買這個小家具，因為我實在不需要它。

—Ne dis pas ça, d'autant plus que c'est faux.

　別這麼說，更何況這是不正確的。

—Elle n'a pas envie de sortir, surtout qu'il fait un temps épouvantable.

　她不想出門，尤其天氣這麼糟糕。

• 直陳式從屬句的一般注意事項

我們可以使用條件式來取代直陳式。

比較：

—Ne dis pas ça parce qu'on se moquera de toi.

　（確定→直陳式）

—Ne dis pas ça, parce qu'on se moquerait de toi.

　（假設→條件式）

　不要這樣說，因為別人會笑你。

注意：
從屬句出現於主要分句之後。

虛擬式從屬句
Les propositins subordonnées au subjonctif

■ *SOIT QUE…SOIT QUE
兩個可能的原因。

—Le paquet n'est pas encore arrivé, soit qu'il se
soit perdu, soit qu'il n'ait pas été expédié.
　（＝parce qu'il s'est perdu ou parce qu'il n'a
pas été expédié）
包裹還沒到，可能是被弄丟了，也可能是還未寄出。

■ *CE N'EST PAS QUE, *NON QUE或NON PAS
QUE
其中一個可能的原因被排除了，並後接真正的理由。

—N'allez pas voir cette pièce, ce n'est pas qu'elle
soit mal jouée, mais le texte n'est pas intéressant.
不要看這齣戲，並不是因為演得不好，而是由於劇本
很無聊。

—Dans cette petite ville, M.Dubois n'est pas aimé,
non que l'on puisse vraiment lui reprocher quoi
que ce soit, mais il est différent des autres.
在這個城市裡，Dubois先生不受歡迎，並不是因為
他有什麼可被批評的，而是由於他與眾不同。

• 關於直陳式從屬句與虛擬式從屬句的一般注意事項
當句子裡有兩個從屬句出現的時候，連詞不被重複，而
是由que來取代它：

—Comme il n'y avait plus de place dans le train
et que nous devions être à Nice le soir même,
nous avons pris l'avion.
因為火車沒空位了，而我們又得在同一天傍晚抵達尼
斯，我們便搭了飛機。

注意：
從屬句出現於主要分句
之後。

其他表達原因的方法
Autres moyens d'exprimer la cause

一、關聯詞（mots de liaison）

■ CAR（尤其被用於書寫體），EN EFFET（尤其被用於書寫體）
導入一件剛被提及之事情的有關說明。

—Les lampes halogènes ont beaucoup de sccès, car elles donnent un éclairage très agréable.
鹵素燈十分受歡迎，因為它所發散的光線令人感到很舒適。

—On trouve des cactus et des palmiers sur la Côte d'Azur, en effet, la température y reste douce en hiver.
我們可以在蔚藍海岸看見仙人掌和棕櫚樹，因為那裡冬季的氣溫仍舊相當溫和。

■ TELLEMENT, TANT（比較少見）
導入並強調著一個解釋。

—On ne pouvait pas entrer au stade Roland-Garros, tellement il y avait de monde!
我們無法進入Roland-Garros運動場，因為人是這麼的多！

—De nombreux gouvernements ont décidé de lutter contre la drogue, tant ce problème est devenu grave.
許多政府都決定與毒品作戰，因為這問題變得如此嚴重。

二、前置詞＋名詞或不定式

■ À CAUSE DE／EN RAISON DE（尤其被用於書寫體）／PAR SUITE DE（尤其被用於書寫體）＋名詞
—Le match a été reporté au lendemain à cause de la pluie.
因為下雨的緣故，比賽被延後到隔天舉行。

—Nous somme arrivés en retard à cause de lui.

注意：
À cause de可以後接代名詞。

因為他的緣故，所以我們才遲到。

—En raison du prix des appartements, il est de plus en plus difficile de se loger à Paris.
由於公寓價格的緣故，在巴黎居住越來越困難了。

—Par suite d'un accident sur la route, la circulation est ralentie.
由於路上發生了意外，車子的前進速度都減慢下來。

■ GRÂCE À + 名詞（或代名詞）

表達一個帶來正面結果的原因。

—Nous avons trouvé facilement votre maison grâce au plan que vous nous aviez envoyé.
多虧了您（你們）寄來給我們的地圖，我們才不費工夫地便找到了您（你們）的房子。

—Merci beaucoup! Grâce à toi, j'ai enfin terminé ce travail.
謝謝！多虧了你，我終於完成這項工作。

■ *FAUTE DE＝par manque de

1. faute de＋名詞：

—Je n'ai pas pu aller voir cette exposition faute de temps.
（＝…parce que je manquais de temps）
因為沒空，我沒辦法去參觀這項展覽。

2. faute de＋不定式（較少見）。
具有與主要分句動詞相同的主詞。

—Faute d'avoir rendu son dossier d'inscription à temps, il n'a pas pu passer l'examen.
（＝Parce qu'il n'avait pas rendu son dossier à temps…）
由於他沒有及時繳交註冊文件，他不能參加考試。

■ *A FORCE DE

強調原因的強烈程度。

1. 在一些習語裡，à force de＋不加限定詞的名詞：

—À force de volonté, il a pu recommencer à marcher après son accident.
（＝Parce qu'il a eu beaucoup de volonté…）
由於他堅強的意志力支持著，他才能在出事之後重新開始走路。

附註：
關於冠詞的省略，參考第15章有關冠詞的部分。

29

還有：à force de travail, courage, patience, gentillesse,等等。

2. à force de＋不定式。

具有與主要分句動詞相同的主詞。

—À force d'écouter ce disque, je le connais par
cœur.

（＝Parce que j'ai beaucoup écouté ce disque…）

因為我經常聽這張唱片，它的曲子我都會背了。

■ ÉTANT DONNÉ / VU / DU FAIT DE / ＊COMPTE TENU DE＋名詞

表達一個無可爭議的原因。

—Étant donné son âge, on lui a refusé l'entrée
du casino.

由於他的年齡不符，人們拒絕讓他進入這個娛樂場
所。

—Vu l'heure, il faudrait rentrer.

由於時間到了，應該回家了。

—Du fait de son infirmité, il bénéficie d'une carte
de priorité.

由於他殘廢，所以他享有優待卡。

—Compte tenu de la tension internationale, le
Président a annulé tous ses déplacements.

由於國際情勢緊張，總統取消了他所有的訪問行程。

■ SOUS PRÉTEXTE DE＋不定式

—Il m'a téléphoné sous prétexte de me demander l'adresse d'un dentiste.

（＝mais ce n'était pas la vraie raison）

他藉機向我詢問一個牙醫的地址而打電話給我。

■ ＊POUR

1. Pour＋名詞：

—Il a été condamné pour meurtre.

（＝parce qu'il a commis un meurtre）

他被判謀殺罪。

—Ce restaurant est très connu pour ses desserts.

這家餐廳因為它的甜點而聞名。

2. Pour＋不定過去式（infinitif passé）

—Il a eu une amende pour avoir garé sa voiture sur le trottoir.
　　（＝parce qu'il avait garé sa voiture sur le trottoir）
　　他因爲把車子停在人行道上而被罰款。
—Il a reçu une décoration pour avoir sauvé un enfant de la noyade.
　　他因爲救起了一個溺水的孩子而得到一枚獎章。

■＊PAR＋名詞
—Il a fait cela par amitié pour moi.
　　他出於友情的緣故而爲我這麼做。
—Il a surpris tout le monde par son calme.
　　使所有的人都因爲他的冷靜而感到訝異。

三、分詞的應用

■ 副動詞
具有與主要分句動詞相同的主詞。
—Je me suis tordu la cheville en tombant dans l'escalier.
　　（＝parce que je suis tombé…）
　　我因爲在樓梯間跌倒而扭傷腳踝。

■＊現在分詞或過去分詞（主要用於書寫體）
與一名詞或一代名詞連接使用。
—Souffrant de maux de tête, elle dut garder la chambre.
　　（＝Comme elle souffrait…）
　　由於頭痛，所以她不出門。
—Les combrioleurs, surpris par le gardien, ont pris la fuite.
　　（＝parce qu'ils ont été surpris…）
　　小偷們因爲被管理員嚇到而跑掉了。

■ ＊分詞形式分句（proposition participiale）（尤其被用於書寫體）
分詞另外具有它自己的主詞。
—La nuit venant, les promeneurs se décidèrent à rentrer.
　　（＝Comme la nuit venait…）

▶ 附註：
參考第12章關於分詞的部分。

由於夜的到來，散步的人們都決定回家。

—Un incendie de forêt s'étant déclaré, le camping municipal a été évacué.

　（＝Comme un incendie de forêt s'était déclaré…）

因為森林起火，在市政府露營區的人們都被疏散離開了。

四、並列語法（la juxtaposition）

兩個獨立分句被冒號或分號隔開。

—Ils sont très content: ils viennent d'avoir un bébé.

　他們很高興，因為他們剛剛得到一個小寶寶。

—Le déficit du commerce extérieur s'aggrave; la France importe plus qu'elle n'exporte.

　外貿赤字惡化，因為法國進口的商品比它所出口的多。

錯誤說法	正確說法
C'est la raison que…	C'est parce que…
	這是因為……
…à cause d'avoir faim.	…parce que j'ai faim.
	因為我肚子餓。
…à cause qu'il pleut.	…parce qu'il pleut.
	……因為下雨。
Faute de l'argent…	Faute d'argent…
	因為錢不夠……
Faute du mauvais temps, je ne sors pas.	À cause du mauvais temps…
	因為天氣不好，所以我不出門。
À cause de lui, j'ai trouvé un travail.	Grâce à lui, j'ai trouvé…
	多虧他，我才找到了一份工作。
Car je suis malade, je reste à la maison.	Je reste à la maison car je suis…
	因為生病，所以我待在家裡。

表達原因的習語

連詞	前置詞		其他方法
	＋名詞	＋不定式	
Parce que	À cause de		關聯詞
	En raison de		Car
Puisque	Par suite de		En effet
	Grâce à		Tellement
Comme	＊Faute de	＊Faute de	Tant
	＊À force de	＊À force de	
Étant donné que	Étant donné		分詞的應用
Vu que	Vu		副動詞
			＊現在分詞或過去分詞
Du fait que	Du fait de		
	＊Compte tenu de		
Sous prétexte que		Sous prétexte de	＊分詞形式的從屬句
＊Du moment que	＊Pour	＊Pour（＋不定過去式）	
＊D'autant que	＊Par		並列語法
＊D'autant plus que			
Surtout que			
＊Soit que…soit que…			
＊Ce n'est pas que			
＊Non que (non pas que)			

表達結果的習語
L'expression de la conséquence

1. Il faisait tellement beau que nous avons déjeuné dans le jardin.
   天氣是這麼地晴朗，以致於我們在花園裡午餐。
2. Il faisait très beau, si bien que nous avons déjeuné dans le jardin.
   天氣很好，所以我們在花園裡午餐。
3. Il faisait très beau; alors nous avons déjeuné dans le jardin.
   天氣很好，所以呢，我們在花園裡午餐。

▶ 由《tellement…que》所導入的從屬句【1】，連詞從屬句（la sub-ordonnée conjonctive）【2】，被關聯詞所連結的兩個分句【3】，以上都是一些用以表達結果的方法。

▶ 這些結果看起來總是像在句子第一部分裡所被表達之原因的合理後果。

直陳式從屬句
Les propositions subordonnées à l'indicatif

一、由que所導引的從屬句
由que所導引之從屬句的出現，被主要分句裡的副詞或
形容詞tel所預告著。

■ 動詞＋TANT QUE / TELLEMENT QUE
—Il fume tant qu'il tousse beaucoup.
（＝il fume beaucoup; résultat: il tousse beaucoup）
他抽菸抽得如此地兇，以致於他經常咳嗽。

—Ils aiment tellement la mer qu'ils passent toutes
leurs vacances sur leur bateau.
他們是如此喜歡海，以致於他們在船上度過了他們所
有的假期。

—J'ai tellement écouté ce disque qu'il est tout rayé.
我常聽這張唱片，以致於它壞掉了。

■ SI / TELLEMENT＋形容詞或副詞＋que
—Je joue si mal au tennis que je n'ose pas jouer
avec toi!
（＝je joue très mal au tennis; résultat; je n'ose
pas jouer…）
我的網球打得如此地差勁，以致於我不敢跟你對打！

—Ce film était tellement long qu'on l'a présenté
en deux parties à la télévision.
這部影片是如此地長，以致於被分成兩部分在電視上
播放。

■ TELLEMENT DE / TANT DE＋名詞＋que
表達數量的觀念。
—Ce pommier donne tellement de fruits que ses
branches touchent le sol.
（＝beaucoup de fruits; résultat: les branches
touchent le sol）
這棵蘋果樹長了如此多的果子，以致於它的樹枝都碰
到地面了。

▶ 當心：
注意於複合時態裡，tant與telle-
ment出現的位置是在助動詞與過
去分詞之間。

▶ ＊當心：
在動詞的過去分詞之前，不能使
用si。
比較：
—Sa question m'a tant surpris
que je n'ai pas pu répondre.
（複合過去式）
他的問話令我感到如此驚訝，
以致於我無法回答。
—J'ai été si surpris que je n'ai
pas pu répondre à sa question.
（作為形容詞使用的過去分詞）
我是如此地驚訝，以致於無法
回答他的問話。

▶ 與習語avoir peur, envie, besoin,
soif等運用時，使用si或
tellement，而非tellement de或
tant de：
—Il a eu si / tellement peur qu'il
est devenu tout pâle.
他是如此地恐懼，以致他的臉
色變得完全蒼白了。

—Il a tant de soucis qu'il ne dort plus.
他有如此多的煩惱，以致於不能入睡。

■ UN(E) TEL(LE) / DE TEL(LE)S＋名詞＋que
表達強烈程度的觀念。

—Le vent soufflait avec une telle violence qu'il était dangereux de sortir en mer.
　（＝avec une très grande de violence; résultat: il était dangereux de sortir…）
風吹得如此地猛烈，以致於出海是十分危險的。

—Elle a fait de tels progrès en ski qu'elle a été sélectionnée pour les championnats.
她在滑雪方面進步得如此迅速，以致於她被選派爲錦標賽的選手。

二、由其他連詞所導入的從屬句

■ SI BIEN QUE, DE SORTE QUE
表達沒有任何言外之意的簡單結果。

—Je n'avais pas vu Pierre depuis longtemps, si bien que je ne l'ai pas reconnu.
我很久沒見到Pierre了，所以我沒認出他來。

—Ce camion est mal garé, de sorte qu'il empêche les voitures de passer.
這輛貨車沒停好，以致擋到了其他要通過的車子。

■ ＊DE（TELLE）MANIÈRE QUE, DE（TELLE）FAÇON QUE, DE（TELLE）SORTE QUE
強調行爲的方式與態度。

—Il a agi de telle façon que personne n'a été satisfait.
他用這種方式回應，以致於沒人感到滿意。

—Dans cette école, les activités sont arganisées de telle manière que chaque enfant peut suivre son propre rythme.
在這所學校裡，所有活動都是以這種方式組成的，以致於每個孩子都可以跟隨他自己的步調進行。

＊注意：
Être tel(e) / tels(les) que是較少見的結構：
—La violence du vent était telle qu'il était dangereux de sortir en mer.
　（＝…était si grande que…）
—La situation politique est telle qu'on peut craindre un coup d'État.
　（＝…est si grave que…）
　政局是如此地緊張，以致人們擔心發生政變。

＊注意：
Tant et si bien que：強調口吻。
—L'enfant se balançait sur sa chaise, tant et si bien qu'il est tombé.
　這小孩坐在椅子上不停地左右搖擺，以致他自己跌倒了。

當心：
不要混淆si bien que與bien que。比較：
—Il vient bien qu'il soit malade.（對比）
　雖然他生病了，他還是來了。
—Il est malade si bien qu'il ne vient pas.（結果）
　他生病了，所以他不來。

■ ＊AU POINT QUE, À TEL POINT QUE

表達強烈程度的觀念。

—Il souffrait à tel point que le médecin a dû lui faire une injection de morphine.

他感到如此地痛苦，以致於醫生必須爲他注射嗎啡。

—Le vieux château menaçait de s'écrouler, au point qu'on a dû en interdire l'accès aux visiteurs.

這座古老的城堡搖搖欲墜，以致於謝絕訪客參觀。

• 直陳式從屬句的一般注意事項

我們可以用條件式來替代直陳式。

比較：

—J'ai une telle envie de dormir que je vais me coucher tout de suite.

（眞實的事情→直陳式）

—J'ai une telle envie de dormir que je me coucherais bien tout de suite.

（希望的事情→條件式）

我是如此地想睡覺，以致於我馬上就要去睡了。

＊注意：

De sorte que, de façon que與de manière que＋虛擬式被用以表達目的。參考第31章關於表達目的的習語部分。

Vous n'êtes pas si occupée que vous ne puissiez prendre cette affaire en charge.

虛擬式從屬句

Les propositions subordonnées au subjonctif

被呈現的結果與將其呈現爲無法實現或可能之結果的評價彼此連接。

■ ASSEZ…POUR QUE, TROP…POUR QUE

1. 與動詞連用：

—Il pleut trop pour que le match de tennis commence à 15 heures comme prévu.

（＝Il pleut beaucoup, le match ne commence pas）

雨下得太大，以致於網球賽無法像預期般地在15點鐘開始。

2. 與形容詞或副詞連用：

—Ce jeune pianiste joue assez bien pour qu'on l'accepte au Conservatoire.

（＝on l'acceptera peut-être）

這位年輕的鋼琴家彈得很好，音樂戲劇學校可能會接受他。

—La route est trop étroite pour que je puisse dépasser ce camion.

（＝je ne peux pas dépasser ce camion）

這條路太窄了，以致於我無法超越這輛貨車。

3. Assez de / trop de＋名詞：

—L'agence de voyage a annoncé qu'il n'y avait pas assez de participants pour que l'excursion ait lieu.

（＝l'excursion n'aura pas lieu）

旅行社宣布，由於參加人數不夠多，以致於遊覽無法成行。

—Quelle queue! Il y trop de monde pour que j'attende.

（＝je n'attendrai pas）

這麼長的隊伍！人太多了，以致於我無法等待。

當心：

主要分句與從屬句不能有相同的主詞，不然，就使用不定式。

其他結構：

—Il suffit d'une tasse de café pour que je ne dorme pas.

（＝Une tasse, c'est assez pour que je ne dorme pas）

只要一杯咖啡就足以使我無法入睡了。

—Que se passe-t-il pour qu'il ne soit pas là?

（＝Que se passe-t-il d'assez grave pour qu'il ne…）

發生什麼事以致於他不在這兒？

—Il n'y a aucune raison pour que vous vous inquiétiez.

沒有足以令您（你們）擔憂的理由。

■ *AU POINT QUE, SI…QUE, TELLEMENT… QUE, TANT…QUE, TEL(LE)S QUE

當主要分句為疑問式或條件式的時候，這些連詞後接虛擬式（典雅用語）。

—Il ne fait pas un tel froid qu'il soit nécessaire d'allumer le chauffage.

（=Il ne fait pas assez froid pour qu'il soit nécessaire d'allumer le chauffage）

天氣還沒冷到需要開暖氣的程度。

—Est-il malade au point qu'on doive l'hospitaliser?

（=Est-il assez malade pour qu'on doive l'hospitaliser?）

他病到需要住院的程度了嗎？

—Cet avocat n'est pas si occupé qu'il ne puisse prendre cette affaire en charge.

（=Il n'est pas très occupé; donc il pourrait prendre cette affaire en charge）

這位律師並未忙碌到不能負責這件事的程度。

▶ 當心：
ne＝ne…pas。

• 直陳式從屬句與虛擬式從屬句的一般注意事項

當句子裡有兩個從屬句出現的時候，連詞不被重複，而是由que來取代它：

—Tout le monde fumait dans la salle de réunion si bien que je ne pouvais plus respirer et que je suis sorti.

大家都在會議室裡抽菸，以致於我再也無法呼吸，並且離開那兒了。

其他表達結果的方法
Autres moyens d'exprimer la conséquence

一、前置詞＋不定式
不定式具有與主要分句動詞相同的主詞。

■ ASSEZ / TROP…POUR
—J'ai trop de diapositives pour te les montrer toutes en une heure.
　　我有太多幻燈片了，以致於無法讓你在一小時內全部看完。
—Cet ordinateur est assez puissant pour contenir toute une encyclopédie.
　　這台電腦的容量大到足以容納整部百科全書。

■ *AU POINT DE
—Il se fait beaucoup de souci pour son examen, au point de ne plus dormir.
　　（＝au point qu'il ne dort plus）
　　他爲了考試而非常焦慮，以致於他再也無法入睡。

二、關聯詞

■ DONC
—Le 14 juillet est un vendredi; ｛ donc il y aura un week-end de trois jours. Il y aura donc un week-end de trois jours.
　　七月14日是星期五；因此將會有一個三天的週末。

■ ALORS
—Je n'ai pas entendu mon réveil, alors je suis parti sans prendre de petit déjeuner.
　　我沒聽見鬧鐘響，所以我沒吃早餐就出門了。

附註：
關於alors的另一種涵意，參考第21章有關副詞的部分。

■ C'EST POURQUOI, C'EST POURÇA QUE（口頭用語）
—Le Québec est une ancienne possession française; c'est pourquoi on y parle le français.

魁北克省是前法國屬地；這就是爲什麼那兒的人會說
法語的原因。

—J'avais oublié mes livres; c'est pour ça que je
n'ai pas fait mes exercices.

我忘了帶我的書；因爲這樣，所以我沒寫作業。

■ PAR CONSÉQUENT, EN CONSÉQUENCE（行政用語）

—Notre loyer a beaucoup augmenté; par
conséquent, nous allons être obligés de
déménager.

我們的房租上漲了許多；所以，我們將被迫搬家。

—《…En conséquence, l'Assemblée nationale
reconnaît et déclare les droits suivants de
l'homme et du citoyen…》

（Déclaration des droits de l'homme et du
citoyen）

「因此，國會承認並宣告以下有關人與人民的權力……」

■ AINSI, COMME ÇA（口頭用語）

—Dans ce jardin, on a aménagé un espace de
jeux pour les enfants; ils peuvent ainsi jouer en
toute sécurité.

在這個圈子裡，我們爲孩子們布置了一個遊樂場；因
此，他們可以在非常安全的情況下玩耍。

—Prends une clé; comme ça, tu pourras entrer
même si je ne suis pas là.

拿一把鑰匙去；這樣，就算我不在，你也可以進入。

■ D'OÙ, DE LÀ（通常後接名詞）

—Nous ne l'attendions pas; d'où notre éton-
nement lorsqu'il a ouvert la porte.

我們沒等他；所以，當他開門時，我們被嚇了一跳。

—Il ne pleuvait pas depuis des mois; de là
l'inquiétude des agriculteurs.

幾個月以來都沒下雨；因此，農民們都很擔心。

■ DU COUP（口頭上常用）

—Notre fille a dû être opérée d'urgence; du
coup, nous ne sommes pas partis en vacances.

▶ 注意：
在書寫時，出現於句首
ainsi可能導致主詞被倒
裝：
—…ainsi peuvent-ils
jouer en toute sécurité.

我們的女兒必須緊急開刀；因此，我們沒去度假。

■＊AUSSI（書寫時，主詞倒裝）

—La lumière d'île-de-France est d'une grande douceur; aussi a-t-elle inspiré les peintres impressionnistes.

île-de-France的光線十分柔和；因此它刺激了印象派畫家們的靈感。

—Notre jardin est très grand; aussi avons-nous renoncé à l'entretenir parfaitement.

我們的花園很大；因此我們無法將它維護得十全十美。

三、並列語法

兩個獨立分句被分號或冒號隔開。

—Ma grand-mère ne voyait plus très bien: elle a dû cesser de conduire.

我奶奶視力不好，所以，她必須停止開車。

—Cet apporeil avait un défaut de fabrication; on l'a retiré de la vente.

這儀器有製造上的缺失，所以被回收了。

▶ 當心：
不要與從未出現於句首的aussi＝également混淆：

—Les peintres impressionnistes ont beaucoup peint en plein air; ils ont fait aussi de nombreux portraits.

印象派的畫家們有很多寫生作品；他們也畫了許多肖像。

表達結果的習語

連詞	前置詞＋不定式	其他方法
＋不定式 動詞 ｛＋tellement＋que ｛＋tant＋que Tellement ｝ ＋（形容詞／副詞）＋que Si ｝ Tellement de ｝ ＋名詞＋que Tant de ｝ Tel＋名詞＋que		關聯詞 Donc Alors C'est pourquoi C'est pour ça que
Si bien que De sorte que ＊De telle manière que ＊De telle sorte que ＊De telle façon que ＊Au point que ＊À tel point que	 Au point de	Par conséquent En conséquence Ainsi Comme ça D'où De là Du coup ＊Aussi
＋虛擬式 Assez＋動詞／形容詞／副詞 ｝ pour que Trop＋動詞／形容詞／副詞 ｝ Assez de＋名詞 ｝ pour que Trop de＋名詞 ｝	 Assez…pour Trop…pour	並列語法

＊Au point que ＊Si…que ＊Tellement…que ＊Tant…que ＊Tel que		

錯誤說法	正確說法
Je suis tant étonné que…	Je suis si / tellement étonné que… 我是如此地訝異，以致於……
So réponse m'a si étonné que…	m'a tellement / tant étonné que… 他的回答令我感到如此地驚奇，以致於 ……
Je suis tellement fatigué parce que…	Je suis tellement fatigué que… 我是如此地疲倦，以致於……
Il y a si beaucoup de monde que…	Il y a tant / tellement de monde que… 人潮是如此地洶湧，以致於……
Il avait tellement de peur…	Il avait tellement peur… 他感到如此地害怕……
Elle habite une maison tellement belle.	Elle habite une maison très belle. 她住在一棟很漂亮的房子裡。 Elle habite une maison tellement belle que tout le monde la prend en photo. 她住的房子是如此地漂亮，以致於大家都將它拍下來。
Il est trop paresseux.	Il est très paresseux. 他很懶惰。 Il est trop paresseux pour faire du sport. 他懶惰到連運動也不做的程度。
Par conséquence.	Par conséquent / En conséquence 因此
On fait beaucoup de ski en Suède, aussi on fait beaucoup d'autres sports.	…de ski en Suède; aussi y a-t-il de nombreux champions. 滑雪運動在瑞典很盛行；所以有許多冠軍選手。 …de ski en Suède; on pratique aussi beaucoup d'autres sports. 滑雪運動在瑞典很盛行；人們也從事許多其他的運動。

表達目的的習語
L'expression du but

1. Il y a toujours un agent de police devant l'école pour que les enfants puissent traverser la rue en toute sécurité.
在學校前固定有一名警察，以便孩童們能在非常安全的情況下穿越馬路。

2. Pour faire ce gâteau, il faut du beurre, des œufs et du chocolat.
要做這蛋糕，需要奶油、雞蛋和巧克力。

▶ 連詞從屬句【1】，前置詞＋不定式詞組【2】，都是一些用來表達目的的方法。

虛擬式從屬句

Les propositions subordonnées au subjonctif

它們表達著一個被希望得到的結果；因此，它們以虛擬式的形式出現。它們通常出現在主要分句之後。

■ POUR QUE, AFIN QUE（較少見）

—Mets cette affiche ici pour que tout le monde puisse la voir.

把這張布告貼在這兒，以便大家都能看得到。

—Elle portait des lunettes noires afin qu'on ne la reconnaisse pas.

她戴著墨鏡，以便使別人認不出她來。

■ DE PEUR QUE (NE), DE CRAINTE QUE (NE)（較少見）

—Ils parlaient tout bas de peur qu'on (ne) les entende.

（＝pour qu'on ne les entende pas）

為了避免讓別人聽見，他們低聲地交談著。

—Elle porta ses bijoux à la banque de crainte qu'on (ne) les lui vole.

（＝pour qu'on ne les lui vole pas）

為了避免讓別人偷走，她把她的珠寶戴著去銀行。

■ QUE＝pour que

在一個以命令式形式出現的動詞之後（口頭用語）。

—《Ouvrez la bouche que je vois votre gorge》, a dit le médecin.

「張開嘴巴，以便讓我看見您的喉嚨」醫生說。

—Mets la radio moins fort que le bébé puisse dormir!

收音機關小聲一點兒，以便讓寶寶能夠睡覺！

▶ 注意：
贅詞ne的應用是非強制性的。

■ *DE SORTE QUE, DE FAÇON (À CE) QUE, DE MANIÈRE (À CE) QUE

這些連詞強調爲了達到所希望目的的行爲態度與方法。

—Dites-nous à quelle date vous arriverez, de manière que nous puissions réserver des chambres à l'hôtel.

告訴我們您（你們）哪一天會到，以便我們可以向旅館訂房間。

—Le secrétaire range les dossiers de façon qu'on puisse les retrouver facilement.

祕書整理著文件，好讓我們能輕易地找到它們。

• 虛擬式從屬句的一般注意事項

當句子裡有兩個從屬句出現的時候，連詞不被重複，而是由que來取代它：

—J'ai laissé ma voiture chez le garagiste pour qu'il vérifie les freins et qu'il change les pneus.

我把車子留在汽車修理場的工人那兒，以便他檢查煞車設備和換輪胎。

▶
注意：
後接直陳式的de manière que, de façon que, de sorte que被用以表達原因。
比較：
—Le conférencier parlait dans un micro, de sorte que chaun l'entende clairement.
（希望得到的結果）
—Le conférencier parlait dans un micro, de sorte que chacun l'entendait clairement.
（已得到的結果）
演講者使用麥克風說話，以便每個人都能清楚聽見他所講的話。
（參考第30章關於表達結果的習語。）

其他表達目的的方法
Autres moyens d'exprimer le but

一、前置詞＋不定式

當不定式具有與主要分句動詞相同的主詞時，對於所有表達目的的從屬句來說，不定式的應用是必須的。

—Elle a téléphoné pour prendre rendez-vous.
（et non pas: Elle a téléphoné pour qu'elle prenne rendez-vous.）
她打電話以便訂下約會時間。

—Je prendrai un taxi de peur d'être en retard.
我將搭計程車以免遲到。

—Il a le téléphone dans sa voiture de façon à pouvoir contacter ses clients à tout moments.
他在車內裝了電話，以便可以隨時聯絡客戶們。

從屬句（主詞不同）	不定式（主詞相同）
pour que	pour
afin que	afin de
de peur que	de peur de
de crainte que	de crainte de
de façon que	de façon à
de manière que	de manière à

■ ＊ EN VUE DE, DANS LE BUT DE, DANS L'INTENTION DE（較少見的前置詞）

它們的意思和pour一樣：

—Il suit des cours du soir en vue d'obtenir un diplôme d'expert-comptable.
他為了得到會計師文憑而去上傍晚的課。

二、前置詞＋名詞

■ POUR

—Pour le nettoyage de vos objets en argent, employez Argex!

▶ 注意：
在一些行動動詞（verbe de mouvement）：aller, partir, retourner, venir, passer, sortir, monter, descendre與動詞rester之後，前置詞pour經常被省略：
—Il est sorti acheter le journal.
他出去買報紙。
—Je passerai vous dire au revoir.
我來向您（你們）道聲再見。

要清洗您的銀製品，使用Argex！

■ EN VUE DE

—De nombreuses réunions ont lieu en vue des prochaines élections.

許多會議爲了下次的選舉而被舉行。

■ DE PEUR DE, DE CRAINTE DE（較少見）

—La visibilité était mauvaise; il roulait lentement de peur d'un accident.

能見度很差；他慢慢地開車以避免意外發生。

三、以虛擬式出現的關係從屬句

—Nous cherchons un appartement qui soit calme et ensoleillé.

我們找一間安靜而陽光照明充足的公寓。

附註：
參考第26章關於關係從屬句的部分。

錯誤說法	正確說法
Je reste à la maison pour que je suis fatigué.	…parce que je suis fatigué. 我因爲覺得疲倦而待在家裡。
Je ferme la fenêtre pour que je n'aie pas froid.	…pour ne pas avoir froid. 我關上窗戶以免覺得冷。
J'ai pris un parapluie de peur qu'il ne pleuve pas.	…de peur qu'il (ne) pleuve. 爲了預防下雨起見，我帶了一把雨傘。

表達目的的習語

連詞	前置詞		其他方法
＋虛擬式 Pour que Afin que De peur que De crainte que Que ＊De sorte que ＊De façon (à ce) que ＊De manière (à ce) que	＋名詞 Pour En vue de De peur de De crainte de	＋不定式 Pour Afin de De peur de De crainte de De façon à De manière à ＊En vue de ＊Dans le but de ＊Dans l'intention de	以虛擬式出現的關係從屬句

32

表達時間的習語

L'expression du temps

1. Teresa et moi, nous irons à Fontainebleau demain.
   Teresa和我，我們明天要去楓丹白露。
2. Depuis qu'elle est arrivée en France, Teresa a visité les châteaux de la Loire et le Mont-Saint-Michel.
3. Depuis son arrivée en France, Teresa a visité les châteaux de la Loire et le Mont-Saint-Michel.
   自從她抵達法國以後，Teresa參觀了羅亞爾河沿岸的城堡與聖‧米歇爾山。

▶ 副詞【1】，連詞從屬句【2】，前置詞＋名詞詞組【3】，以上都是一些用來表達時間的方法。

時間的定位與期限
Localisation et durée

一、各式各樣的副詞與習語

1. 它們為數眾多，並被用來表達時間的定位、期限、
   重複、接續、習慣：

Hier, demain, à ce moment-là, tout à l'heure,
d'abord, longtemps, tout le temps, encore, déjà,
toujours, ensuite, enfin, souvent, soudain,
quelquefois, maintenant, tout à coup,等等。

De jour, de nuit, de nos jours, de mon temps, de
toute la semaine,等等。

Par temps de pluie, par mauvais temps, par un
temps pareil,等等。

—En ce moment, mes parents sont en Suisse.（時
  間的定位）
  目前，我爸媽人在瑞士。

—Il nous racontait tout le temps les mêmes
  histoires.（習慣）
  他老是對我們敘述同樣的故事。

—D'abord, nous prendrons des huîtres, puis du
  saumon à l'oseille, enfin une charlotte aux
  framboises.（接續）
  首先，我們要吃一些生蠔，然後是酸模鮭魚，最後再
  一盤有覆盆子的蘋果醬拼土司。

—Je suis resté longtemps à contempler la mer.
  （期限）
  我待著凝望了大海許久。

—Je n'aime pas conduire de nuit.（pendant la
  nuit）
  我不喜歡在夜間開車。

—Je n'ai pas vu Yves de toute la semaine.
  （pendant toute la semaine）
  我整整一星期沒看到Yves了。

—Par beau temps, on aperçoit le mont Blanc.

（Quand il fait beau）
當天氣晴朗的時候，我們看得見白朗峰。

2. 關於一些表達時間之習語的疑難。

■ TOUJOURS

—Il habite toujours boulevard Saint-Michel.
　（＝encore）
　他一直都住在Saint-Michel大道。

—Il va toujours à la messe le dimanche.
　（＝invariablement）
　他固定在每個星期天去望彌撒。

■ TOUT À L'HEURE

—Le docteur Poirier passera tout à l'heure.（在不久的未來裡）
　Poirier大夫等一下就會過來。

—Marc t'a appelé tout à l'heure, je lui ai dit de te rappeler plus tard.（在不久的過去裡）
　Marc剛才打電話給你，我叫他待會兒再打來。

■ TOUT DE SUITE

—J'ai bien reçu ton invitation et j'y ai répondu tout de suite.（＝immédiatement）
　我收到你的邀請函，而且我當下就回覆了。

—Attendez-moi! Je reviens tout de suite.（＝dans quelques minutes）
　等等我！我馬上就回來。

■ EN CE MOMENT與À CE MOMENT-LÀ

—En ce moment, on parle beaucoup des changements politiques survenus en Europe de l'Est.（＝maintenant）
　目前，人們時常談論著東歐突如其來的政治變化。

—J'étais étudiant dans les années 60; à ce moment-là, il n'y avait qu'une université à Paris.
　（＝à un moment donné du passé）
　我是60年代的學生；在那時候，巴黎只有一所大學。

■AN ／ ANNÉE, SOIR ／ SOIRÉE, MATIN ／ MATINÉE, JOUR ／ JOURNÉ

▶ 注意：
—Il passera dans la matinée.
　（＝à un moment ou à un autre）
　他早上會過來。

後綴詞-ée表達期限。

—J'ai passé la soirée à travailler. (=du début à
la fin)

我晚上工作（唸書）。

—Je fais de la gymnastique deux soirs par
semaine.

我一星期做兩次體操。

—Ce soir, il n'y a rien d'intéressant à la télévision.

今天晚上沒有好看的電視節目。

二、日子，鐘點，季節

—Il est né le 5 mai 1985.

他在1985年5月5日出生。

—Ce livre est paru en mai 1988.

au mois de mai 1988.

這本書在1988年5月出版。

—Ce chanteur était très populaire dans les
années 80.

這個歌手在80年代很受歡迎。

—Au XXe siècle, la science a fait de nombreux
progrès.

科學在二十世紀時有很大的進步。

—Il est arrivé à 8 heures du matin.

à 15 heures ou à 3 heures de
l'après-midi.

à midi.

他在　　早上8點鐘　　　　　　　　抵達。

15點鐘／下午3點鐘

中午

—Nous sommes　　　en automme.

en hiver.

en été.

au printemps.

現在是　　　　　秋天。

冬天。

夏天。

春天。

三、有關時間的衡量

■ PENDANT

—Il a dormi pendant toute l'après-midi.
　他整個下午都在睡覺。

■ POUR：預期中的一段時間

—John vient d'arriver à Paris; il est là pour deux ans.
　（＝il a l'intention de rester deux ans）
　John剛剛抵達巴黎；他要待在這兒兩年。

■ EN：一段為了完成一樁行動所必須花費的時間

—Nous avons fait le trajet en deux heures.
　（＝Nous avons mis deux heures pour faire le trajet）
　我們花了兩小時的行程。

—Vous obtiendrez ce visa en quelques jours.
　（＝Il vous faudra quelques jours pour obtenir ce visa）
　您花幾天的時間就會領到這簽證。

■ DANS：只被應用於以未來式表達的上下文中

—Il est midi; le train va partir dans un quart d'heure.
　（＝un quart d'heure à partir de maintenant）
　現在是中午；火車再過十五分鐘就開了。

—Patrick sera de retour dans une semaine.
　（＝une semaine à partir d'aujourd'hui）
　Patrick在一個禮拜以後回來。

■ IL Y A：只與過去式的時態連用

—Patrick est rentré il y a une semaine.
　（＝une semaine avant aujourd'hui）
　Patrick在一個禮拜前回來的。

—Il était en Italie il y a trois mois.
　（＝trois mois avant aujourd'hui）
　三個月以前，他在義大利。

▶ 在數字前的pendant經常被省略：
—Il a dormi huit heures.
　他睡了八個鐘頭。

▶ 注意：
我們常見到習語en avoir pour：
— Je vais faire une course; j'en ai pour un quart d'heure.
（＝cette course durera un quart d'heure）
我要花十五分鐘的時間去買東西。

■ **DEPUIS：意指一個至今仍然持續的行動所開始發生的時間。**

這個前置詞與現在式或半過去式連用。

—Est-ce que tu es là depuis longtemps?

—Non, je ne suis là que depuis dix minutes.

　你在這兒很久了嗎？

　一沒，我在這兒只有十分鐘而已。

—Il neigeait depuis trois jours; toutes les routes étaient bloquées.

　從三天前開始下雪的；所有的道路都堵塞了。

■ **IL Y A…QUE**
　ÇA FAIT…QUE ⎫ = depuis

這些結構相當常見。

—Il y a / ça fait dix minutes que je suis là.

　我在這兒十分鐘了。

—Il y avait / ça faisait trois jours qu'il neigeait.

　雪下三天了。

—Il y a / ça fait dix ans qu'ils ont quitté la France.

　他們離開法國十年了。

—Il y aura / ça fera bientôt cinq ans que M. Dulong est maire de notre ville.

　Dulong先生當我們的市長當了快五年了。

■ **DE…À, DEPUIS…JUSQU'À**

—Je serai absent de 8 heures à midi.

　　　　　　　du 15 mai au 30 juin.

　　　　　　　depuis le 15 mai jusqu'au 30 juin.

我從　8點到中午　　　　　　　　　不在這兒。
　　　5月15日到6月30日
　　　5月15日一直到6月30日

■ **À PARTIR DE：指一個行動將開始的時刻。**

—Le numéro de téléphone va changer; à partir du 1er septembre, vous composerez le 33-46-14-49.

　這個電話號碼將要更改；從9月1日起，您撥33-46-14-49。

注意：

當複合過去式指涉一項至今仍殘留後果的過去行為時，Depuis與複合過去式連用。這些情形如下：

• 與助動詞être運用變位的動詞連用：

—Il est parti depuis trois semaines.（=Il est absent）

　他是於三個禮拜前離開的。

• 與經常以否定形式出現的動詞連用：

—Je n'ai pas fait de ski depuis trois ans.

（Aujourd'hui encore, je ne fais pas de ski）

　我從三年前以來就沒滑雪了。

• 與意味著某種進展（grandir, augmenter, progresser）或一項變動（finir, quitter）的動詞連用：

—Mon fils a beaucoup grandi depuis six mois.

（= Il est plus grand aujourd'hui qu'il y a six mois）

　我兒子在這六個月以來長大許多。

—Ils ont quitté la France depuis dix ans.

（= Ils sont à l'étranger depuis dix ans）

　他們是在十年前離開法國的。

■ AU BOUT DE：指一段期間終止的時刻。

—Ils en avaient assez d'attendre; ils sont partis au bout d'une demi-heure.

他們等得不耐煩了；他們在半小時之後離開。

四、週期性和習慣

■ TOUS / TOUTES LES…

—J'achète le journal tous les jours.

（＝chaque jour）

我每天買報紙。

—La femme de ménage vient tous les deux jours.

（＝un jour oui, un jour non）

清潔婦每兩天來一次。

—Nous allons presque toutes les semaines à la campagne.

我們幾乎每個禮拜都去鄉下一趟。

■ LE MATIN, LE SOIR,等等。

—Dans cette école, le matin est consacré à l'enseignement général et l'après-midi au sport.

（＝chaque matin, chaque après-midi）

在這所學校裡，早上進行一般課程的教學，下午則上體育課。

■ SUR

—Dans ma classe, nous faisons une dictée un jour sur deux.

（＝tous les deux jours）

在我的班上，我們每兩天作一次聽寫。

—Cette infirmière travaille la nuit une semaine sur trois.

這位護士小姐一星期上三次夜班。

■ PAR

—Je dois prendre ce médicament trois fois par jour.

我這藥必須一天服三回。

—Cette pharmacie est ouverte tous les jours et aussi un dimanche par mois.

這家藥房每天都開門，每個月也有一個星期天開門。

時間從屬句：導論
Les subordonnées de temps introduction

在主要分句與從屬句之間可能存在著以下的關係：

一、同時發生性（simultanéité）

主要分句與從屬句的行動同時發生。為了表達此一同時發生性，我們使用兩次一樣的時態：

—Quand je travaille, j'écoute de la musique.
　當我唸書（工作）的時候，我聽音樂。

—Quand il m'a vu, il m'a souri.
　當他看見我的時候，他向我微笑。

—Quand je le verrai, je lui donnerai de tes nouvelles.
　等我看到他的時候，我會告訴他有關你的消息。

在過去式裡，可以使用兩種時態，一種表達一段時間，一種指在這段時間裡一個準確行動的發生（在主要分句或在從屬句裡）：

—L'an dernier, quand nous étions en Espagne, nous avons appris la naissance d'Antoine.
　（從屬句表達一段時間，主要分句指涉一準確行動發生）
　去年當我們在西班牙時，聽說Antoine出生的消息。

—L'an dernier, nous étions en Espagne quand nous avons appris la naissance d'Antoine.
　（主要分句表達一段時間，從屬句指涉一準確行動發生）
　去年當我們聽說Antoine出生消息時，人正在西班牙。

二、先前性（antériorité）

從屬句裡的行動發生於主要分句裡的行動之前。從屬句的動詞為複合時態：

—Marc voyage beaucoup; aussitôt qu'il est arrivé à destination, il téléphone à sa femme.
　（行動1）　　　　　　　　（行動2）
　Marc經常旅行；一抵達目的地，就打電話給他太太。

三、在後性（postériorité）

從屬句裡的行動發生於主要分句裡的行動之後：

—Il vaudrait mieux rentrer à la maison avant qu'il (ne) fasse nuit.　最好在天黑以前回家。

直陳式從屬句

Les subordonnées à l'indicatif

■ QUAND, LORSQUE（尤其被應用於書寫體）

1. 同時發生性

• 現在式

—Quand Yves travaille, il n'aime pas être dérangé.
當Yves工作（唸書）的時候，他不喜歡被打擾。

• 過去式

—Lorsque j'étais enfant, j'aimais beaucoup accompagner mon père à la chasse.
當我小的時候，我很喜歡跟我爸爸去打獵。

—Quand je me suis réveillé, il était midi.
當我醒來的時候，是中午了。

• 未來式

—Je te prêterai ma voiture quand tu auras ton permis de conduire.
等你拿到駕照的時候，我會把我的車借給你。

2. 先前性

—Quand la banque aura donné son accord, vous pourrez encaisser le chèque.
等銀行批准以後，您（你們）便可以將支票兌現。

—Quand il a eu terminé ses études, il est allé travailler un an à l'étranger.
當他完成學業以後，他到國外工作了一年。

■ DÈS QUE, AUSSITÔT QUE

1. 幾乎於同時發生的同時發生性。

—Dès qu'il y a un rayon de soleil, les gens s'asseyent aux terrasses des cafés.
當一有陽光出現的時候，人們便坐在露天咖啡座上。

—Aussitôt qu'il rentrait chez lui, il écoutait les messages sur son répondeur téléphonique.
當他一回到家裡的時候，他便聽電話答錄機裡的留言。

附註：
參考本章337頁「時態關係表」。

2. 立即先前性（antériorité immédiate）

—Dès que j'aurai vu ce film, je te dirai ce que j'en pense.

等我一看過這部電影，我便會告訴你我對它的感覺。

—C'était un grand lecteur; aussitôt qu'il avait fini un livre, il en commençait un autre.

這是一個非常愛看書的人；當他看完一本書，他就接著開始看另一本。

附註：
參考本章時態關係表。

■ UNE FOIS QUE

1. 同時發生性

—Une fois qu'il sera à la retraite, il pourra enfin cultiver son jardin.

等他一退休，他便終於可以栽植他的花園。

2. 先前性

—Une fois qu'on a goûté ces chocolats, on ne veut plus en manger d'autres.

我們一吃巧克力，就不想再吃其他東西了。

—Envoyez la lettre, une fois qu'elle aura été signée par le directeur.

等經理一簽完名，就把這封信寄出去。

附註：
參考本章時態關係表。

■ APRÈS QUE

鄰近或久遠以前的先前性。

—Nous ferons changer la moquette après que le peintre aura posé le papier peint.

等油漆工人把壁紙貼好，我們就叫人來換地毯。

—Il a fallu tout ranger après que les derniers invités ont été partis.

當最後一批客人離開以後，就必須全部整理。

附註：參考本章時態關係表。

注意：
我們經常可以見到après que與虛擬式連用的情形。這種不正確的說法在一般用語裡越來越常見。

■ AU MOMENT OÙ

存在於一個特定準確時刻裡的同時發生性。

—Au théâtre, au moment où le rideau se lève, le silence se fait dans la salle.

在劇院裡，當幕帘掀起來的時候，場內一片安靜。

—J'ai été appelé par le directeur, juste au moment où j'allais partir.

我就在正要離開的時候，被經理叫去。

注意：
我們也可以見到jusqu'au moment où, à partir du moment où：
—Les élèves ont joué dans la cour jusqu'au moment où la cloche a sonné.
學生們在操場裡一直玩到鐘聲響起為止。

■ ＊COMME＝au moment où

只被應用於以過去式時態出現的書寫體裡。

—Comme les deux premiers coureurs atteignaient la ligne d'arrivée, l'un d'eux s'écroula sur le sol, épuisé.

當最前面的兩位賽跑選手抵達終點線時，其中的一位支持不住而倒在地上，筋疲力盡。

■ PENDANT QUE

強調時間的持續性。

—C'est une jeune fille au pair qui garde mes enfants pendant que je travaille.

當我工作的時候，是一個我提供她膳宿代替工資的女孩看顧我的孩子們的。

—Pendant que nous nous promenions dans les vieux quartiers de la ville, un orage a éclaté.

當我們在這城市裡的古老地段散步時，有一陣暴風雨來臨。

—Ce chef d'État étranger aura un entretien avec le président de la République, pendant que son épouse visitera le musée du Louvre.

當他太太參觀羅浮宮美術館時，這位外國首長將與法國總統舉行一場會談。

■ ALORS QUE, TANDIS QUE（尤其被應用於書寫體）＝pendant que

—Stéphane est arrivé alors que nous étions en train de prendre le café.

當我們正在喝咖啡的時候，Stéphane到了。

—Alors que l'avion décollait, un moteur est tombé en panne.

當飛機起飛的時候，馬達壞掉了。

—Tandis que l'orateur parlait, on entendit des protestations dans la salle.

當演講者在演說的時候，我們聽見了場內的異議聲。

▶ 附註：
Tandis que與alors que也含有對比的意思。參考第33章。

■ TANT QUE, AUSSI LONGTEMPS QUE

兩項行動持續的時間一樣長，且具有因果關係。

—Les personne âgées, tant qu'elles peuvent vivre seules, préfèrent généralement rester chez elles.

（Quand elles peuvent et parce qu'elle peuvent vivre seules）

上了年紀的人，當他們能獨居的時候，通常都比較喜歡待在家裡。

—Vous prendrez ce médicament, tant que la fièvre durera.

當高燒不退的時候，您便服這藥。

—Les manifestants ont résisté aux forces de police aussi longtemps qu'ils l'ont pu.

只要能夠支撐著，示威者便與警力對峙不下。

■ *À MESURE QUE, AU FUR ET À MESURE QUE

兩項行動共同增長。兩動詞的時態一致。

—À mesure que je fais des progrès en français, je me sens moins étrangère en France.

隨著我在法文方面的進步，我覺得在法國比較不陌生了。

—La bibliothécaire rangerait les livres au fur et à mesure qu'on les lui rendait.

隨著人們的還書多少，圖書館管理員便整理多少的書。

■ DEPUIS QUE, MAINTENANT QUE, À PRÉSENT QUE

這些連詞意指著一個持續情勢的開始時間。從屬句的動詞可以表達先前性或同時發生性。

• DEPUIS QUE

意指一個情勢的開始時間。

—Depuis qu'il y a eu de nouvelles élections, ce parti n'a plus la majorité au Parlement.

自從新的選舉產生以來，這個政黨在國會裡就不再佔有大多數的席次了。

—Ce vieillard ne se sentait plus le courage de

▶ 注意：
Tant que與aussi longtemps que 也可以被用來導入一項發生在主要分句之前的行動。在這樣的情況裡，從屬句為否定形式：
—Vous prendrez ce méicament tant que la fièvre n'aura pas baissé.

▶ 當心：
不要與表達結果的tant que混淆。參考第30章。

vivre depuis qu'il avait appris la disparition de son fils.

這個老人自從聽說他的兒子去世之後，便不想再活了。

—Depuis qu'il prend ce médicament, il se porte beaucoup mieux.

自從他服了這藥以來，他的健康就好多了。

—Ils allaient rarement au cinéma depuis qu'ils avaient la télévision.

自從他們擁有電視機以後，他們就很少去看電影了。

• MAINTENANT QUE, À PRÉSENT QUE

表達原因的觀念。

—Le médecin a dit qu'elle pouvait sortir maintenant qu'elle allait mieux.

（＝depuis que et parce qu'elle allait mieux）

醫生說過，既然她的情況好轉，她便可以出門了。

—Maintenant qu'elle a obtenu son diplôme, elle va commencer à travailler.

既然她拿到文憑了，她便要開始工作。

—À présent qu'ils ont une maison de campagne, ils y vont presque tous les week-ends.

既然他們有一幢鄉村別墅，他們幾乎每個週末都去那兒。

■ *À PEINE…QUE

1. 出現於主要分句裡的立即先前性。

—Le soir, il est à peine rentré que déjà on l'appelle au téléphone.

（＝tout de suite après qu'il est rentré, on l'appelle…）

每天傍晚，他才剛到家，便已經有人打電話找他了。

2. 幾乎是立即的同時發生性。

—Le chien entendait à peine la voix de son maître qu'il courait vers lui en aboyant joyeusement.

這狗兒才剛聽到牠主人的聲音，便高興地吠叫著朝他跑去。

▶ ＊注意：

Dès lors que：典雅用語。

—Dès lors qu'un enfant est majeur, il n'a pas besoin d'autorisation parentale pour aller à l'étranger.

（＝à partir du moment où…et puisque）

孩子一成年，就不需要經過父母的同意也能出國了。

▶ ＊注意：

1. 在典雅用語裡，出現於句首的 à peine 導致主詞被倒裝：

—Le soir, à peine est-il rentré que déjà on l'appelle au téléphone.

2. Ne…(même) pas…que / ne…pas encore…que：

— La pianiste n'avait pas encore joué la dernière note que les applaudissements éclataient.

（＝Elle avait a peine joué la dernière note que）

這位鋼琴家才剛差點兒彈完最後一個音符，掌聲便已經響起了。

■ CHAQUE FOIS QUE, TOUTES LES FOIS QUE
重複性和習慣。

—Chaque fois que Robert allait à l'étranger, il rapportait des cadeaux aux enfants.
每次Robert出國，都會給孩子們帶些禮物回來。

—Jean dîne chez moi toutes les fois qu'il vient à Lyon.
每次Jean來里昂，都到我家吃飯。

—Chaque fois qu'il avait obtenu une bonne note, ses parents lui donnaient un petit cadeau.
每次當他得到好成績的時候，他爸媽便送他一個小禮物。

時態關係表

與dès que, aussitôt que, quand, lorsque, une fois que, après que連用表達先前性。

Dès que l'enfant a terminé ses devoirs, sa mère lui permet d'aller jouer.	
（複合過去式）	（現在式）
avait terminé	permettait
（大過去式）	（半過去式）
eut terminé	permit
（前過去式）	（單純過去式）
a eu terminé	a permis
（加複合過去式）	（複合過去式）
aura terminé	permettra

＊被動語態也可以表達先前性。在這樣的情況之下，兩動詞的時態一致。

—Nous emménagerons（主動未來式）dans notre nouvel appartement aussitôt que les travaux seront achevés.（被動未來式）
當工程一完成的時候，我們就搬進我們的新公寓。

—Une fois que sa décision a été prise（被動複合過去式）, elle n'a plus voulu en parler.（主動過去式）
當她一下了決定時，她便不願再談論它。

虛擬式從屬句
Les subordonnées au subjonctif

■ AVANT QUE(NE)

—Avant que l'avion (ne) parte, j'ai eu le temps de regarder toutes les boutiques de l'aéroport.
在飛機起飛以前，我有空閒時間瀏覽機場所有商店。

—L'écureuil avait disparu dans un arbre avant que les enfants (n') aient pu le voir.
在孩子們能夠發現牠以前，松鼠在一棵樹前不見了。

■ JUSQU'À CE QUE

—Reste ici jusqu'à ce que je revienne!
待在這裡，直到我回來爲止！

—Réclamez jusqu'à ce que vous obteniez satisfaction!
要求吧！直到您（你們）滿意爲止！

■ EN ATTENDANT QUE

—Nous sommes allés boire une bière en attendant qu'il revienne.
在等他回來之前，我們去喝了杯啤酒。

—En attendant que ma voiture soit réparée, j'en ai loué une.
在等我車子修理好以前，我另外租了一輛。

■ LE TEMPS QUE

—Attends-moi le temps que j'aille acheter un paquet de cigarettes.
（＝pendant le temps nécessaire pour que j'achète…）
我去買包菸，等等我。

—L'autoroute sera interdite à la circulation le temps que le camion accidenté soit dégagé.
在出事的貨車被清理時，這條路禁止通行。

注意：
贅詞ne的應用是非強制性的→(ne)。

當心：
主要分句與由avant que, en attendant que, 或le temps que導入的從屬句不能具備相同的主詞，不然，我們便使用不定式。

■ *D'ICI (À CE) QUE

—D'ici à ce qu'on sache la vérite, il se passera beaucoup de temps.

（＝Beaucoup de temps se passera avant qu'on sache la vérité）

從現在到眞相大白以前，還要很久。

—D'ici que l'orage éclate, nous serons rentrés à la maison.

（＝Nous serons rentrés à la maison bien avant que l'orage éclate）

從現在到暴風雨降臨以前，我們將已經回到家了。

• **直陳式從屬句與虛擬式從屬句的一般注意事項**

當句子裡有兩個從屬句出現的時候，連詞不被重複，而是由que來取代它：

—Il faut se méfier du verglas quand le temps est pluvieux et que le thermomètre descend au-dessous de zéro.

當天氣多雨而溫度降到零度以下的時候，要當心薄冰。

—Restez couchée jusqu'à ce que la fièvre soit tombée et que la douleur ait disparu.

躺著休息，一直到高燒退去，而且病痛也消失的時候。

其他表達時間的方法
Autres moyens d'exprimer le temps

一、前置詞＋名詞或＋不定式

■ À＋名詞, ＊LORS DE＋名詞（尤其被應用於書寫體裡）

—Je serai là à ton retour.
（＝quand tu rentreras）
當你回來的時候，我會在這裡。

—A l'annonce de la mort du Président, les députés observèrent une minute de silence.
（＝Quand on annonça la mort du Président…）
當總統過世的消息傳來時，議員們都默哀一分鐘。

—Lors de sa parution, ce livre reçut un accueil enthousiaste.
（＝Lorsqu'il parut…）
當這本書問世的時候，很受歡迎。

■ AVANT＋名詞, AVANT DE＋不定式

—J'ai tout rangé avant mon départ.
—J'ai tout rangé avant de partir.
我在離開之前全都整理了。

■ APRÈS＋名詞, APRÈS＋不定過去式

—Elle boit une tasse de tisane après le dîner.
—Elle boit une tasse de tisane après avoir dîné.
（＝après qu'elle a dîné）
她在晚餐後喝了一杯藥茶。

■ DÈS＋名詞

—Les étudiants quittent la salle dès la fin du cours.
（＝dès que le cours est fini）
一下課，學生們便離開了教室。

—Dès mon arrivée à Nice, je vous téléphonerai.
（＝Dès que je serai arrivé à Nice…）

▶ 當心：
不定式必須與主要分句動詞的主詞相同。

我一到尼斯，便會打電話給您（你們）。

■ JUSQU'À＋名詞

—Il a vécu chez ses parents jusqu'à sa majorité.

（＝jusqu'à ce qu'il soit majeur）

他一直到成年以前都住在他爸媽的家裡。

—Jusqu'à la découverte de la pénicilline, beaucoup de maladies infectieuses étaient mortelles.

（＝Jusqu'à ce qu'on ait découvert la pénicilline…）

直到發現盤尼西林以前，許多傳染病都是致命的。

■ PENDANT＋名詞, AU COURS DE＋名詞（尤其被應用於書寫體）, DURANT＋名詞（尤其被應用於書寫體）

—Pendant mes études à Toulouse, je me suis fait beaucoup d'amis.

（＝Pendant que j'étudiais à Toulouse…）

當我在Toulouse唸書的時候，我交了許多朋友。

—Au cours de la discussion, plusieurs opinions se sont exprimées.

（＝Pendant qu'on discutait…）

在討論的時候，許多意見都被提出來。

—Durant son exil à Jersey, Victor Hugo écrivit les Châtiments.

（＝Pendant qu'il était en exil…）

當他在流亡的時候，維克多・雨果寫了《懲罰》。

■ AU MOMENT DE＋名詞, AU MOMENT DE＋不定式

—Au moment du lever du rideau, le silence se fait dans la salle.

（＝Au moment où le rideau se lève…）

當幕帘捲起來的時候，場內一片安靜。

—Juste au moment de sortir, j'ai été appelé par le directeur.

（＝Juste au moment où je sortais…）

我就在正要離開的時候，被經理叫去。

■ DEPUIS＋名詞

—Depuis mon séjour en Espagne, je m'intéresse aux corridas.

（＝Depuis que j'ai fait un séjour…）

自從我在西班牙旅居以後，我便對鬥牛發生興趣。

—Depuis la destruction du mur de Berlin, les relations Est-Ouest sont profondément modifiées.

（＝Depuis que le mur a été détruit…）

自從柏林圍牆倒塌之後，東西兩邊的關係便完全地改變了。

■ EN ATTENDANT＋名詞, EN ATTENDANT DE＋不定式

—En attendant le départ du train, nous avons pris un café.

（＝En attendant que le train parte…）

在等火車開動以前，我們喝了杯咖啡。

—Les gens bavardaient dans le hall en attendant de pouvoir entrer dans la salle de concert.

在等待能夠進入演奏廳以前，人們在大廳裡閒聊著。

■ ＊AU FUR ET À MESURE DE＋名詞

—L'ouvreuse place les spectateurs au fur et à mesure de leur arrivée.

（＝au fur et à mesure qu'ils arrivent）

隨著他們的到來，引座員使觀賞者一一入座。

■ LE TEMPS DE＋不定式

—Je suis entré dans un café le temps de me réchauffer.

（＝le temps nécessaire pour me réchauffer）

我要取暖時就去咖啡館。

■ ＊D'ICI (À)＋名詞

—D'ici la fin du mois, les travaux seront terminés.

（＝Avant que le mois soit fini…）

從現在到月底以前，工程將會結束。

二、分詞的應用

■ 副動詞

► 附註：
參考第12章關於分詞的部分。

1. 它與主要分句動詞具有相同的主詞。它表示著同時發生性。

—J'ai rencontré Marie en sortant de la poste.

（＝quand je sortais de la poste）

當我走出郵局的時候，我遇見了Marie。

—Le lion leva paresseusement la tête en entendant du bruit.

（＝quand il entendit du bruit）

當這獅子聽見聲響的時候，牠懶洋洋地抬起頭來。

2. 前接tout的副動詞強調著一段時間的觀念。

—Tout en surveillant les enfants, Isabelle feuillette une revue.

（＝Pendant qu'elle surveille…）

就在看顧孩子們的時候，Isabelle翻閱著一本雜誌。

■＊分詞

尤其被應用於書寫體。分詞詞組出現在名詞或代名詞的旁邊。

—Étant enfant, j'aimais beaucoup accompagner mon père à la chasse.

（＝Lorsque j'étais enfant…）

當我小的時候，我很喜歡跟我爸爸去打獵。

—Ayant remonté les Champs-Élysées, le cortège présidentiel s'arrêta devant l'Arc de Triomphe.

（＝Après qu'il eut remonté…）

在沿著香榭大道上路之後，總統車隊停止於凱旋門前。

—Parvenus au sommet de la montagne, ils s'assirent pour contempler le paysage.

（＝Quand ils furent parvenus…）

抵達山巔以後，他們坐下來俯瞰風景。

■＊＊＊分詞形式的從屬句

尤其被應用於書寫體。分詞具有它自己的主詞。

—Les enfants partis, la maison paraît bien calme.

（＝Depuis que les enfants sont partis…）

自從孩子們離開了以後，這屋子顯得十分寂靜。

—Aussitôt / une fois la nuit venue, les rues du village se vidaient.

▶ 注意：
為了強調先前性，我們可以使用aussitôt或une fois：
— Aussitôt / une fois parvenus au sommet, ils s'assirent pour contempler le paysage.

（＝Aussitôt / une fois que la nuit était venue…）
夜晚一來臨，村落的街道上便空無一人。

錯誤說法	正確說法
J'ai habité à Paris pour trois ans.	J'ai habité à Paris pendant trois ans. 我曾住在巴黎三年。
Il était en Italie il y avait huit jours.	Il était en Italie il y a huit jours. 八天前他人在義大利。
Dans le XXᵉ siècle.	Au XXᵉ siècle. 在二十世紀的時候。
Au même temps.	En même temps. 在同時。
Je l'ai rencontré depuis cinq ans.	Je l'ai rencontré il y a cinq ans. 我五年前遇到他的。
Ils sont partis après une demi-heure.	Ils sont partis au bout d'une demi-heure. …une demi-heure plus tard. 他們在半小時以後離開。
Chaque deux jours.	Tous les deux jours. 每兩天。
Tu liras ce livre quand tu as le temps.	Tu liras ce livre quand tu auras le temps. 等你有空的時候，你看看這本書。
Quand il avait fini son travail, il est sorti.	Quand il a eu fini son travail… 當他做完工作的時候，他便出去了。
Dès qu'il avait fait beau, nous faisions de la planche à voile.	Dès qu'il faisait beau, nous faisions de la planche à voile. 一遇到晴天，我們便進行舢舨駛帆活動。
Dès que je l'avais vu, je lui ai dit bonjour.	Dès que je l'ai vu, je lui ai dit bonjour. 我一看到他，就對他說你好。
Dès qu'il prend des cours de tennis, il a fait des progrès.	Depuis qu'il prend des cours de tennis… 自從他上了網球課以後，他便有了進步。
J'ai tout rangé avant que je parte.	J'ai tout rangé avant de partir. 我在離開之前全都整理了。
…jusqu'à je sois majeur.	…jusqu'à ce que je sois majeur. ……直到我成年為止。
Quand j'ai le temps et j'ai de l'argent…	Quand j'ai le temps et que j'ai de l'argent… 當我有閒有錢的時候……
Le voleur a pris les bijoux, cependant tout le monde dormait.	…pendant que tout le monde dormait. 當大家都在睡覺的時候，小偷偷走了這些珠寶。

表達時間的習語

連詞	前置詞		其他方法
＋直陳式	＋名詞	＋不定式	分詞的應用
Quand	A		副動詞
Lorsque	Lors de		＊分詞
			＊分詞形式的從屬句
Dès que	Dès		
Aussitôt que			
Une fois que			
Après que	Après	Après（＋不定過去式）	
Au moment où	Au moment de	Au moment de	
＊Comme			
Pendant que	Pendant		
	Durant		
	Au cours de		
Alors que			
Tandis que			
Tant que			
Aussi longtemps que			
＊À mesure que			
Au fur et à mesure que	Au fur et à mesure de		
Depuis que	Depuis		
Maintenant que			
À présent que			
Chaque fois que			
Toutes les fois que			
＊À peine…que			
＋虛擬式			
Avant que (ne)	Avant	Avant de	
Jusqu'à ce que	Jusqu'à		
En attendant que	En attendant	En attendant de	
Le temps que		Le temps de	
＊D'ici (à ce) que	D'ici (à)		

Il faut du courage pour se lever à 5 heures tous les matins!

33

表達對比的習語
L'expression de l'opposition

1. Bien qu'elle ait quelques ennuis de santé, cette vieille dame mène encore une vie très active.
即使她有一些健康上的毛病，這位老太太仍然過著十分活躍的生活。
2. Cette vieille dame mène encore une vie très active, alors que son mari ne sort presque plus.
這位老太太仍然過著十分活躍的生活，至於她的先生則幾乎不再出門了。
3. Malgré ses ennuis de santé, cette vieille dame mène encore une vie très active.
雖然她有一些健康上的毛病，這位老太太仍然過著十分活躍的生活。
4. Cette vieille dame mène une vie très active, encore qu'elle ait quelques ennuis de santé.
這位老太太過著十分活躍的生活，儘管她有一些健康上的毛病。

▶ 從屬句【1, 2, 4】與前置詞＋名詞詞組【3】都是一些表達對比的方法。
● ＊一般注意事項
區分讓步（concession），對比（opposition），與限制（restriction）。
在句子1與3裡，一個原因本應導致某個結果，但是此預期中的結果卻
● 沒有出現：這是一種讓步。
在句子2裡，我們只看到了一項不同處：這是一種對比。
● 在句子4裡，被表達的是一種部分的對比：這是一種限制。
● 這三種意義通常很難區分清楚；所以表達它們的方法便在這兒被歸於同一章。

虛擬式從屬句
Les propositions subordonnées au subjonctif

一、由連詞導引的從屬句

■ BIEN QUE, QUOIQUE

—Bien que Christine et Isabelle soient jumelles, elles ne se ressemblent pas.

（＝Christine et Isabelle sont jumelles, mais elles ne se ressemblent pas）

雖然Christine與Isabelle是雙胞胎，她們長得卻不像。

—Quoique ce film ait reçu de mauvaises critiques, il connaît un grand succès.

（＝Ce film a été très critiqué mais il connaît un grand succès）

儘管這部電影備受抨擊，它卻很賣座。

■ SANS QUE

導入一件負面的事情。

—Je t'ai croisé en voiture sans que tu me voies.

（＝…mais tu ne m'as pas vu）

我坐在車裡與你交錯而過，你沒看到我。

—Elle a fait le travail sans qu'on le lui ait demandé.

沒人要求她，她便做了這工作。

■ À MOINS QUE (NE)

限制與假設。

—Le débat est terminé, à moins que quelqu'un (ne) veuille intervenir.

辯論結束了，除非有人要介入發言。

■ * ENCORE QUE

出現於一肯定句之後的限制。從屬句跟在主要分句的後面。

＊當主要分句與從屬句具有相同的主詞時，bien que與quoique可後接：

1. 形容詞：

—Bien que très jeune, Marie joue remarquablement du piano.

（＝Bien qu'elle soit très jeune…）

儘管年輕，Marie的鋼琴卻彈得非常好。

2. 現在分詞：

—Bien que connaissant les dangers de la montagne en hiver, ils ont décidé de faire cette ascension.

（＝Bien qu'ils connaissent les dangers…）

雖然他們曉得冬天裡攀登這座山很危險，他們仍然決定攀登。

Sans que具有否定涵意，所以：

1. 就如同出現在否定式之後一般，部分冠詞或不定冠詞必須被修改：

—Le coupable a été identifié sans qu'il y ait d'erreur possible.

罪犯在沒有可能發生差錯的情況之下被辨識出來了。

2. ne最好不要與否定形式的泛指詞personne, rien, aucun,等連用。

—Il parle sans que personne ose l'interrompre.

他在沒有人敢插嘴的情況下說話。

—La météo prévoit un très beau week-end,
　　　　　　　（肯定）

　encore qu'on puisse craindre quelques pluies
　　　　　　　（限制）

　dimanche en fin de journée.

　氣象預報週末天氣晴朗，儘管星期天黃昏的時候可能
　會下一點兒雨。

—Votre devoir est excellent, encore que
　　　（肯定）　　　　　　　　　　（限制）

　l'introduction soit un peu longue.

　您的作業寫得很好，儘管導論長了些。

二、＊與形容詞連用的結構

■ SI＋形容詞＋que

表達強烈程度與評價的觀念。

—Le soleil, si agréable qu'il soit, peut aussi être
　dangereux.

　（＝Bien que le soleil soit très agréable, il peut…）

　就算陽光再舒服，也可能具有危險。

—Si curieux que cela paraisse pour un vieux
　Parisien comme moi, je ne suis jamais monté en
　haut de la tour Eiffel.

　（＝Bien que cela paraisse curieux, je…）

　我從沒登上過艾菲爾鐵塔，對一個像我這樣的老巴黎
　人來說是如此的稀奇。

■ QUELQUE＋形容詞＋que, POUR＋形容詞＋que

典雅用語

—Cet enfant a une excellent mémoire; il se
　rappelle tous les mots qu'il entend, quelque
　compliqués qu'ils soient.

　（＝…même s'ils sont compliqués）

　這個孩子有著絕佳的記憶力；他記得所有他聽到的
　字，不管它們多複雜。

—Cette décision, pour raisonnable qu'elle soit, a
　été vivement critiquée par les partis
　d'opposition.

　（＝Bien qu'elle soit très raisonnable, cette

注意：
在一般用語裡，encore que經常後接條件式：
—Elle a voulu faire ses études à Paris, encore qu'elle aurait pu les faire en province en restant chez ses parents.
儘管她可以待在外省唸書，並住在她爸媽的家裡，她卻想要在巴黎求學。

注意：
1.我們也可以說：
—Si agréable que soit le soleil, il peut…
—Si agréable soit-il, le soleil peut…
2.我們也能見到以aussi取代si的情形：
—Aussi brutal qu'ait été le choc, aucun passager n'a été blessé.
雖然這撞擊十分猛烈，卻沒有任何一個乘客受傷。

當心：
在這結構裡，quelque為副詞。因此它是固定不變的。

décision a été）

這個決定，不管多合理，還是被反對黨猛烈地批評
著。

三、＊與名詞連用的結構

■ QUEL(LE)S＋que＋être＋主詞

是常見的結構。

Quel是一個與動詞être之
主詞的人稱、性、數配
合的形容詞。

—S.O.S.Dépannage! Quelle que soit l'heure,
quelqu'un répondra à votre appel.
（＝À n'importe quelle heure, quelqu'un
r'epondra à votre appel）
S.O.S.緊急救援！不管是幾點鐘，都有人會回應您的
要求。

—Votre cadeau, quel qu'il soit, sera très apprécié.
（＝N'importe quel cadeau sera apprécié）
不管您的禮物是什麼，都會非常受到重視。

—Quels qu'aient été leurs problèmes, ils n'ont
jamais désespéré.
不管他們的問題是什麼，他們都未曾絕望。

■ QUELQUE(S)＋名詞＋que

典雅用語。

當心：
在這結構裡，quelques
是形容詞：它與出現在
它之前的名詞作人稱、
性、數上的配合。

—Quelques efforts qu'il fasse, il n'arrive pas à
prononcer correctement ce mot.
（＝Bien qu'il fasse des efforts…）
不管他如何努力，他都沒法兒正確地唸出這個字。

—Cette opération est délicate; quelques précautions que l'on prenne, elle ne réussit pas toujours.
（＝Même si on prend des précautions…）
這手術相當棘手；不管如何謹慎，都沒辦法每次成
功。

四、＊不定關係詞

■ QUI QUE

少見。Qui指涉一個人。

—Qui que vous soyez, vous devez respecter la loi.
（＝Peu importe qui vous êtes…）
不管您是誰，都必須遵守法令。

■ QUOI QUE

Quoi指涉一件事物。

—Quoi que je dise, quoi que je fasse, tu me critiques!

（＝Peu importe ce que je dis, ce que je fais…）

不管我說什麼、做什麼，你都要批評！

—Quoi qu'il arrive, elle garde son sang-froid.

（＝Peu importe ce qu'il arrive, elle garde…）

不管遇到什麼情況發生，她都保持著冷靜。

■ OÙ QUE

—Jérôme est très sympathique; où qu'il aille, il se fait tout de suite des amis.

（＝Peu importe l'endroit où il va, Jérôme se fait…）

Jérôme很討人喜歡；不管他到哪裡，都馬上交到一些朋友。

—Dans ce théâtre, où que l'on soit placé, on voit très bien.

（＝Peu importe l'endroit où l'on est placé…）

在這家劇院裡，不管坐在哪裡，都看得很清楚。

不要混淆quoi que與quoique。

—J'ai raison, quoi que vous en pensiez.

（＝peu importe ce que vous en pensez）

不論您（你們）怎麼想，我是有理的。

—J'ai raison, quoique cela puisse sembler surprenant.

（＝…bien que cela puisse sembler surprenant）

儘管這看起來令人覺得訝異，我還是有理的。

直陳式與條件式從屬句
Les propositions subordonnées à l'indicatif et au conditionnel

■ ALORS QUE
對比。

—Antoine est arrivé dimanche à la maison, alors qu'il devait rentrer lundi de Madrid.
　（＝mais il devait rentrer lundi de Madrid.）
　Antoine星期天到家，但他應該是星期一從馬德里回來的。

—Elle n'est pas venue alors qu'elle avait promis de venir.
　她沒來，但是她答應過要來的。

■ TANDIS QUE
不同處的證明。

—Ma fille aînée est très sportive tandis que l'autre est toujours plongée dans ses livres.
　我的長女很愛運動，而另一個女兒則總是沈浸在她的書裡。

—Ces tulipes fleurissent dès le mois de mars tandis que celles-là fleurissent plutôt en fin de saison.
　這些鬱金香在三月份開花，而那些則多在季末綻放。

■ MÊME SI
對比與假設。

—Même si vous êtes en retard, n'hésitez pas à entrer.
　（假設：vous serez peut-être en retard;對比：entrez quand même）
　即使您（你們）遲到，不要猶豫就進來吧！

—Cette maison ne nous plaisait pas vraiment; nous ne l'aurions pas achetée même si elle avait été moins chère.

附註：
Alors que與tandis que也可以導入一個具有時間意義的從屬句。參考第32章關於表達時間的習語部分。

注意：
時態的應用與被si導入的從屬句相同。參考第34章關於表達條件的習語部分。

這棟房子並不眞的討我們喜歡；就算它再便宜些，我們也不會買。

■ SAUF QUE, ＊SI CE N'EST QUE限制。

—Mes vacances se sont bien passées, sauf qu'il a plu du permier au dernier jour.

除了從第一天到最後一天都在下雨以外，我的假期過得很好。

—On ne sait rien de la vie privée de cette actrice, si ce n'est qu'elle a deux enfants.

（＝On sait seulement qu'elle a deux enfants）

除了知道她有兩個小孩以外，人們一點兒也不清楚這位女演員私生活的情形。

■ ＊SI

讓步。典雅用語。從屬句出現在主要分句之前。

—Si Julia s'exprime très bien à l'oral, elle fait encore beaucoup de fautes à l'écrit.

（＝Bien que Julia s'exprime très bien…）

儘管Julia口頭表達十分流暢，在書寫上，她仍然犯了許多錯誤。

—Si certaines prises de position du Premier ministre sont critiquées, l'ensemble de sa politique est bien accueilli par tous les partis.

（＝Bien que certaines prises de position du Premier ministre soient critiquées…）

儘管行政院長所採取的一些觀點受到批評，他的整體政策卻受到所有政黨的歡迎。

■ ＊TOUT＋名詞／形容詞＋que

—Toute jeune qu'elle est, Marie a beaucoup d'autorité sur les enfants.

（＝Bien qu'elle soit très jeune…）

儘管她如此年輕，對於孩子們來說，Marie卻擁有很大的權威。

—Tout musicien qu'il est, il a confondu Mozart et Haydn.

（＝Bien qu'il soit musicien…）

儘管他身爲音樂家，他卻混淆了莫札特與海頓。

▶ 我們也可以使用虛擬式：
—Toute jeune qu'elle soit…
—Tout musicien qu'il soit…

▶ 附註：
Tout是一個形式不固定的副詞。參考第18章關於泛指詞的部分。

■ *QUAND BIEN MÊME＋條件式

對比與假設。典雅用語。

—Quand bien même cette entreprise recevrait une aide de l'État, elle serait dans l'obligation de licencier une partie de son personnel.

（＝Même si cette entreprise recevait une aide, elle serait…）

就算這企業得到政府的幫助，它仍然被迫裁減部分員工。

—Quand bien même on le repeindrait, cet appartement resterait triste.

（＝Même si on le repeignait, cet appartement…）

就算重新油漆，這間公寓依舊顯得陰沈憂鬱。

• 虛擬式從屬句、直陳式從屬句，與條件式從屬句的一般注意事項

當句子裡有兩個從屬句出現的時候，連詞不被重複，而是由que來取代它：

—Bien qu'il soit tard et que je prenne l'avion demain à 7 heures, je vous accompagnerai au restaurant.

儘管時間晚了，而且我明天坐7點鐘的飛機，我還是陪您（你們）到餐廳去。

▶ 注意：
條件式經常出現在主要分句裡。

其 他 表 達 對 比 的 方 法
Autres moyens d'exprimer l'opposition

一、前置詞＋名詞
■ MALGRÉ, EN DÉPIT DE（較少見）
—L'avion a pu atterrir à Roissy malgré le brouillard.
　（＝Bien qu'il y ait du brouillard…）
　儘管起霧，飛機依舊能降落在Roissy機場。
—J'ai poussé un cri malgré moi.
　我不由自主地大叫。
—En dépit des difficultés qu'elle a rencontrées,
　cette jeune femme a réussi à créer une
　entreprise très prospère.
　（＝Bien qu'elle ait rencontré des difficultés…）
　儘管遭遇困難，這個年輕女人仍然成功地開創了一個
繁榮的企業。

■ CONTRAIREMENT À
—Contrairement à vous, je n'ai pas apprécié ce
　concert.
　與您（你們）相反的是，我並不喜歡這場音樂會。
—Contrairement aux prévisions, le cyclone n'a
　pas touché les côtes de la Floride.
　與預期相反的是，颶風並未侵襲佛羅里達州沿岸。

二、前置詞＋不定式
不定式具有與主要分句動詞相同的主詞。

■ SANS
—Il a pris cette décision sans me demander conseil.
　（＝mais il ne m'a pas demandé conseil）
　他沒問我的意見便下了這決定。
—J'ai relu trois fois le texte sans y trouver la
　moindre faute.
　（＝mais je n'y ai pas trouvé la moindre faute）
　我讀了三次這篇文章，一點兒錯誤也沒發現。

■ AU LIEU DE

由一件事物取代另一件事物。

—Tu ferais mieux de lire au lieu de passer l'après-midi devant la télévision.

如果你以閱讀代替在電視機前打發下午時間將會比較好。

—Nous irons en vacances dans le Midi au lieu d'aller en Bretagne comme prévu.

我們將以去（法國）中部度假來取代原先預期的不列塔尼之行。

■ ＊LOIN DE

書寫用語。

—Quand je lui ai dit la vérité, loin de se fâcher, il a ri.

（＝…il ne s'est pas fâché, au contraire, il a ril）

當我告訴他真相的時候，他不但沒生氣，反而笑了。

—La situation économique dans cette région, loin de s'améliorer, s'est plutôt aggravée.

（＝Elle ne s'est pas améliorée, au contraire, elle s'est aggravée）

這地區的經濟情況不但沒好轉，反而每下愈況。

■ ＊QUITTE À

—Quitte à se faire critiquer, il ne changera pas d'avis.

（＝…même s'il risque de se faire critiquer）

哪怕遭受抨擊，他依舊不改變主意。

—Je dis toujours ce que je pense, quitte à choquer les gens.

（＝…même si je risque de choquer les gens）

我總是說出我所想的話，哪怕震驚人們。

三、Avoir beau＋不定式

固定出現於句首。

—Elle a beau suivre un régime, elle n'arrive pas à maigrir.

（＝Bien qu'elle suive un régime, elle ne maigrit pas）

她雖然節食，卻沒瘦下來。

—Il a beau y avoir beaucoup de soleil, la mer reste froide.

（＝Bien qu'il y ait du soleil, la mer reste froide）
雖然太陽很大，海水依舊很冷。

—L'enfant a eu beau protester, il a été obligé d'obéir.

（＝Bien que l'enfant ait protesté…）
雖然這孩子抗議著，他仍然被迫服從。

四、關聯詞

■ MAIS

— 《Traditionnel》 s'écrit avec deux 《n》, mais 《traditionaliste》 n'en a qu'un!
traditionnel被寫時有兩個n，不過traditionaliste卻只有一個！

■ QUAND MÊME, TOUT DE MÊME
通常前接mais。固定出現在動詞之後。

— 《Je n'ai pas très faim. —Prends quand même un peu de gâteau, il est délicieux.》
我不很餓。—還是吃點兒蛋糕吧，它很好吃。

—J'ai beaucoup de travail mais j'irai aux sports d'hiver tout de même.
我有許多工作，不過我還是會從事冬季運動。

■ POURTANT, CEPENDANT（被應用於書寫體）

—Mon magnétoscope est de nouveau en panne, pourtant je viens de le faire réparer.

（＝…alors que je viens de le faire réparer）
我的錄影機又壞了，可是我才剛叫人修理過。

—La médecine a fait beaucoup de progrès, il y a cependant des maladies qu'on ne peut pas guérir.

（＝Bien que la médecine ait fait beaucoup de progrès…）
醫藥進步了許多，然而有些疾病卻沒辦法治癒。

■ *NÉANMOINES, *TOUTEFOIS
限制。

—La situation économique de ce pays reste diffi-

> 注意：
> Quand même與tout de même也具有強調的意思：
> —Tu ne veux jamais m'aider! Tu exagères quand même!
> 　你從不願意幫助我！你也太誇張了！

cile, néammoins les experts prévoient une reprise de la croissance dans les mois à venir.

（＝…encore que les experts prévoient…）

這個國家的經濟情形依舊拮据，不過專家們卻預期著在未來幾個月會成長復甦。

—Les sismographes enregistrent de légères secousses dans cette région; toutefois, d'après les spécialistes, il n'y aurait aucun risque de tremblement de terre important.

（＝…encore que d'après les spécialistes il n'y ait aucun risque…）

測震術記錄了這地區的輕微震動；不過，根據專家們的看法，將不會受到嚴重地震的威脅。

■ EN REVANCHE, PAR CONTRE

強調對比。

—Cette banque est fermée le lundi, en revanche elle est ouverte le samedi.

（＝…alors qu'elle est ouverte le samedi）

這家銀行星期一關門，相反地，它星期六開門。

—Je n'aime pas le lait, par contre j'aime beaucoup les yaourts.

我不喜歡牛奶，相反地，我很喜歡優格。

■ SEULEMENT（被應用於口頭會話上）

—Vous pouvez entrer dans la chambre de la malade, seulement ne restez pas trop longtemps.

（＝…mais ne restez pas trop longtemps）

只要不是待太久，您（你們）可以進入病房裡。

■ AU CONTRAIRE

—《Ça ne vous dérange pas que j'ouvre la fenêtre? —Au contraire, j'allais vous le proposer.》

我打開窗子會不會妨礙到您？—相反地，我正要向您這麼建議。

■ ＊POUR AUTANT

—Il a beaucoup d'argent, il n'en est pas plus heureux pour autant.

（＝…mais ce n'est pas pour cela qu'il est plus heureux）

他有許多錢，但他並不因此而更快樂。

—Il n'y a plus de manifestations; pour autant, les problèmes ne sont pas résolus.

（＝mais ce n'est pas pour cela que les problèmes sont résolus）

即使不再有示威遊行了，問題卻並不因此而得到解決。

■ ＊OR

導入一件改變了原先預期結果的新事件。

—Ils voulaient sortir; or il s'est mis à pleuvoir, donc ils ont renoncé à leur promenade.

他們打算出門；然而卻開始下雨了，所以他們便放棄了散步。

—Le roi Louis XIII mourut en 1643; or Louis XIV n'avait que cinq ans, ce fut donc la reine Anne d'Autriche qui exerça la régence.

路易八世國王在1643年去世；然而路易十四卻只有五歲，所以攝政的便是Anne d'Autriche皇后。

五、副動詞

前面必須接tout。

—Tout en comprenant les raisons de ton choix, je ne l'approuve pas totalement.

（＝Bien que je comprenne les raisons…）

儘管我了解你選擇的原因，我卻不完全贊同。

—Elle a décidé de préparer un doctorat tout en sachant que ce serait long et difficile.

雖然她曉得這將是漫長而困難的，她仍然決定修習博士學位。

六、＊以條件式形式出現的並列分句

—Il ne gagnerait pas ce match, il resterait un grand joueur.

（＝Même s'il ne gagnait pas ce match, il resterait…）

就算沒贏得這場球賽，他仍是一位偉大的球員。

—Je lui aurais donné la preuve de son erreur, il ne

注意：

我們也可以說：

—Il ne gagnerait pas ce match qu'il resterait un grand joueur.

—Je lui aurais donné la preuve de son erreur qu'il ne m'aurait pas cru.

m'aurait pas cru.

（＝Même si je lui avais donné la preuve…）
就算我向他提出他所犯錯誤的證明，他也不會相信
我。

錯誤說法	正確說法
Christine est blonde pendant que sa soeur est brune.	Christine est blonde alors que (tandis que) sa soeur est brune. Christine是金髮，至於她的姊姊（妹妹）則是棕髮。
Le voleur a pris les bijoux, cependant tout le monde dormait.	…pendant que tout le monde dormait. 小偷於大家都在睡覺的時候偷走了珠寶。
Comme même.	Quand même. 儘管如此。
Il pleut, quand même j'ai envie de me promener.	Il pleut, mais j'ai envie de me promener quand même. 下雨了，但是我仍然想去散步。
Quand même le brouillard est épais, il rentrera en voiture.	Le brouillard est épais, il rentrera quand même en voiture. 霧很濃，但他仍然坐車回家。
Il y a beau y avoir une longue file d'attente, personne ne s'énerve.	Il a beau y avoir une longue file… 儘管等候的隊伍很長，卻沒人感到惱火。
J'ai beau faire des efforts mais je ne comprends pas.	J'ai beau faire des efforts, je ne comprends pas. 儘管我盡了一些努力，我還是不懂。

表達對比的習語

連詞與多種結構	前置詞		其他結構
＋虛擬式	＋名詞	＋不定式	Avoir beau＋不定式
Bien que Quoique	Malgré En dépit de		關聯詞
Sans que	Contrairement à	Sans	Mais
＊Encore que		Au lieu de ＊Loin de	Quand même Tout de même
Si		＊Quitte à	Pourtant
Quelque ┐形容詞			Cependant
Pour ┘＋que			
＊Quel(s)＋que＋ être＋名詞			＊Néanmoins
＊Quelque(s)＋名 詞＋que			＊Toutefois
＊Qui que			En revanche
＊Quoi que			Par contre
＊Où que			Seulement
＋直陳式			Au contraire
Alors que Tandis que			＊Pour autant
Même si ＊Si ce n'est que			＊Or
Sauf que ＊Si			副動詞（前接tout）
＊Tout＋形容詞＋ que＋條件式			＊並列語法
＊Quand bien même			

表達條件與假設的習語
L'expression de la condition et de l'hypothèse

1. Je serais allé en Sicile à Pâques si j'avais eu moins de travail.
   假如我的工作少一點兒的話，我在復活節就會去Sicile。
2. Cet été j'irai en Sicile avec Martin, à condition qu'il puisse pren-dre ses vacances en même temps que moi.
   今年夏天我將和Martin去Sicile，要是他能度假的時間和我一樣的話。
3. En cas de danger, tirez la sonnette d'alarme.
   萬一有緊急情況發生，便拉警鈴。

▶ 連詞從屬句【1, 2】，前置詞＋名詞詞組【3】，都是一些用來表達條件與假設的方法。

由si導入的從屬句
Les subordonnées introduites par 《si》

一、最常見的時態組合

■ SI＋現在式／主要分句為未來式

所假設的是一件未來的事情，條件可能被實現。

—Si vous êtes à Paris en octobre prochain, vous
　　（條件）
pourrez assister au Festival d'automne.
（假設）
　如果明年十月您（你們）在巴黎的話，您（你們）將
　可以參加秋季慶典。

—Si tu ne te dépêches pas, tu vas être en retard.
　要是你不趕快的話，你將會遲到。

—Nous irons nous promener en forêt s'il y a du
　soleil demain.
　假如明天出太陽的話，我們就去森林裡散步。

■ SI＋半過去式／主要分句為條件現在式

• 所假設的是未來的事情，條件被實現的可能不大

—S'il y avait du soleil demain, nous irions nous
　　（條件）　　　　　　　　　　　　（假設）
promener en forêt.
　假如明天出太陽的話，我們就去森林裡散步。

• 所假設的是一件現在的事情，條件不可能被實現

—Si nous avions un chalet à la montagne, nous
　ferions du ski plus souvent.
　（mais nous n'avons pas de chalet）
　要是我們在山上有別墅的話，我們就會更常去滑雪。

—Je ferais du sport si je n'avais pas mal au dos.
　假如我背不痛的話，我就會做運動。

■ SI＋大過去式／主要分句為條件過去式

所假設的是一件過去的事情，條件不可能被實現

—Samedi dernier, s'il y avait eu moins de monde,
　nous serions allés visiter cette exposition.
　（…mais il y avait beaucoup de monde）

當心：
—Si＋il(s)→s'il(s)
—Si on→si l'on在典雅用
語裡（諧音）。

注意：
1.Si tu as le temps
demain, viens me voir.
　要是你明天有空的
話，來看看我吧。
2.S'ils sont fatiqués,
qu'ils aillent se coucher.
　要是他們累了，就會
去睡覺。
命令式(1)與虛擬式(2)具
有未來式的涵意。

＊注意：
Si＋半過去式／條件過去式
— Si je parlais anglais,
dimanche dernier j'aurais
pu renseigner ce touriste.
　（…mais je ne parle pas
anglais）
　若我會說英文的話，上星
期我就可以提供消息給這個
觀光客了。
— Si Nathalie aimait la
musique, nous l'aurions
emmenée au concert hier
soir.
　要是Nathalie喜歡音樂的
話，昨晚我們就會帶她去聽
音樂會了。
　（半過去式暗示著一個相
對於過去行動而言的假設條
件情況。）

上星期六，要是人少的話，我們就會去參觀這項展覽。

—Je vous aurais prêté ma caméra si vous me l'aviez demandée.

（⋯mais vous ne me l'avez pas demandée）

若您（你們）問我的話，我就會把攝影機借給您（你們）。

二、＊當從屬句表達先前性時的時態組合

■ SI＋複合過去式／主要分句為現在式

—Si vous avez déjà eu cette maladie, vous êtes maintenant immunisé.

要是您已經得過這種病的話，您現在就免疫了。

—Si tu as fini tes devoirs, tu peux regarder la télévision.　要是你寫完作業的話，你就可以看電視。

■ SI＋複合過去式／主要分句為未來式

—S'il a obtenu son visa avant le 15 juin, il pourra partir pour les États-Unis le 1ᵉʳ juillet.

如果他在6月15日以前領到簽證的話，他就可以在7月1日出發前往美國。

—Si la fièvre n'a pas baissé demain, je rappellerai le médecin.　要是明天燒沒退，我會再叫醫生。

■ SI＋大過去式／主要分句為條件現在式

—Ta plaisanterie m'amuserait si je ne l'avais pas entendue vingt fois!

若我沒聽過二十次的話，你的玩笑將讓我覺得很有趣！

—Si je n'avais pas acheté cette veste en solde, le magasin accepterait de l'échanger.

假如我不是在打折期間買了這件上衣的話，這家商店就會讓我換另一件了。

三、SI＝quand, chaque fois que

■ SI＋現在式／主要分句為現在式

—En vacances, s'il pleut, nous jouons aux cartes.

（habitude dans le présent）

在假期裡，要是下雨的話，我們就玩牌。

■ SI＋半過去式／主要分句為半過去式

—En vacances, s'il pleuvait, nous jouions aux

cartes.（habitude dans le passé）

在假期裡，要是下雨的話，我們就玩牌。

四、Si⋯et si, ＊Si⋯et que（典雅用語）

當句子裡有兩個從屬句出現的時候，我們可以重複si，或使用que＋虛擬式的結構：

—Si vous annulez un voyage au dernier moment, et si vous ne présentez pas de justificatif, l'agence ne vous rembourse pas.

要是您（你們）在最後關頭取消行程，而且未提出證明文件的話，代辦處將不退款給您（你們）。

—Si le brouillard persistait et que l'avion ne puisse pas décoller, les passagers devraient passer la nuit à l'hôtel.

如果這霧持續不散，而飛機又不能起飛的話，乘客們將必須待在旅館裡過夜。

五、與si並用而構成的連詞

■ MÊME SI

表達對比與假設：

—Il refuserait ta proposition même si tu insistais.

就算你堅持，他還是會拒絕你的提議。

■ SAUF SI, EXCEPTÉ SI

表達限制與假設：

—Il reprendrait son travail demain, sauf s'il avait encore de la fièvre.

除非他還發著高燒，不然他明天就會重新開始工作。

—Je rentrerai vers 7 heures, excepté si la réunion se prolonge.

除非會議延長，不然我7點鐘左右就會回來。

■ COMME SI

表達比較與假設：

—C'est un égoïste; il agit toujours comme s'il était seul au monde.

這個自私的人；總當他是世界上唯一的人那樣地處事。

•由si導入之從屬句的一般注意事項

在連詞si之後，我們從不使用未來式或條件式。

＊注意：
—Si elle avait fini son travail à 5 heures, elle prenait un thé à la Coupole.

假如她在5點鐘完成工作的話，她就會在法蘭西學院喝杯茶。（大過去式表達著先前性。）

附註：
參考第33章關於表達對比的習語部分。

附註：
參考第35章關於表達比較的習語部分。

由其他連詞導入的從屬句
Les subordonnées introduites par
d'autres conjonctions

■ *DANS LA MESURE OÙ

表示限制：

—Nous achèterons ce tableau dans la mesure où son prix ne dépassera pas 20000 francs.

（＝à condition que son prix ne dépasse pas 20000 francs）

要是它的價格不超過兩萬法郎的話，我們就會買這幅畫。

—Dans la mesure où on en boit peu, l'alcool n'est pas dangereux.

要是我們只喝一點兒的話，酒並不危險。

■ *SELON QUE…OU（QUE），
  *SUIVANT QUE…OU（QUE）

表示雙重假設：

—Selon qu'il y aura du soleil ou qu'il pleuvra, nous prendrons le café dans le jardin ou dans le salon.

看天氣是出太陽或者是下雨，我們便在花園或客廳裡喝咖啡。

—Suivant que vous regardez ce tableau de face ou de côté, vous ne voyez pas la même chose.

看您（你們）是從正面或者是從側面來觀賞這幅畫，您（你們）便不會看到一樣的東西。

虛擬式從屬句與條件式從屬句

Les propositions subordonnées au subjonctif et au conditionnel

■ À CONDITION QUE
不可或缺的條件。

—On vous acceptera dans cette école à condition que vous ayez le baccalauréat.

（＝le baccalauréat est indispensable）

只要您（你們）有中學學士學位，便可以獲准進入這所學校。

—J'achèterai des huîtres à condition qu'elles viennent du bassin d'Arcachon.

只要生蠔是Arcachon池來的，我就會買下。

■ POURVU QUE（較少見）
只要一個條件就夠了。

—Pourvu qu'il ait son ours en peluche, mon fils s'endort facilement.

（＝son ours est la seul chose qu'il demande）

只要我兒子有絨毛狗熊娃娃，就很容易入睡了。

—Il comprenait facilement pourvu qu'on lui parle lentement.

只要對他慢慢地說，他就很容易聽懂。

▶ 附註：
— Pourvu qu'il fasse beau dimanche!（表達希望的習語）

但願星期天是好天氣！參考第24章關於感嘆句的部分。

■ À MOINS QUE(ne)
限制＋假設。

—Le malade sortira de l'hôpital dans huit jours à moins qu'il (n')y ait des complications.

（＝sauf qu'il y a des complications）

除非有併發症出現，不然這病人在八天後出院。

—Je vous retrouverai au restaurant à moins que je ne puisse pas quitter mon bureau assez tôt.

（＝…souf si je ne peux pas quitter…）

除非我不能早點兒離開辦公室，不然我就到餐廳去找您（你們）。

▶ 注意：
贅詞ne的應用是非強制性的→(ne)。

■ ＊ POUR PEU QUE
只要最起碼的條件就夠了。

—Pour peu que j'aie cinq minutes de retard, ma mère s'inquiète.

（＝cinq minutes de retard suffisent pour que ma mère s'inquiète）
只要我稍微晚到五分鐘，我媽媽就會擔心。

—Pour peu que la nuit soit claire, on peut voir la Grand Ourse.

（＝Il suffit que la nuit soit claire pour que…）
只要夜空稍微明亮一點兒，就可以瞧見大熊星座。

■ ＊ SOIT QUE…SOIT QUE, ＊ QUE…OU QUE
預設著兩個假設。

—Soit qu'il vienne en voiture, soit qu'il prenne le métro, il est toujours en retard.
或是坐車，或是乘地下鐵，他總是遲到。

—Qu'il pleuve ou qu'il fasse beau, Jean fait deux heures de marche le dimanche.
或是下雨，或是晴天，Jean每星期天都步行兩小時。

■ ＊ EN ADMETTANT QUE, ＊ EN SUPPOSANT QUE
暫定但不太可能的假設。

—En admettant que j'obtienne un prêt bancaire, j'achèterai cette maison.
假定我取得銀行貸款，我就會買下這棟房屋。

—En supposant que tous nos invités viennent, nous serons vingt-cinq à table.
假定我們所有的客人都來，我們就會有二十五個人一起用餐。

■ ＊ SI TANT EST QUE
限制與懷疑。

—Le garagiste réparera ma vieille voiture, si tant est qu'il puisse trouver une pièce de rechange.
（…mais je doute qu'il en trouve une）
如果他真找得到備用零件的話，這汽車修理場工人就會修理我的老爺車。

＊注意：
出現在句首的que可能具有si的涵意：
—Qu'il y ait la moindre difficulté, il ne sait plus quoi faire.
（＝S'il y a la moindre difficulté, il ne sqit…）
一旦有最微不足道的問題出現，他就不再知道該怎麼辦了。

—Cet acteur va se marier pour la sixième fois, si tant est qu'on puisse croire tout ce que disent les journaux.

（…mais je doute que ce soit vrai）

這演員就要結第六次婚了，眞不知能不能相信報上所說的。

■ AU CAS OÙ＋條件式

表達可能性。

—Au cas où il pleuvait, le match n´aurait pas lieu.

（＝Si par hasard il pleuvait…）

萬一下雨的話，比賽便不舉行。

—Au cas où il aurait plu, le match n'aurait pas eu lieu.

（＝Si par hasard il avait plu…）

萬一下雨的話，比賽便不舉行。

—Au cas où il y aurait un incendie, fermez toutes les ouvertures et appelez les pompiers.

萬一發生火災的話，便關閉所有的門窗，並且打電話給消防隊。

• 虛擬式從屬句的一般注意事項

當句子裡有兩個從屬句出現的時候，連詞不被重複，而是由que來取代它：

—L'éditeur acceptera mon roman à condition que je fasse quelques coupures et que je change le titre.

要是我做一些刪改並換個書名的話，出版社便會接受我的小說。

▶ 注意：

1.條件式經常出現在主要分句裡。

2.Si jamais＝au cas où：

—Si jamais vous passez par Lyon, venez nous voir!

如果您（你們）經過里昂的話，就來看看我們！

—Si jamais je ne pouvais pas venir à la réunion, M.X…me remplacerait.

萬一我不能來開會的話，X先生會代替我出席。

其他表達條件與假設的方法
Autres moyens d'exprimer la condition et l'hypothèse

一、前置詞＋不定式
不定式具有與主要分句動詞相同的主詞。

■ À CONDITION DE
—Vous supporterez bien ce médicament à condition de le prendre au cours des repas.
　（＝…à condition que vous le preniez au cours des repas）
如果是在用餐時服用的話，您便能夠良好地適應這藥物。

■ À MOINS DE
—On ne peut pas prendre de photos dans ce musée, à moins d'avoir une autorisation.
　（＝…à moins qu'on ait une autorisation）
除非持有當局的許可，否則不能在這所博物館裡拍照。

二、前置詞＋名詞

■ EN CAS DE
—En cas de maladie, vous devez prévenir votre employeur dans les 48 heures.
　（＝Au cas où vous tomberiez malade…）
萬一生病的話，您必須在48小時之內通知您的雇主。
—En cas de pluie, le match aura lieu sur un court couvert.
萬一下雨的話，比賽將會在室內網球場舉行。

■ AVEC
—Avec un zeste de citron, ce gâteau sera meilleur.
　（＝Si on ajoute un zeste de citron…）
加上些微的檸檬，這蛋糕將會更好吃。

＊注意：
在一些習語裡，我們使用à＋不定式：
—À faire trop de choses en même temps, on n'arrive à rien de bon.
　（Si on fait trop de choses en même temps, on…）
要是在同時做太多事情的話，將連一件也辦不好。
—À l'entendre, il n'y a que lui qui soit intelligent.
要是聽他的話，便只有他一個人才是聰明的。

■ SANS

—Sans amis, la vie serait triste.

（Si on n'avait pas d'amis…）

如果沒有朋友的話，生命將會變得十分憂鬱。

■ À MOINS DE（較少見）

—À moins d'une difficulté de dernière minute, les travaux seront finis le 15 avril.

（＝À moins qu'il y ait une difficulté…）

除非在最後關頭有困難，不然這工程將於4月15日結束。

三、副動詞

—Il aurait pu réussir en travaillant davantage.

（＝…s'il avait travaillé davantage）

如果他更努力地工作的話，他就會成功了。

—En lisant beaucoup, vous ferez des progrès en français.

（＝Si vous lisez beaucoup…）

大量地閱讀，您（你們）就會在法文方面有所進步。

四、單一分詞或形容詞

—Seul, il ne pourra pas régler ce problème.

（＝S'il est seul…）

如果單獨一人的話，他無法解決這問題。

—Repeinte, la chambre serait plus agréable.

（＝Si elle était repeinte…）

要是重新上漆的話，這房間會更討人喜愛。

五、並列語法

1. 兩分句都為條件式：

—Vous seriez majeur, vous pourriez voter.

（＝Si vous étiez majeur…）

如果您（你們）成年的話，就可以投票。

—Tu serais arrivé plus tôt, tu aurais vu Bernard, mais il vient de partir.

（＝Si tu étais arrivé…）

要是你早點兒到的話，你就會看到Bernard了，不過，他剛走。

2. 第一個分句以疑問句的形式出現在句首：

注意：
Sauf被使用在一些固定的詞組裡：

—Sauf erreur, ce film muet date de 1924.

（＝Si je ne me trompe pas…）

除非弄錯了，不然這部默片是在1924年拍攝的。
同樣地：sauf exception, sauf contrordre, sauf avis contraire等等。

—Vous voulez changer d'appareil de chauffage?
Demandez-nous une documentation!
（＝Si vous voulez changer⋯）
您要更換加熱器嗎？向我們索取資料！

六、副詞sinon＝si⋯ne⋯pas

—Fermez la fenêtre, sinon il y aura un courant d'air.
（＝Si vous ne fermez pas⋯）
把窗子關上，不然，會有風跑進來。

▶ 在口語會話裡：
Autrement, sans ça＝sinon
—Je n'avais pas ton adresse:
autrement je t'aurais envoyé
une carte.
　我沒有你的地址；不然我就
會寄張卡片給你了。

錯誤說法	正確說法
Je viendrai si j'aurai le temps.	Je viendrai si j'ai le temps. 如果我有空，我就會來。
S'il pourrait, il viendrait.	S'il pouvait, il viendrait. 要是他能夠的話，他就會來。
Nous sortirons à moins qu'il ne pleuve pas.	Nous sortirons à moins qu'il ne pleuve. ⋯à moins qu'il ne fasse pas beau. 除非下雨，不然我們就會出門。 除非天氣不好，……
Au cas où il y aura du soleil⋯	Au cas où il y aurait du soleil⋯ 萬一出太陽的話……
Au cas de maladie⋯	En cas de maladie⋯ 萬一生病的話……

表達條件與假設的習語

連詞	前置詞		其他結構
＋直陳式 Si Sauf si Excepté si Dans la mesure où ＊Selon que⋯ou (que) ＊Suivant que⋯ou (que) ＋虛擬式 À condition que Pourvu que À moins que(ne) ＊Pour peu que ＊Soit que⋯soit que ＊Que⋯ou que ＊En admettant que ＊En supposant que ＊Si tant est que ＋條件式 Au cas où	＋不定式 À condition de À moins de	＋名詞 Avec Sans À moins de En cas de	副動詞 ＊分詞或形容詞 並列語法 Sinon

表達比較的習語

L'expression de la comparaison

1. La Chine est le pays le plus peuplé du monde.
   中國是世界上人口最多的國家。
2. À Paris, il y a moins de circulation le dimanche que les autres
   jours.
   在巴黎，星期天的車子比其他日子的少。
3. Il conduit comme un fou.
   他開起車來像瘋子一樣。

▶ Le plus…【1】, moins de…que【2】, comme【3】都是一些用來
表達比較的方法。

▶ 從屬句經常為省略句（elliptique）（＝沒有動詞）【2與3】。

高等比較級、平等比較級、低等比較級

Le comparatif de supériorité, d'égalité, d'infériorité

■ PLUS / AUSSI / MOINS＋形容詞或副詞＋que

—Françoise a habité à Marseille plus longtemps que moi.

　Françoise住在馬賽的時間比我久。

—Dimanche, il a fait {moins beau qu'on (ne) l'espérait.
　　　　　　　　　　 {plus

　星期天的天氣比預期中的 {差。
　　　　　　　　　　　　 {好。

—Il n'est pas aussi compétent qu'il le dit.

　他的能力並不像他所說的那麼強。

■ 不規則的比較級

• BON, BIEN

具有不規則的高等比較級：

Bon→meilleur

Bien→mieux

—Ces croissants sont meilleurs que ceux que j'ai achetés hier.

　這些可頌麵包比我昨天買的好。

—Il joue mieux au tennis que moi.

　他的網球打得比我好。

• PETIT, MAUVAIS

具有兩種高等比較級：

Petit {→plus petit（被用來指涉身高，度量衡）
　　　 {→moindre（被用來衡量價值，重要性）

—Ma chambre est plus petite que la tienne.

　（而非：ma chambre est moindre que la tienne）

　我的房間比你的小。

—Cette pièce a eu un succès moindre que prévu.

　（而非：un succès plus petit）

注意：
出現在plus或moins之後的贅詞ne之應用是非強制性的→(ne)。

注意：
在否定式與疑問式之後，我們可以用si來取代aussi：
—Il n'est pas si compétent qu'il le dit.

當心：
我們不說beaucoup meilleur，而說bien meilleur。

這齣戲不如預期中的那麼受歡迎。

Mauvais →plus mouvais

　　　　→pire（強調口吻）

—Attention! Votre devoir est plus mauvais que le précédent.

小心！您的作業比上回的差。

—Tout va mal! La situation est pire que l'an dernier.

全部都一蹋糊塗！情況比去年還糟糕。

■ PLUS DE / AUTANT DE / MOINS DE＋名詞＋que

—Aujourd'hui, il y a plus de vent qu'hier.

今天的風比昨天大。

—Pour aller à l'aéroport, nous avons mis moins de temps que nous (ne) le pensions.

我們花了比想像中要少的時間去機場。

—En France, il y a autant de fromages que de jours dans l'année.

在法國，乳酪的種類跟一年的天數一樣多。

與數詞連用時，我們使用：…de plus que, …de moins que。

—J'ai deux ans de plus que ma sœur et trois ans de moins que notre frère aîné。

我比我妹妹大兩歲，比我們的長兄小三歲。

■ 動詞＋PLUS / AUTANT / MOINS＋que

—Ce quartier s'est beaucoup transformé; je l'aime moins qu'avant.

這地區改變了許多；我不像從前那麼喜歡它了。

—Il ne travaille pas autant qu'il le faudrait pour être reçu à son examen.

他沒用功到能夠被考試錄取的程度。

■ DE PLUS EN PLUS, DE MOINS EN MOINS

表達進展的觀念。

• ＋動詞

—Sa profession l'oblige à voyager de plus en plus.

他的職業迫使他越來越常旅行。

在否定式與疑問式之後，我們可以用tant來取代autant：

—Il n'a pas tant de travail qu'il le dit.

他的工作沒有他說的那麼多。

注意在第二個名詞之前的前置詞de之重複。

- ＋名詞
—De plus en plus de Français sont propriétaires de leur logement.
越來越多的法國人是他們住所的擁有者。

- ＋副詞
—Cet appareil marche de moins en moins bien.
這儀器越來越不好用。

> 我們不說：de plus en plus bien，而說de mieux en mieux.

- ＋形容詞
—Carmen étudie le français depuis un an, son vocabulaire est de plus en plus riche.
Carmen從一年前開始學法文，他的字彙越來越豐富。

最 高 級
Le superlatif

■ LE／LA／LES＋PLUS／MOINS＋形容詞

—Le Louvre est le plus grand musée de France.
羅浮宮是法國最大的美術館。

—Voici le restaurant le moins cher du quartier.
這就是這地區最便宜的餐廳。

—Zola a écrit beaucoup de romans; Germinal est un des plus connus.
左拉寫了許多小說；Germinal是最有名的其中一本。

■ LE PLUS／LE MOINS＋副詞

—Prenez ces fleurs; ce sont celles qui durent le plus longtemps.
拿這些花吧！這些是持續最久的。

■ 不規則的最高級

• BON, BIEN
  BON→le meilleur, la milleure, les meilleur(e)s.
  BIEN→le mieux.

—On a élu la meilleure actrice de l'année.
年度最佳女演員被選出來了。

—Pour aller à Dijon, le mieux c'est de perndre l'autoroute.
要去Dijon，最好是走高速公路。

• PETIT
具有兩種最高級 { le plus petit
                le moindre

—C'est le plus petit téléviseur qui existe.
　（＝le plus petit par la taille）
這是現在最小的電視機。

—Il fait attention aux moindres détails.
　（＝même aux détails sans importance）
他連最瑣碎的細節也加以注意。

—Elle ne dort pas bien; le moindre bruit la réveille.

▶ 注意：
最高級的出現位置視形容詞的出現位置而定。不過，我們可以固定將最高級置放於名詞之後，並且重複冠詞：
— Le Louvre est le musée le plus grand de France.

（＝le bruit le plus léger）

她睡得不好；連最輕微的聲響也會將她吵醒。

—Où sont-ils partis en vacances? —Je n'en ai pas la moindre idée.

（＝Je n'en ai aucune idée.）

他們去那裡度假？—我一點兒也不曉得。

- MAUVAIS

具有兩種最高級 $\left\{\begin{array}{l}\text{le plus mauvais} \\ \text{le pire}\end{array}\right.$

—Pour ce spectacle, il ne restait que les plus mauvaises places; je n'ai donc pas pris de billets.

這場表演只剩下最差的座位；所以我沒買票。

—Pour moi, quitter Paris, ce serait la pire des choses!（強調口吻）

對我來說，離開巴黎是最糟糕的事！

■ 動詞＋LE PLUS / LE MOINS

—C'est ce journal qui se vend le plus.

這是銷路最好的報紙。

■ LE PLUS DE / LE MOINS DE＋名詞

—C'est à 18 heures qu'il y a le plus de monde dans le métro.

地下鐵裡人最多的時間是在18點鐘的時候。

■ 最高級補語（complément du superlarif）

由前置詞de導入。

—La plus jeune de la famille, c'est ma fille Charlotte.

我家年紀最小的是我女兒Charlotte。

—La Joconde est le plus connu des tableaux de Léonard de Vinci.

「蒙娜麗莎的微笑」是里奧納・達文西最有名的畫作。

—L'Éverest est la plus haute montagne du monde.

喜馬拉雅山是世界上最高的山。

比較語法
La comparaison

一、各種不同的連詞
從屬句動詞為直陳式或條件式，不過，它經常被省略。

■ COMME
—Préférez-vous que je règle par chèque ou en espèces? —Faites comme vous voulez.
　您比較喜歡我開支票還是付現金？隨您便。
—Ils not une maison comme j'aimerais en avoir une.
　他們擁有一棟我想要的房子。
—Il sera pharmacien comme son père.
　（被省略的話：comme son père est pharmacien）
　他將跟他爸爸一樣是藥劑師。

■ COMME SI
比較與假設。
固定後接半過去式或大過去式（以表達先前性）：
—Elle parle à son chien comme si c'était un être humain.
　她對她的狗說話，好像牠是人一般。
—Nous nous sommes croisées dans la rue mais elle a fait comme si elle ne m'avait pas vue.
　我們在街上擦身而過，然而她卻像沒看到我一樣。

■ ＊AINSI QUE（較少見）
—À quatre-vingt ans, il se levait à 7 heures du matin, ainsi qu'il l'avait toujours fait.
　（＝…comme il l'avait toujours fait）
　儘管八十歲了，他還是早上7點鐘起床，就和往常一樣。

■ ＊DE MÊME QUE, DE MÊME QUE… DE MÊME
—Le musée du Louvre ferme le mardi, de même que tous les musées nationaux.

當心：
comme也有「作為」的意思。
— Suzanne travaille comme jeune fille au pair dans une famille française.
　Suzanne在一個法國人的家庭裡只得到膳宿而沒有酬勞地工作著。
—Que prendrez-vous comme dessert?
　您（你們）甜點吃些什麼？

（＝⋯comme tous les musées nationaux）
羅浮宮美術館星期二關門，正如所有國家級的美術館
一樣。

—De même que le 《s》 de 《temps》 vient du
mot latin tempus, de même le 《y》 de 《cycle》
s'explique par son origine grecque.
正如temps的s是源自拉丁字tempus，同樣地，
cycle的y闡明了它的希臘字源。

■ ＊AUSSI BIEN QUE

—Après cet attentat, l'indignation a été générale,
en France aussi bien qu'à l'étranger.
（＝⋯comme à l'étranger）
在這件謀殺案發生之後，到處都是一片憤慨之聲，在
法國就跟在國外一樣。

■ PLUTÔT QUE

隱含偏愛或看重的意思。

—Pour cette soirée, mets un nœud-papillon
plutôt qu'une cravate.
（＝⋯de préférence à une cravate）
爲了這晚會，佩帶蝴蝶結會比打領帶好。

—Vous trouverez ce livre dans une librairie
spécialisée plutôt que dans une librairie
générale.
（＝⋯plus facilement que dans une librairie
générale）
您（你們）在一家專門書店會比在一家普通書店容易
找到這本書。

—Je n'aime pas du tout ce chanteur, il crie plutôt
qu'il (ne) chante.
（＝⋯au lieu de chanter）
我一點兒也不喜歡這個歌手，與其說他是在唱歌，倒
不如說他是在大叫。

—Par ce beau soleil, vous devriez aller vous
promener plutôt que de rester à la maison.
（＝au lieu de rester⋯）
這麼好的天氣，您（你們）最好是去散步，而不是待
在家裡。

▶ 注意：
贅詞ne的應用是非強制
性的→(ne)。

二、比較與比例

■ PLUS…PLUS, MOINS…MOINS

—Plus il pleut, plus la route est glissante.
雨下得越大，路就越滑。

—Plus j'ai d'argent, plus j'en dépense.
我有越多的錢，我就花得越兇。

—Moins on roule vite, moins on consomme d'essence.
車子開得越慢，燃料就消耗得越少。

■ PLUS…MOINS, MOINS…PLUS

—Plus il y a de films à la télévision, moins les gens vont au cinéma.
電視上播放的影片越多，人們便越少去看電影。

—Moins vous fumerez, mieux ce sera!
您菸吸得越少越好！

■ AUTANT…AUTANT

對比一件事情的正反兩面。

—Autant j'ai aimé ce livre, autant j'ai été déçu par son adaptation au cinéma.
我越是喜歡這本書，便越是對它的電影改編感到失望。

—Autant il faisait beau hier, autant il fait froid et humide auourd'hui.
昨天的天氣越是令人覺得晴朗舒服，今天的天氣就越是令人感到寒冷而潮濕。

■ *D'AUTANT PLUS…QUE…PLUS

—Il guérira d'autant plus vite qu'il suivra plus strictement son régime.
（＝Plus il suivra strictement son régime, plus vite il guérira）
他越嚴格地遵守飲食控制，便越快康復。

—Elle se porte d'autant mieux qu'elle fait plus de sport.
（＝Plus elle fait de sport, mieux elle se porte）
她越常運動，身體就越好。

■ * DANS LA MESURE OÙ

—Il participera aux travaux de la commission dans la mesure où son emploi du temps le lui permettra.

（＝Il participera autant qu'il le pourra）

要是職務上的時間許可，他便會參加委員會的工作。

三、認同與區分

■ LE, LA MÊME… / LES MÊMES…(que)

—Descartes a vécu à la même époque que Galilée.

笛卡兒和伽利略是同一時代的人。

—Ma mère habite le même immeuble que moi.

我媽媽與我住在同一棟大樓裡。

—Le champagne et le mousseux, ce n'est pas la même chose!

香檳和汽酒是不一樣的！

■ UN(E) AUTRE… / D'AUTRES…(que)

—Il est d'un autre avis que moi.

他的看法和我的不同。

—Auriez-vous d'autres modèles de robes que ceux-là?

您有其他跟這些不同的洋裝款式嗎？

■ TEL(LE)S (que), TEL…TEL

—Un écrivain tel que Zola nous donne un précieux témoignage sur la société de son époque.

（＝comme Zola）

像左拉這樣的一位作家為我們提供了一個有關他那時代社會狀況的珍貴見證。

—N'attendons pas Martine! Telle que je la connais, elle arrivera en retard.

不要等Martine了！就我所認識她的程度來說，她將會遲到。

—Que faire dans de telles circonstances?

（＝dans des circonstances comme celles-là）

在這樣的情況下該怎麼辦？

附註：
Dans la mesure où也可以具有à condition que的涵意。參考第34章關於條件式的部分。

附註：
參考第18章關於泛指詞的部分。

—Il est musicien comme son père. Tel père, tel fils!
　他跟他爸爸一樣是音樂家。有其父必有其子！

• 比較語法的一般注意事項

主要分句經常在從屬句裡以中性代名詞的形式重新出現。

—La réunion a duré moins longtemps que nous ne le pensions.
　會議開得比我們想像中的時間短。

—Il a été plus aimable que je ne m'y attendais.
　他比我預期中的還討人喜歡。

錯誤說法	正確說法
Il n'est pas autant grand que moi.	Il n'est pas aussi grand que moi. 他和我不一樣高。
Il a autant des livres que moi.	Il a autant de livres que moi. 他的書和我一樣多。
Il travaille plus mieux que moi.	Il travaille bien mieux que moi. Il travaille beaucoup mieux que moi. 他工作得比我好。
Plus bon marché.	Meilleur marché. 比較便宜。
Ce restaurant est beaucoup meilleur marché que l'autre.	Ce restaurant est bien meilleur marché que l'autre. 這家餐廳比另一家便宜得多。
Il a plus beaucoup de livres que moi.	Il a beaucoup plus de livres que moi. 他的藏書比我的多得多。
Elle travaille aussi beaucoup que moi.	Elle travaille autant que moi. 她工作得跟我一樣認真。
Tu as le même âge comme moi.	Tu as le même âge que moi. 你的年齡跟我一樣。
C'est le pont plus vieux.	C'est le pont le plus vieux. 這是最老的橋。
C'est l'étudiant le plus grand dans la classe.	…l'étudiant le plus grand de la classe. 這是班上最高的學生。
Le plus je le vois, le plus je le trouve symathique.	Plus je le vois, plus je le trouve… 我越見他越覺得他討人喜歡。

表達比較的習語

比較級與最高級	其他結構
Plus Aussi Moins ⎫ ＋形容詞／副詞＋que Plus de Autant de Moins de ⎫ ＋名詞＋que 動詞＋ ⎰ Plus ⎱ ＋que 　　　⎱ autant ⎰ 　　　⎱ moins ⎰ De plus en plus De moins en moins Le La ⎫ ＋plus／moins＋形容詞 Les ⎭ Le plus Le moins ⎫ ＋副詞 動詞＋ ⎰ le plus 　　　⎱ le moins Le plus de ⎫ ＋名詞 Le moins de ⎭	Plus…plus Moins…moins Plus…moins Moins…plus Autant…autant Le même… ⎫ La même… ⎬ Les même… ⎭ (que) Un(e) autre…que D'autres…que Tel(le)s que Tel…tel
連詞 Comme Comme si ＊Ainsi que ＊De même que ＊De même que…de même ＊Aussi bien que Plutôt que ＊D'autant plus…que…plus ＊Dans la mesure où	

國家圖書館出版品預行編目資料

法文文法快易通 修訂版／Delatour等合著；左兒譯. -- 初版.
-- 臺北市：如何，2005〔民94〕
　　面 ；公分. --（Happy languages；302）
　　譯自: Grammaire du Français
　　ISBN 986-136-040-9（平裝）
　　1.法國語言 - 文法
804.56　　　　　　　　　　　　　　　　　　　94002923

The Eurasian Publishing Group
圓神出版事業機構
用心與你對話・視野無限寬廣

如何出版社
Solutions Publishing

http://www.booklife.com.tw　　　inquiries@mail.eurasian.com.tw

HAPPY LANGUAGES 　302

法文文法快易通 修訂版

作　　者／Delatour, Jennepin, Dufour, Mattlé, Teyssier
譯　　者／左兒
發 行 人／簡志忠
出 版 者／如何出版社有限公司
地　　址／台北市南京東路四段50號11F之1
電　　話／（02）2579-6600（代表號）
傳　　真／（02）2579-0338・2577-3220
郵撥帳號／19423086　如何出版社有限公司
副總編輯／陳秋月
主　　編／曾慧雪
責任編輯／李靜雯
美術編輯／金益健
印務統籌／林永潔
監　　印／高榮祥
校　　對／李靜雯・張嘉芳・張雅慧
排　　版／陳采淇
總 經 銷／叩應有限公司
法律顧問／圓神出版事業機構法律顧問　蕭雄淋律師
印　　刷／祥峰印刷廠
2005 年 4 月　初版
2007 年 5 月　3刷

定價 280元　　　　　　　ISBN 986-136-040-9　　　版權所有・翻印必究

◎本書如有缺頁、破損、裝訂錯誤，請寄回本公司調換　　　Printed in Taiwan

書活網 會員擴大募集！

我們很樂意為您的閱讀提供更多的服務，
現在加入書活網會員，不僅免費，還可同享圓神、方智、先覺、究竟、如何
五家出版社的優質閱讀，完全自主您的心靈活動！

會員即享好康驚喜：
◆ 365日，天天購書優惠，10本以上75折。
◆ 會員生日購書禮金100元。
◆ 有質、有量、有多聞的電子報，好消息主動送到面前。

心動絕對不如馬上行動，立刻連結圓神書活網，輕鬆加入會員！

www.booklife.com.tw

想先訂閱書活電子報！

【光速級】直接上網訂閱最快啦
【風速級】填妥資料傳真：0800-211-206；02-2579-0338
【跑步級】填妥資料請郵差叔叔幫忙寄遞
不論先來後到，我們都立即為您升級！

姓名：＿＿＿＿＿＿＿＿＿＿＿＿＿＿＿＿＿ □想先訂電子報

email（必填·正楷）：＿＿＿＿＿＿＿＿＿＿＿＿＿＿＿＿

本次購買的書是：＿＿＿＿＿＿＿＿＿＿＿＿＿＿＿＿

本次購買的原因是（當然可以複選）：

□書名 □封面設計 □推薦人 □作者 □內容 □贈品

□其他

還有想說的話＿＿＿＿＿＿＿＿＿＿＿＿＿＿＿＿＿

＿＿＿＿＿＿＿＿＿＿＿＿＿＿＿＿＿＿＿＿＿＿＿

服務專線：0800-212-629；0800-212-630轉讀者服務部

105

台北市南京東路四段50號6樓之一

圓神出版事業機構　收

寄件人：

地址：

　　市　　　　鄉鎮

　　縣　　　　市

電話：（宅）

路（街）　　段　巷　弄　號　樓

（家）